조선의 등 굽은

정원사

| 일러두기 |

* 이 작품은 조선의 송정(松政)에 착안하여 창작한 소설로, 『세종실록』에 기록된 세종의 송정과 실존하는 기록인 『산가요록(山家要錄)』의 망실된 부분에 작가적 상상력을 더한 허구임을 밝힌다.
* 등장인물 중 실존 인물을 모델로 한 인물이 등장하나, 이 소설 속에 그려진 그들의 행적은 작가가 빚어낸 허구적 상상력의 소산이다.

조선의 등 굽은 정원사

천영미 장편소설

고즈넉이엔티

조선의 등 굽은 정원사

초판 5쇄 발행 2022년 10월 12일

지은이 천영미
펴낸이 배선아
편 집 박미애
디자인 엄인경
펴낸곳 고즈넉이엔티

출판등록 2017년 3월 13일 제2022-000078호
주소 서울시 중구 남대문로9길 24, 패스트파이브 시청1호점 904호, 1007호
대표전화 02-6269-8166 **팩스** 02-6166-9199
이메일 gozknockent@gozknock.com
홈페이지 www.gozknock.com
블로그 blog.naver.com/gozknock
페이스북 www.facebook.com/gozknock
인스타그램 www.instagram.com/gozknock

ISBN 979-11-6316-189-9 03810

표지/내지이미지 Designed by Freepik

무료폰트, 마포 브랜드(마기찬 디자이너), Mapo금빛나루

차례

1부

나무 이야기 1
씨앗

텅! 텅!

온 숲을 뒤흔드는 소리가 다시 들려온다.

어둡고, 축축하다. 그리고 외롭다.

"어이! 나무 넘어가네. 모두 비키게!"

"오늘 안에 모두 베려면 얼른 서둘러야 한다고!"

세상 밖으로 싹을 틔우기도 전에 이미 익숙해진 벌목꾼들의 목소리다. 이번에 이들이 열을 올리는 일은 허욱의 기와집을 넓히는 공사다. 과거에 급제한 데다 혼인까지 앞둔 아들을 위해 한양 최고의 문벌이 후하게 인심을 쓴 모양이다.

저들은 이른 아침부터 몰려와 하루 종일 우리 몸에 도끼질을 해댄다. 숲 바깥에 거미줄처럼 길을 내고 모여 사는 저들은 늘 우리에게서 무언가를 앗아간다. 나무꾼들은 지게 한가득 가지를 부러뜨려 짊어지고 가고, 심마니들은 값비싼 산삼을 캐겠다고 이리저리 나무뿌리를 들쑤셔놓는다. 불을 잘 붙여보겠다고 송진을 딱딱 긁어가고, 몸에 좋은 약을 만들겠다고 송홧가루를 탈탈 털어간다.

어둑해질 무렵 저들이 산을 내려갈 때야 비로소 우리는 상처 입은 몸을 겨우겨우 추스를 수 있다.

지금 이토록 저들의 만행을 이야기할 수 있는 이유는…… 내가 아직 땅속에 묻혀 있는 씨앗이기 때문이다. 지금 내가 할 수 있는 유일한 일은 그저 기다림의 시간을 견뎌내는 것뿐이다.

억겁의 시간을 이렇게 견뎌내고 나면, 무슨 일이 기다리고 있을까.

쭉 뻗은 나무로 자라고 나면 또다시 저들의 도끼질에 부대끼고 베어질 것을. 차라리 땅속에서 썩어지는 게 낫겠지.

사람들은 알까? 그들이 손쉽게 베어가는 나무들이 실상은 주어진 생(生)을 살아내기 위해 격렬하게 몸부림치고 있다는 것을. 그들은 알까? 울창한 숲의 시작은 생을 포기하지 않는 작고 여린 씨앗이라는 것을.

인간의 왕조가 흥망성쇠를 거듭하는 동안, 초라하고 작은 씨앗은 그저 숲에서 자라나고자 하는 희망을 버리지 않고 고집스럽게 버텨낸다. 씨앗은 어떻게 길고 긴 시간을 기다려야 하는지 안다. 대부분의 씨앗은 어두컴컴한 땅속에서 적어도 1년을 기다린다. 아무런 문제가 없는데도 싹을 틔우기까지 100년을 넘게 기다리는 씨앗도 있다.

그 무수한 씨앗들이 무엇을 기다리는지는 그 씨앗만이 알 수 있다.

씨앗은 적절한 온도와 촉촉한 물기, 그리고 눈부신 빛이 있어야 마침내 싹을 틔운다.

땅에 떨어진 씨앗 가운데 절반은 그 조건을 만나기도 전에 죽고, 조건이 들어맞지 않는 나쁜 해에는 불행히도 모두 죽을 수도 있다. 그런데도 우리 씨앗들은 언제 올지 모를 기회를 숨죽여 기다린다.

어지럽다.

절벽 위 바위 틈새에 거꾸로 떨어져 박히는 바람에, 온몸을 움직여 위치를 되돌려야 한다. 뿌리 내릴 준비를 하기 위해서다.

나무 이야기 2
뿌리

"오호! 이 나무는 아주 기이하게 굽어 있구나. 목재로는 쓰일 수 없겠으나, 정원에 두고 바라보기엔 꽤 운치가 있겠어. 사람들을 시켜 이 나무를 가져다가 집 안뜰로 옮겨 심도록 해라. 꽃을 좋아하는 아이이니, 몸을 풀고 나면 이 나무를 벗 삼아 지낼 수 있을 게야."

지난번 아들 내외를 위해 집을 짓겠다고 나무를 모조리 베어갔던 허욱, 그자의 목소리다.

기가 막히기도 하지. 잘난 나무는 모두 베어가더니, 나를 보곤 쓸모가 없으니 그저 바라나 보겠다고? 『장자』에 나오는 무용지용(無用之用)의 나무처럼, 목숨이라도 부지한 걸 다행이라고 여겨야 하나?

벌써 까마득한 옛일 같은데, 그날이 눈물겹게 떠오른다. 그러니까 그날, 어두컴컴한 땅속에 갇혀, 하루 종일 뭉그적거리며 몸을 굴리던 나는 겨우겨우 첫 뿌리를 내렸다.

첫 뿌리는 나무의 모든 생을 확정 짓는다. 뿌리를 내린 순간부터 나무는 그 자리에 꼼짝없이 묶이게 된다. 일단 첫 뿌리를 뻗고 나면, 나무는 더 좋은 환경으로 옮겨갈 희망을 포기해야 한다. 거친 눈보라와 폭풍우, 서리와 가뭄, 숲속의 굶주린 입들이 찾아와도 모든 것을 온몸으로 직면해야 한다. 나는 이 작은 첫 뿌리로 내가 앉아 있는 그 자리에서 몇십 년 혹은 몇백 년을 견뎌야 한다.

그뿐인가! 나는 첫 뿌리를 내리면서 씨앗 속에 들어 있던 마지막 양분을 모두 써버렸다. 목숨을 내건 처절한 사투 끝에 어렵사리 뿌리를 내렸건만 나는…… 결국엔 아름답지 못한 모습으로 태어나버렸다.

쭉 뻗어 올라가야 할 몸은 뱀처럼 구불구불 굽어 흉한 형상이다. 또래에 비해 터무니없이 작다. 그래서 나는 내 위에 있는 나무들보다 더 열심히 일해야 한다. 살기 위해 악착같이 빛을 확보하고, 종일토록 물을 빨아올려 가지에 보내고, 잎을 만들어내고, 상처 난 잎들을 치료하느라 애쓰고 있지만, 내 잎과 열매들은 유난히 작고 말랐다.

이제 이 숲을 떠나 작은 정원에 심어진다니, 또 얼마나 아파야 될까…….

꼽추 아기의 탄생

우르릉 쾅! 쏴아 쏴아아!

해 질 녘부터 시작된 뇌우는 그칠 줄 모르고 허욱의 가슴을 짓누르기 시작했다.

안채에서 들려오는 며느리의 산통 소리가 희미해질 즈음, 그의 입술이 소리 없이 달싹였다.

"준하야! 네가 지켜야 한다. 네가 남긴 여린 씨앗, 네가 지켜내야 한다. 그리 허망하게 이 아비의 곁을 떠났으니, 이 부탁만큼은 부디 이루어주려무나……."

"대감마님! 옥동자 아기씨를 보셨습니다. 아씨도 건강하시고요. 아기씨 얼굴이 이목구비가 뚜렷한 것이 어릴 적 준하 도련님을 쏙 빼닮으셨습니다요."

마당이 떠나갈 듯 외치는 상주댁 목소리에 그제야 허욱은 안도의 한숨을 내쉬었다.

이내 발이 제멋대로 움직여 길을 잡았다. 사랑채로 향하려는 발길이었다.

몇 걸음 내딛기도 전에 등 뒤로 가쁜 숨을 몰아쉬며 이씨 부인이 다가왔다.

"대감, 이를 어찌하오리까?"

"무슨 일이오? 며늘아기에게 무슨 일이라도 있는 게요? 아이는 건강하게 순산했다고 하지 않았소."

부인이 후들거리는 다리를 못 견디고 그 자리에 주저앉았다.

"그것이, 그것이……."

"어허, 어찌 그리 머뭇거리시는 게요!"

"아이의 형상이 많이…… 기이합니다. 등에 커다란 혹이 튀어나와 있고, 등허리 부분이 구부러진 것마냥…… 휘어져 있습니다."

"그럼 꼽추란…… 말이오?"

허욱이 못 믿겠다는 얼굴로 절망적인 아내의 얼굴을 바라보며 소리쳤다.

"당장 산파를 물리고 의원을 들이시오! 어서!"

갑분이는 연신 눈물을 찍어내느라 옷고름이 벌써 축축할 지경이었다.

"아기씨가 꼽추래요. 등이 심하게 굽어서 기이한 모습이라고……. 아이구, 우리 별당아씨 불쌍해서 어째요? 작년엔 도련님 허망하게 보내시고, 아기씨도 온전치 않고, 팔자가 기구하시기도 하지."

"갑분이, 네 이년! 입단속 잘하지 않으면 경을 칠 게야. 의원께서 아직 살피고 계시는데, 어찌 그리 입방정을 떠는 게야."

상주댁이 산모가 흘린 핏물이 담긴 대야를 받쳐 들고 호통을 쳤다. 소리를 죽여 으르릉거리느라 쇳소리가 났다.

한 소리를 들은 갑분이 입을 삐죽였다.

"작년에 돌았던 역병이 그리도 심하더니, 화가 난 역신이 아직 우리 동네에 남아 있나 봐요. 지난달에는 동식이네 처가 육손이를 낳았잖아요."

"그래도 이년이!"

아예 한 대 쥐어박을 기세로 몸을 부풀리던 상주댁은 갑자기 말을 잇지 못했다.

"대감마님, 이 천한 것들을 죽여주시옵소서."

뒤에 서 있던 허욱과 이씨 부인을 뒤늦게 발견하고 화들짝 놀란 상주댁이 땅바닥에 엎어졌다. 갑분이 덩달아 납작 엎드렸다.

"상주댁은 서둘러 금줄을 준비해 걸라!"

우레 같은 호통이 들려올까 싶었는데 의외로 담담한 목소리가 머리 위로 떨어졌다.

"대감! 아이가 어떤 상태인지 아직 모르니 조금 기다리시는 게 어떨지요? 등에 혹을 달고 태어난 아이가 얼마나 오래 살 수 있을지도 모르고……."

이씨 부인의 참담한 말에도 허욱은 단호했다.

"부인! 말씀을 삼가시오. 준하가 남긴 유일한 씨앗이오. 아이의 형상이 어떠하든, 이 아이는 우리 집안의 귀한 인연인 것을, 어찌 그리 야박한 말씀을 하시는 게요."

이씨 부인이 남편의 눈에 맺힌 눈물을 보고는 그제야 고개를 꺾고 말았다. 남편의 어룽대는 눈 속의 제 얼굴도 우는 형상이기는 마찬가지였다. 부인은 간신히 입을 우물거렸다.

"대감…… 바로 금줄을 매달라 명하겠습니다."

강보에 싸인 아이를 안고 들어온 며느리는 내내 얼굴을 들지 못했다. 간신히 나오는 목소리가 절절하고 서러웠다.

"제 죄가 많아, 지난해 서방님께서 그리 황망히 떠나시고, 이 아이마저 온전치 못한 모습으로……."

가냘픈 어깨가 흔들리는 며느리를 보자 허욱은 속으로 깊은 한숨을 삼켰다. 속내를 숨긴 얼굴은 아무 일도 없는 듯 평온해 보였다.

"아가, 무슨 말을 그리 섭섭하게 하느냐. 네 품의 어린 은수가 다 듣느니라. 은수는 준하가 우리에게 남긴 귀한 선물이니, 앞으로 그런 말 입에 담지 말고, 더 많은 정성과 인애로…… 길러내거라."

으흐흡……. 올라오는 속울음을 간신히 삼키느라 서씨는 아무런 대답도 할 수 없었다.

나무 이야기 3
적응

아찔한 고통을 참아내며 뿌리가 옮겨진 후, 이곳에서 시름시름 앓았다. 여긴 큰 나무들 틈에서 햇살을 차지하려고 애쓰지 않아도 되고, 물도 마음껏 마실 수 있지만, 새로운 곳에 적응하는 일은 좀처럼 익숙해질 수 없었다. 그저 두렵기만 했다.

누군가 다가와 내 굽은 등을 쓰다듬는다.

"용케도 잘 견뎌내고, 뿌리를 내렸구나. 장하구나, 정말 장해. 많이 닮았구나, 닮았어. 우리 은수도 너처럼 잘 견뎌내야 할 텐데……."

이 사람이 허욱인가 보다. 그런데 누가 날 닮은 걸까?

은수는 누구일까?

나를 닮았다는 건 또 뭘까?

그리움의 정원

“은수야! 이리 와서 보렴. 영롱한 색이 곱기도 하지. 이 꽃은 해마다 더 아름다워지는구나. 꽃을 어르며 꿀벌들이 바삐 움직이고 있단다!”

서씨는 노란 수선화가 가득한 정원을 넋을 놓은 채 바라보고 있었다. 남편이 살아 있을 때, 명나라 다녀온 지인에게 모종을 얻어 심어 주었던 꽃이다. 살포시 다가와 안아주며, 한 아름 건네던 꽃이었다.

기억이 시간을 넘나들고 있을 즈음, 아이의 또랑또랑한 목소리가 들려온다.

“예! 어머니. 벌들이 도망가지 않게 꽉 붙잡아두세요.”

다섯 살배기 아이는 숨을 헐떡거리며 힘겹게 걸어왔다. 한껏 부풀어 오른 등 위의 혹이 무거운 바위처럼 아이를 짓누르고 있었다.

“와아! 저렇게 작은 개미가 어떻게 커다란 짐을 등에 져요? 무거워서 등이 아플 것 같아요.”

화사한 꽃도 눈앞에 있고, 꽃가로 벌들도 많건만, 아이는 기어이 땅 위의 개미를 먼저 바라본다.

"개미는 아프지 않단다. 끊어질 듯 약한 허리와 등을 가지고도 거뜬히 자신의 몫을 해내지. 그게 바로 겨울을 준비하는 개미의 힘이란다."

"저도 열심히 글공부하면 훌륭한 사람이 될 수 있다는 말씀이지요?"

천연덕스럽고 기특한 아이의 대답에 서씨는 황망하게 미소 지었다.

"은수야! 네 삶은 쉽지 않을 거야. 하지만 씨앗처럼 단단해지거라. 나무처럼 견뎌내거라."

불룩 튀어나온 아이의 등을 쓸어내리는 서씨의 눈엔 어느새 잔잔한 눈물이 고였다. 온전치 못한 아이가 태어난 후, 그녀의 시선은 늘 작고, 하찮고, 보잘것없는 미물들에 오래 머무르곤 했다.

나무 이야기 4
햇빛

나처럼 눈 속에서도 푸르른 상록수들에겐 겨울은 기나긴 여행이다.

나무는 특별한 여행을 한다. 사람들처럼 멋진 곳을 돌아다니며 여행할 수는 없지만, 사건 하나하나를 마주하며 시간을 견뎌내는 여행을 한다. 다만 긴 겨울 여행을 떠나기 전에 반드시 해야 할 일은 단단히 짐을 싸는 것이다.

못 박힌 듯 한자리에 선 채로 겨울의 매서운 칼바람을 견디는 것은 재앙이나 다름없다. 그래서 우리는 기막히게 놀라운 물질들을 만들어내며 월동 준비를 한다.

이 물질들은 혹독한 기온에서도 우리 몸 안에 든 액체가 얼지 않고 물의 상태를 유지하도록 돕는다.

그렇다 하더라도 작업을 시작하기 전에 우리는 아주 중요한 것을 찾아야 한다. 날씨가 아무리 변덕을 부릴지라도 항상 신뢰할 수 있는 존재, 바로 햇빛이다. 햇빛의 신호로 낮이 점점 짧아지기 시작하면, 우리는 즉시 월동 준비를 시작한다.

양아록

늦은 밤, 서책을 앞에 둔 채 허욱의 시선이 흔들리고 있었다. 갑작스러운 어미의 죽음으로 총명한 빛을 잃어가는 어린 은수를 보는 게 갈수록 힘들어졌다. 천애고아에 꼽추……. 손주가 짊어져야 할 삶의 무게가 가늠이 되지 않았다. 이제 이 아이를 지켜줄 수 있는 이는 자신뿐이었다. 보이지 않는 곳에서 수군거리는 종들의 말소리. 제사 때마다 모여들어 새로운 양자를 들일 것을 강권하는 형제들. 병신이라는 말을 입으로만 뱉어내지 않을 뿐, 이들은 모두 온몸으로 외치고 있었다.

'허욱! 당신의 손자는 꼽추 병신, 집안의 망신일 뿐이오. 당신이 아무리 고고한 척해도 당신의 집안은 저주받아 이미 몰락하고 있는 거요!'

허욱은 시선을 들어 천장을 올려다보았다.

"밖에 춘식이 있느냐? 가서 도련님 모시고 오너라."

"예, 대감마님."

야심한 시각, 갑작스러운 조부의 부름에 은수는 적잖이 놀랐다. 아무 데서나 넘어지기라도 할까 봐 늘 염려하던 조부는 그를 사랑채로 부르기보다는 먼저 손자의 방을 찾아와주는 이였기 때문이다. 연유도 모른 채 향하는 발걸음에 걱정이 묻어났다.

은수는 문 앞에서 잠시 망설였다. 창호문으로 비치는 조부의 등이 자신처럼 굽어가고 있는 것 같아 안타까운 마음이 일었다.

"할아버님, 부르셨사옵니까?"

안으로 들어서자 허욱이 바로 말했다.

"절은 되었다. 그냥 앉거라."

어린 손주가 힘겹게 하는 절을 편하게 받을 수 없어 허욱은 늘 그의 절을 물리곤 한다.

"그런데…… 그것은 무엇이옵니까? 서책은 아닌 듯하온데……."

"그래. 이건 아주 재미난 기록이 될 게다. 너와 내가 시작하고 끝내게 될 기록, 세상에 단 하나뿐인 기록."

"무슨 말씀이신지요?"

"내일부터 첫닭이 울면 의관 정제해서 서책 들고 할애비에게 건너오거라. 재미난 공부를 시작해보자꾸나. 이것은 늙어 기억이 쇠한 할애비가 네게 어떤 것을 가르쳤는지, 네가 어떤 대답을 했는지, 네가 어떤 기분인지, 어떤 표정인지, 무엇을 먹고 어떤 옷을 입었는지, 네 몸이 건강하게 자라고 있는지…… 이 모든 것의 기록이 될 것이다."

"어찌 하찮은 저를 위해 할아버님의 귀한 붓을 드신단 말입니까? 사랑채엔 할아버님의 가르침을 기다리는 젊은 선비들이 줄을 서지 않았습니까? 저로 인해 할아버님께서 또다시 문중 어르신들께 손가락질 받으실 것입니다. 저는 이 기록을 원치 않습니다."

은수는 지난달 집안 제사 때, 사랑채를 기웃거리다 문중 어른에게 호되게 당한 기억이 떠올랐다. 온전치도 않은 아이가 중차대한 시간에 사랑채를 기웃거리다니, 부정을 탈 거라고 혀를 찼다. 성한 모습으로 태어났다면 귀히 여김 받으며 집안의 중심이 되었을 아이였다. 그러나 이제는 집안의 연례행사 때마다 사람들 눈에 띄지 않게 방안에 틀어박혀 있어야 하는 천덕꾸러기 신세였다.

좌불안석인 듯 불안해하는 손주와 달리, 허욱은 차분한 눈길로 대답했다.

"그러니 너와 나만 아는 비밀이라고 하지 않았더냐. 걱정 말거라. 지금껏 그래왔듯이 날 믿거라. 그리고 같이 견뎌내자꾸나."

그 말을 들으니 은수는 더욱 몸둘 바를 몰랐다. 조부의 필력이 저를 향하는 일이 죄스러우면서도 가슴이 벅차올랐다. 처음으로 불쌍한 손자가 아닌, 가르쳐볼 만한 인재로 인정받았다는 생각에 은수의 눈에서 금세 눈물이 차올랐다.

나른한 햇살이 내리쬐는 오후.

늙은 종은 마당에 물을 뿌리며 기승을 부리는 더위를 가라앉히고 있었다.

여기저기서 눈꺼풀과 씨름을 하던 학생들의 고개가 보리 이삭 꺾이듯 툭툭 떨어졌다. 새파랗게 젊은 놈들의 조는 꼴이 못마땅하던 박 훈장은 장죽으로 탁상을 두드려댔다.

탁탁탁!

"군자불기(君子不器)의 뜻을 정녕 아무도 모르느냐?"

노기 띤 스승의 목소리가 떠나갈 듯 쩌렁쩌렁하다.

"공맹의 말씀을 공부하는 너희가 마음의 준비 없이 몸만 앉아 있으니 한심하기 짝이 없구나. 학문이란 마음을 내려놓지 않는 것이거늘!"

최고 문벌에 말쑥한 외모를 자찬하는 강준혁이 조심스레 입을 연다.

"이 구절은 '군자는 그릇이 아니다'라고 풀이할 수 있고, 속뜻은 그릇처럼 쉽게 깨지지 않는 군자의 강인함을 지칭하는 것이 아니겠는지요?"

스승의 눈빛이 아직 풀리지 않는 것을 보니, 딱히 정답은 아닌 듯했다.

"제가 생각하기에는, 군자는 그릇처럼 국한되지 않는다는 뜻인 듯하옵니다. 그릇은 그 쓰임에 따라 사용이 제한되어 있습니다. 종지에는 장을 담고, 국그릇에는 국을 담듯이 말입니다. 그러나 군자는 다른 이를 이해하고, 시대의 흐름을 읽고, 정사를 논함에 있어서 편협되게 닫혀 있지 않아야 합니다."

힘겹게 앉아 있던 은수가 별처럼 반짝이는 눈으로 대답했다.

그제야 박 훈장의 눈꼬리가 내려가고 입매도 부드러워졌다.

"그렇지. 역시 은수구나! 네가 있어 아이들에게 본이 되니, 우리 학당의 복이다. 배우기만 하고, 되짚어 생각하지 않으면 고루해지는 법이다. 늘 되새겨보는 마음을 은수에게 배우도록 해라."

은수를 흐뭇하게 바라보는 스승이 준혁은 못마땅했다. 그에겐 은수가 못마땅한 정도가 아니었다. 어떻게 시비를 걸까 머리를 굴리며 뒤틀린 입술을 지그시 깨물었다.

서책을 챙겨 학당을 나서는데 박 훈장이 은수를 불러 세웠다.

"조부께서는 강건하시냐?"

"예, 더위에 지치신 기색은 있으시지만, 강건하십니다."

"은수야. 요즘 문리(文理)가 많이 트였더구나. 『논어』에 나오는 공자의 제자 중에 왜 안연이 으뜸인 줄 아느냐?"

"배운 것을 실천하는 데 지체하지 않았기 때문입니다."

"그래 그렇지. 그러나 한 가지가 더 있다. 공자의 다른 제자들은 훌륭한 스승 밑에서 배운 지식으로 모두 높은 벼슬자리를 꿰찰 것이라 기대했다. 그들에게는 자신들이 배운 내용보다도, 공자의 문하생이라는 사실이 더 중요했지. 그런데 안연은 달랐어. 그저 배움을 좋아했지. 그래서 그토록 배움을 좋아하는 제자의 이른 죽음에 스승은 하늘이 자신을 버린 것 같다고 울부짖었거든. 얄팍한 계산 없이 오롯이 배움만 사랑할 수 있는 건 고귀한 일이다."

"예, 명심하겠습니다."

은수의 뒷모습을 보며 박 훈장은 나지막이 중얼거렸다.

"아깝구나, 네 재능이. 그러나 안연처럼 살아가는 것도 아름다운 일이다."

"툭!"

은수의 발 앞으로 작은 돌멩이 하나가 떨어졌다.

"병신 새끼! 스승님 칭찬 좀 받았다고 세상을 다 얻은 듯하냐? 그래 봐야 써먹을 데도 없는 지식일 텐데. 그 꼴을 해가지고 설마 관직에 나가려는 꿈이라도 꾸는 거야?"

작은 돌멩이에도 균형을 잃고 넘어진 은수를 부축하며 춘식이 대거리를 해댔다.

"귀하신 분께서 어찌 그리 험한 말씀을 하십니까? 저희 도련님이 무슨 잘못을 하셨다고요!"

"상전이 병신이면, 종놈도 병신인 척해야 하는 것이다. 네까짓 놈이 뭐라고 지껄이는 게야!"

준혁은 귀가 빨개지도록 고래고래 소리를 질렀다.

"춘식아, 가자."

"그래도 눈치 하나는 빠르구나. 적어도 꼬리 내리는 법은 아는 걸 보니. 네 목숨 온전히 부지하려면, 더더욱 네 몸을 낮춰야 할 게야."

준혁은 조선의 개국공신 강진환의 손자다. 그는 민첩한 머리와 장수다운 기질로 상왕의 눈에 들었던 조부를 쏙 빼닮은 청년이었다.

다리를 절뚝이는 은수를 부축하며 춘식이 속상한 듯 말을 내뱉었다.

"도련님! 어찌하여 늘 피하기만 하십니까? 대감마님께서 아시면 속이 뒤집히실 것입니다. 집안으로 보나, 실력으로 보나, 어느 것 하나 부족하지 않으신 분이 어찌 번번이……."

은수가 담담한 목소리로 춘식을 가라앉혔다.

"그의 말이 틀리지 않다. 내 아무리 성현의 말씀을 읽고 마음에 새긴들, 그것이 무슨 소용이겠느냐? 쓰이지 못할 몸으로 태어났으니, 자중해야겠지. 관직에 나아가 정사를 논하는 일이 내게 가당키나 하겠느냐? 그저 집에서 소일거리를 일삼는 수밖에 없겠지."

춘식은 늘 그렇듯 아무런 저항 없이 묵묵히 모욕을 견뎌내는 은수가 안타깝기만 했다. 굽은 등이 오늘따라 더 처진 것 같아 마음마저 쓰렸다.

허욱의 기록 1

어미가 죽고, 은수는 혼자만의 시간에 갇힌 듯했다. 마음 터놓고 위로받을 수 있는 이가 없어 상심한 탓이겠지. 밝고 쾌활했던 아이가 요즘은 자꾸 눈치를 보는 일이 많아졌다.

어제 아침 『논어』를 들고 온 아이의 옷이 평소와 달라 보였다. 굽은 몸이라 옷을 만드는 종들의 노고가 많을 거라 생각은 했지만, 등 부분의 옷감이 넓어지면서 소매가 짧게 달랑 올라가 있었다. 평소 옷을 짓던 상주댁이 손을 놓고 있었나 보다. 그저 그대로 두었으면 될 것을 다른 천쪼가리로 덧대 입히다니…….

귀한 아이에게 누더기를 입힌 듯하여, 아니 종들조차 이 아이를 함부로 업신여기는 듯하여 부아가 치밀었다. 이제 아이는 종들의 홀대를 데면데면 넘기는 일에 익숙해졌다. 내가 해줄 수 있는 일이 없는 것 같으니 또다시 안타깝기만 하다.

나무 이야기 5
부모 나무의 사랑

살아 있는 모든 생명체는 작은 물주머니로 되어 있다. 그러기에 산다는 것은 대단히 거창한 일이 아니다. 그저 수없이 많은 물주머니를 만들어내는 일의 연속일 뿐이다. 생명체는 세상에 존재하는 물을 얻기 위해 발버둥 친다. 이때 가장 불리한 건 바로 우리다. 몸집이 커서 엄청난 양의 물을 필요로 하면서도 정작 물을 찾아다닐 수는 없기 때문이다.

더 당혹스러운 것은 이 싸움에서는 어린나무라고 절대 봐주지 않는다. 그러하기에 어린나무는 쉽게 버려지고 잊힌다. 가까스로 1년을 살아냈다고 해도, 그다음 해는 어찌 될지 장담할 수 없다.

이 가여운 어린나무를 돌보는 것은 부모 나무다. 부모 나무는 매일 밤 땅속 깊은 곳에서 끌어올린 물을 조금씩 어린나무에게 나눠준다. 그렇게라도 어린나무가 생명을 이어갈 수 있도록 힘껏 돕는다. 하지만 부족한 물을 더 찾고, 햇빛을 차지하는 경쟁은 오롯이 어린나무의 몫이다.

꽃을 사랑하는 소년

"도련님! 도련니이이임! 아이구, 또 여기 계셨네요. 대감마님께서 한참 동안 찾으셨어요. 급히 사랑채로 나가 보셔야 될 것 같아요."

이른 아침부터 자리를 깔고 앉아 꽃에 정신이 팔린 은수에게 춘식이 다급히 말했다.

"이번에 또 늦으시면 쇤네 목숨이 붙어 있질 못할 거구만요. 지금 사랑채에 중요한 손님이 들어 계시다니까요."

요즘 따라 하루 종일 정원에 눌러사는 은수를 채근하듯, 춘식이 종종거린다.

"춘식아! 이 꽃 좀 보거라. 멀리서 언뜻 보면 그저 흰 들꽃 같지만, 자세히 들여다보면 한 가지 색이 아니란다. 꽃술 주변의 주황빛이 점점 꽃잎 쪽으로 가면서 노란색으로 바뀌다가 돌연 흰색으로 바뀐단다. 이 작은 꽃에 세상의 모든 색이 들어 있는 것 같아. 조물주의 솜씨가 참 대단하기도 하지? 옆에서 윙윙거리는 이 작은 놈도 보이느냐? 꽃술 주변에서 엉덩이를 바쁘게 움직이는 이 녀석 덕분에 이 꽃은 먼 곳으로 씨앗을 보내고 싹을 틔울 수 있단다. 그런데 이 녀석은 그런 제 공(功)도 모르는 채, 그저 맛난 꿀만 쪽쪽 빨아 먹는 게지."

춘식의 채근을 들었는지 못 들었는지 은수는 아침 내내 바라본 꽃과 벌을 얘기하느라 들떠 있었다.

"춘식아! 신기한 게 뭔 줄 아느냐? 아침엔 이슬을 머금었던 꽃망울들이 정오에 해를 받으면 제 몸을 활짝 연단다. 그리고 다시 저물녘이 되면 다시 살짝 몸을 오므리는 거야. 누가 알려주지 않았는데도, 이 꽃들은 햇빛의 양을 정확히 알아채고, 삶의 방식을 금세 바꾸는 거란다. 환경이 바뀌면 이 꽃들은 다른 방식으로 적응하면서 제 삶을 살아내는 거야."

학당 앞에서 강준혁에게 톡톡히 조롱을 당한 이후로 은수는 요즘 부쩍 정원에 머무는 시간이 늘었다. 열심히 배운들 써먹을 수 없는 지식에 마음이 쓰렸고, 그런 초라한 심정을 사람들에게 들킬까 또다시 마음이 옹송그려졌다. 그래도 정원에 있을 때는 모든 시름을 잊을 수 있었다. 꽃을 아꼈던 부모 덕에 안뜰에는 넘치도록 많은 꽃이 매 계절 만개해서 그 아름다움을 한껏 드러냈다.

'이거면 충분하다. 꽃과 나무를 바라보며 삶의 이치를 깨우쳐가면 그것으로 충분하다.'

이렇게 날마다 마음을 추슬러볼 뿐이다.

나무 이야기 6
나를 닮은 아이

한 소년이 다가온다.

몇 년 전 이 집에 온 뒤로 저 아이를 여러 차례 보았지만, 아이는 별다른 관심이 없는 것 같다. 눈길 한번 주지 않고 그저 지나치기만 했다. 여느 아이들과는 다르게 생긴 아이의 모습이 눈에 걸린다. 그래서 허욱이 나를 닮은 아이라고 한 걸까? 늘 서 있는 나에 비해, 저 아이는 비틀린 등을 짊어진 채 걸어야 하니…… 버겁겠다. 저 아이의 걸음이…….

무슨 영문인지 갑자기 소년이 내게로 가까이 온다.

위태로워 보이는 걸음걸이와 달리, 얼굴엔 안온함과 따스한 빛이 스며 있다. 여느 때와 다르게 다른 꽃들은 외면한 채 나를 향해 다가온다. 마치 오랜만에 만난 벗을 대하듯 말을 걸어온다.

"그동안 많이 자랐구나. 다가와 만져보고 느껴보고 싶었지만, 어머니가 속상해하실까 그저 너를 외면하기만 했구나. 네 잎사귀가 가늘어지고 누렇게 뜰 때면 내 마음도 조마조마했단다. 살아날 수 있을까 걱정하며 잠들었다가도, 다음 날 어김없이 푸른빛으로 서 있는 널 보면서 난 또 그렇게 한시름을 놓았지. 나는 움직이기도 하고, 돌보아주는 이들도 많은데, 이 몸으로 태어난 너는 그저 혼자 이 모든 일들을 견뎌야 하니, 내가 괜스레 미안하구나."

아이가 되레 나를 걱정한다.

아이는 오래도록 나를 바라보다 돌아갔다.

슬픈 듯, 체념한 듯하면서도 따스함을 지닌 아이의 눈빛이 자꾸 떠오른다.

무엇이 아이의 눈을 심연(深淵)처럼 깊어지도록 만들었을까…….

혼담

사랑채로 성큼성큼 내딛고 있는 은수의 걸음이 심상치 않다. 늘 차분하던 자세는 온데간데없고, 잔뜩 화가 났는지 숨소리마저 거칠었다.

조부께 얼른 절을 마치곤 은수가 대뜸 입을 열었다.

"싫습니다. 할아버님! 혼사라니요?"

다짜고짜 찾아와 거두절미한 채 차갑게 뱉어내는 손자의 말에 허욱은 일순 당황했다.

"나이가 되어 혼담이 오가는 일은 당연지사이거늘, 무엇이 그리 탐탁지 않은 게야?"

허욱이 냉정하게 말했지만, 은수의 반응은 누그러지지 않았다.

"저 같은 이와 하는 혼인을 어느 낭자가 기꺼워하겠습니까! 혼사가 이루어진들, 그 낭자는 도대체 무슨 죄입니까? 온전치 못한 사람은 저 하나로 족합니다. 후손들을 위해서도 안 하는 게 나은 혼인입니다.”

“그게 지금 할애비 앞에서 할 소리인 게야? 장부로 태어나 공맹(孔孟)을 배우고, 가정을 꾸려 자손을 거느려야 세상을 제대로 배울 수 있거늘!”

허욱도 다소 흥분하고 말았다. 그는 지난번에 최 참판이 사랑채에 다녀간 일로 전에 없는 생기를 되찾고 있었다. 그동안 허욱은 손자의 혼사 문제로 이만저만 속앓이를 한 게 아니었다. 나이가 차도 꺼려하는 혼사인 걸 아는지라, 마땅히 혼처를 구할 엄두도 못 내던 차였다. 그러던 차에 비슷한 문제로 속을 끓이던 최 참판을 만난 것이다.

최명환의 딸, 최아영. 금지옥엽 어여삐 기른 딸이지만, 그 댁도 혼처가 안 들어오긴 마찬가지였다. 상왕의 등극을 반대하다 역적으로 몰린 박응이 최 참판의 장인이었기 때문이다.

조선 초 『대명률(大明律)』에 따르면 역적 집안의 여자들에 대해 ‘어미와 딸, 처첩, 아들의 처첩 등은 공신의 집에 주어서 종으로 삼고, 만약 딸이 시집가기로 하여 그 지아비가 확정된 자는 연좌하지 않는다’는 조항이 있었다. 시집간 딸을 문제 삼지는 않았던 것이다.

다행스럽게 박응에게는 이미 혼처가 정해진 딸이 있었다. 그 딸이 최명환에게 시집을 가서 노비 신세로 전락하는 수모는 면할 수 있었다. 그녀는 혼인 후 이태 만에 딸 아영을 낳았지만, 아무도 감히 그의 여식에게 혼처를 넣지 못했다. 어떤 형태로도 그 가문과 엮이고 싶어하지 않았다.

최명환은 조심스럽게 박응의 신주를 모시고, 남들에게 드러내지 못한 채 숨어 제사를 지내고 있지만, 그런 그의 인품이 허욱은 듬직하고 맘에 들었다. 그의 딸이라면 그 인품 그대로이겠거니 믿을 수 있을 것 같았다. 그런데 뜻밖에 최 참판이 먼저 혼사 이야기를 꺼낸 것이다. 기뻐서 버선발로 춤이라도 추고 싶은 심정인데, 이번엔 은수가 한사코 고집을 꺾지 않는다.

최명환의 아내, 박씨 부인

후두둑, 후두두둑.

안마당에 들이치는 굵은 빗줄기에 부인이 소스라치듯 놀라며 눈을 굴린다. 이제는 안심하라고, 이제는 괜찮다고 늘 다독여도 부인의 불안증은 다리에 붙은 거머리처럼 쉽사리 떨어지질 않았다.

그녀의 친정아버지가 거친 병사들의 오랏줄에 묶여 끌려간 날도, 온 집안 가솔들이 죽거나 뿔뿔이 흩어져 노비가 되었던 날도 지금처럼 비가 내렸다. 그리고 연좌에서 벗어난 그녀가 시집오던 날도 어김없이 비가 내렸다.

17년 전, 초례도 치르지 못하고 들어온 그녀의 가마는 비에 젖어 한없이 초라했다.

수모의 부축을 받으며 가마 밖으로 나온 그녀는 마지막 꽃잎을 툭 떨군 꽃대 같았다. 창백하리만큼 흰 피부와 슬픈 눈동자, 말까지 잃고 허공에 붙들려버린 공허한 시선. 이 여인을 어찌 위로해야 할지 최명환은 가슴이 먹먹했다.

궂은날이 있으면 맑은 날이 있고, 봄과 가을이 다가오고 지나가듯 어떤 상황이든 지속적으로 머물지 않는 게 이치건만…… 그 이치는 그녀에게서 늘 비껴나 있었다.

처음엔 양친 모두 박씨 집안의 위세와 부(富)에 흡족해하시던 혼사였다. 그러나 하루아침에 풍비박산 난 가문의 딸이 염치도 없이, 며느리 자리로 꾸역꾸역 들어오는 게 노모의 심사를 뒤틀었다. 역모를 뒤집어쓴 장인 때문에 아들의 앞길이 막혀버린 분노의 화살은 문지방을 막 넘은 새색시에게 꽂혔다.

"비가 와서 마당에 내릴 수 없으니, 댓돌 위로 가마를 올리거라. 불길한 사람이 기어코 내 집에 발을 들였으니 다들 소란 피우지 말고 조용히 대문을 닫거라."

서늘한 어머님의 목소리가 지금도 명환의 귓가에 생생했다.

딸아이의 혼담을 위해 허 대감을 찾았던 오늘도 비가 내렸다. 하루종일 동동거렸을 그녀의 어깨를 다독여주었다.

"부인, 우리 아영이의 혼처가 정해졌소. 허 대감도 아주 기뻐하셨소. 그러니 이제는 마음의 짐을 내려놓고, 편하게 아영이를 보낼 준비를 해주구려."

부인의 손을 잡고 안채까지 든 그는 그녀가 잠들 때까지 곁을 지켰다. 이불을 살포시 덮어준 뒤 조심스러운 손길로 문을 닫고, 안채 마당에 한참을 서 있었다. 문득 생각난 듯 그는 천천히 딸의 처소로 향했다.

"비가 와서 땅이 질척이는데, 무얼 그리 골똘히 보고 있느냐?"

딸의 뒷모습을 발견하고 명환이 기척을 냈다.

"아버님!"

어미를 쏙 빼닮은 딸아이의 눈망울이 어룽거렸다.

"비를 머금은 풀잎들이 어찌 이런 푸른빛을 내는지 궁금해서요."

어려서부터 혼자 놀던 습관이 아직도 남아 있나 싶어 노파심이 들었다. 충격으로 말을 잃은 어미 곁을 지키며 안마당을 맴돌던 아이. 쭈그리고 앉아 막대기로 늘 그림을 그리던 아이. 담 밖의 세상이 궁금했을 나이에도 늘 미물에 깃들어 있는 영롱한 색(色)에 마음을 주던 아이였다.

영민한 아이는 고운 꽃들에 머문 어미의 시선을 놓치지 않았다. 어미의 시선을 붙잡아두고 싶었던 아이는 그때부터 그림을 그리기 시작했다. 그리고 놀라울 정도로 똑같이 그려낸 아이의 꽃 그림에 어미의 입가엔 소리 없는 미소가 스며들기 시작했다.

"그런데 아버님! 오늘은 비가 오는데 어찌 오래도록 집을 비우셨어요? 어머니가 많이 불안해하셨어요."

비 오는 날엔 좀처럼 집 밖 출입을 하지 않는 걸 알기에 아영은 아비의 행차에 궁금증이 일었다.

"실은 오늘 아주 중대한 일을 보고 오느라 늦어졌단다. 흠흠……."

어미 걱정만 하며 자란 아이에게 갑작스럽게 혼처가 정해졌다는 말을 꺼내기가 어려워 괜스레 목소리만 가다듬었다.

"이제 너도 어미에게서 놓여나 멋진 사내 곁에서 웃을 때가 되지 않았느냐."

"아버님…… 소녀는 어머니를 놓고 그 어디에도 가지 않을 것입니다."

아영이 지그시 입술을 깨물며 시무룩해지자 그가 물었다.

"아영아, 아비는 네가 이제부터 더 행복해지면 좋겠구나. 네 어미를 살피던 그 마음을 펼쳐 지아비와 가솔들을 챙기면 되느니라. 조선이란 나라에서 여인이 할 수 있는 최고의 일이 바로 그것이니라. 혹여…… 다른 근심이 있느냐? 그 댁 도령에 대한 소문 때문에 이 혼사가 꺼려지는 것이냐?"

"아닙니다. 소녀 그 댁 도령을 두고 사람들이 수군거리는 소리에 마음을 두지는 않습니다. 다만 아직 어머니를 떠날 준비가 되지 않았을 뿐입니다."

"떠날 준비가 되어 있는 사람은 없단다. 때가 되면 다음 계절에 자리를 내주는 나무처럼 그리 살면 되는 게야. 나무는 넘치는 생명력으로 새싹을 돋우다가도, 가을이 되면 미련 없이 잎사귀들을 떨구고 새봄을 준비하지 않더냐. 그렇게 때에 따라 새 삶을 살아가면 되는 것이야."

"어머니께도 새 삶이 시작될 수 있을까요? 어머니의 삶에도 파릇파릇한 봄이 다시 올 수 있을까요……."

그는 어미의 걱정에 말을 잇지 못하는 딸의 등을 토닥였다. 한 가냘픈 여인을 걱정하는 두 사람 위로 달빛이 스산하게 비추었다.

혼례 날

초례상 위에 가지런히 놓인 목기러기는 주위의 꽃들과 어우러져 때깔이 고왔다. 그러나 온통 아름다운 것들 사이에서도 사람들은 즐기지 못하고 있었다. 하객들 사이로 간간이 새어 나오던 탄식은 점차 대놓고 커지기 시작했다.

"형님도 참 유별나기도 하시지. 아무리 남의 눈 의식하지 않는다지만 혼례까지, 참……."

"도대체 조선 팔도 천지에 어느 양반집에서 초례를 신랑집에서 한답니까? 또 사랑채도 아닌, 안채 마당에 초례상을 차리다니, 쯧쯧! 이게 가당키나 한 일입니까? 형님이 급기야 노망이 드신 게지요."

"예의나 법도라곤 털끝만치도 찾아볼 수 없는 혼사입니다!"

"흉물 하나가 집안에 태어나더니, 형님의 시야를 온통 가려놓았습니다."

여인들이나 머무는 안채에 잠시라도 있게 된 것이 불쾌한 양, 그들은 미간을 찌푸리며 투덜거렸다. 신랑집에서, 그것도 꽃이 만발한 안채 마당에서 초례상을 차린 것이 문제였다.

이렇게 듣도 보도 못한 파격적인 혼례를 계획하게 된 데는 여러 이유가 있었다. 장안에 소문이 자자할 정도로 멋진 정원을 가진 허욱은 만발한 꽃 속에서 은수의 혼인을 치러주고 싶었다. 물론 처음엔 초례(醮禮)를 치르고 돌아온 아이들의 우례(于禮)를 그곳에서 치를 생각이었다. 그런데 어느 날 최 참판을 통해 손주며느리가 될 아영의 서신 한 통을 받았다.

고운 진달래색 위에, 말린 가을 국화로 장식한 한지에는 정갈한 서체가 들어 있었다. 어린 규수가 직접 만들었다고는 믿기지 않는 빼어난 솜씨였다.

말도 표정도 잃은 어미가 자신의 혼사를 준비하면서 더 많이 낙심하는 듯해 걱정된다는 내용이었다. 잘 웃지 않는 어미는 꽃 앞에서만큼은 행복하다고 했다. 외람되지만 어미에게 그 정원을 보여드리고 싶다고 청하였다. 그 정원 속에서 아름답게 살게 될 자신의 모습을 보여드리면 어머니의 마음이 평온해지실 듯하다고 하였다. 그저 혼인 전에 다과회를 열어 저와 어미를 한번 초청해주십사 간청하는 서신이었다.

물론 말도 안 되는 제안이었다. 사돈댁 안방마님이 혼례 전 신랑집을 드나들다니……. 한양 바닥에 추문이 퍼져 호사가들의 입을 즐겁게 해주는 데는 반나절도 걸리지 않을 것이다. 하지만 허욱은 아픈 노모의 마음을 헤아리는 아영의 깊은 심사가 마음에 들었다. 그 마음으로 은수를 품어줄 수 있을 것 같아 가슴이 벅차올랐다.

그래서 급기야 신붓집에서 치러져야 할 초례를 신부 측 양친을 모시고, 자신의 집 그것도 안채 정원에서 하기로 결정한 것이다.

저녁이 다 되어 신방에 들어오고 나서도 은수는 한동안 고개를 들지 못했다.

"미안하오."

그가 고개 숙인 채 신부를 향해 내뱉은 첫말이었다.

"무엇이…… 말입니까?"

"온전치 못한 내게 오는 것이 쉽진 않았을 거라 생각하오."

은수의 목소리가 첫날밤 신랑답지 않게 주눅이 들어 있었다. 오히려 이어지는 아영의 목소리가 담담하고 가벼웠다.

"온전치 못한 마음을 가진 이에게 가는 것이 정녕 불행한 일이겠지요. 혼담이 오갈 때부터 완강하게 거절의 뜻을 밝히셨다고 들었습니다. 혹여 소녀의 집안이 마음에 걸리셨는지요?"

은수가 그제야 어색한 얼굴을 들었다.

"무슨 가당치 않은 말씀이오? 난 그저 내 모습에 그대가 놀라고 상처받을 것이 마음에 걸렸소. 그대에게 평생의 멍에를 지운 듯하여……."

"서방님이 꽃과 나무를 아끼신다 들었습니다. 살아 있는 생명을 귀히 여기는 마음 밭을 지니셨다 들었습니다. 그러니 저는 온전한 마음을 지니신 분 곁으로 왔을 뿐입니다. 그 외의 일은 다시 입에 담지 말아 주십시오."

은수는 그제야 하루 종일 빼근했던 몸을 조금 펴며 신부를 향해 희미하게 웃어주었다.

괴짜 왕의 하루

"박 내관, 밖에 있느냐?"

"예, 전하. 하명하시옵소서."

강녕전에 든 박 내관은 때늦은 왕의 부름에 촉각을 곤두세웠다. 내전에 들자마자 속으로 삼키는 한숨이 푹푹 절로 나왔다. 방바닥에 흩어져 있는 기이한 물건들이 그의 신경을 박박 긁어댄 탓이다.

"만수야, 이리 가까이 오너라."

"전하, 어찌 또 천신(賤臣)의 이름을 입에 올리시옵니까?"

박 내관은 왕이 민가에 살던 어린 시절, 그의 수발을 들던 종이었다. 그가 어려서부터 섬기던 어린 도령은 총명하고 어질었다. 그리고 때론 아무도 상상하지 못할 일을 벌이는 괴짜이기도 했다. 엉뚱한 일을 도모할 때면 어린 도령은 늘 만수의 이름을 친근히 부르며 천진하게 웃었다.

늘 호기심에 차 있던 어린 도령은 소년이 되면서 왕자라는 무게를 어깨에 짊어졌다. 그러고도 조선 제일의 책벌레가 되었다. 책에 한번 빠져들면 밥 먹는 것도, 문안드리는 것도 잊어버리기 일쑤였다. 고려 최고 무인의 아들이었던 상왕은 백면서생(白面書生) 같은 왕자가 걱정거리였다. 흔들리는 촛불 앞에 밤새워 책을 읽는 아들이 못마땅하여 꾸짖어도 보고, 처소에 들이닥쳐 책들을 빼앗아보기도 했다.

빼앗긴 책들이 불 속에 삼켜질까 노심초사하던 왕자는 급기야 시름시름 앓았다. 이를 보다 못한 박 내관이 목숨을 걸고 지켜낸 책 한 권을 그의 앞에 내밀었을 때, 소년 왕자는 책을 끌어안고 눈을 반짝였다. 대전 내관들이 들이닥쳐 책을 빼앗아갈 때, 박 내관이 엉덩이에 몰래 깔고 앉아 간신히 사수한 책이었다.

소년 왕자는 이불 속에 숨어 몇 번이고 그 책을 읽고 또 읽었다. 박 내관이 노심초사하며 불침번을 서고 있는지는 상상도 하지 못한 채. 박 내관은 그때나 지금이나 왕자의 동무이자 든든한 후원자였다.

"만수야, 이것이 무엇으로 보이느냐?"

왕의 눈에 예의 그 총기가 어리자 만수는 덜컥 가슴이 내려앉는 것만 같았다.

"전하, 그리 친근히 부르실 때마다 천신은 심장이 벌렁거리옵니다."

"내가 널 그리 부르면, 너도 나를 왕이 아닌 동무로 생각하면 되느니라."

"휴……. 천신의 눈에 이것은 그냥 흔하디흔한 솔방울이옵니다."

박 내관이 체념 어린 어조로 퉁명스럽게 대답했다.

"그럼 방바닥에 널려 있는 솔방울들의 모양이 어떠한 것 같으냐?"

"크기도 모양도 제각각인지라 무어라 말씀 올리기 어렵사옵니다."

"쯧쯧쯧, 그렇게 가자미처럼 옆 눈으로 째려보니 당연히 안 보일 수밖에."

한번 꽂히면 발을 뺄 수 없게 하는 왕의 근성에 박 내관은 저도 모르게 어릴 적 만수로 돌아갔다.

"도련님, 쇤네 눈엔 그저 지저분하게 거미줄이 달라붙은 솔방울로만 보입니다요. 어떤 것들은 한껏 벌어져 있고, 또 어떤 것들은 꽃봉오리처럼 입을 다물고 있습니다요."

"진즉에 그리 살폈어야지. 잘 보았느니라."

"그런데 이것으로 무엇을 하실라고요?"

"이 방에 습기가 많은지 적은지 알아보고 싶어서 내가 주워왔느니라."

'이건 또 뭔 소리.'

속말을 삼킨 만수는 다시 박 내관으로 돌아와 펄쩍 뛰었다.

"전하! 부디 체통을 지키시옵소서. 산책을 하실 때 허리를 굽혀 이런 것들을 주우시는 것은 법도에 어긋나옵니다. 지존께서 어찌 허리를 굽히시옵니까? 통촉하여 주시옵소서."

박 내관의 잔소리에 귓구멍을 후벼 파던 왕이 하소연했다.

"일국의 군왕이 되고 내가 제일 답답한 게 무엇인 줄 아느냐? 아무리 궁금해도 내 손으로 직접 아무것도 만질 수 없다는 것이다. 늘상

'옥체를 보존하시옵소서! 통촉하여 주시옵소서!'를 외치는 대신들의 목소리가 귀를 찌르는 듯하단 말이다. 내 몸 하나 마음대로 움직일 수 없는 내가 불쌍하지도 않느냐?"

하루 종일 골똘히 생각하다가, 마침내 궁금증이 풀리면 헤벌쭉 웃었던 어린 소년이 떠올라 박 내관은 먹먹한 마음으로 머리를 조아렸다.

"그런데 전하, 이 솔방울들로 어찌 이 방의 건습(乾濕) 상태를 알 수 있는 것이옵니까?"

기다렸다는 듯이 설명을 시작하는 왕의 얼굴이 발갛게 상기되었다.

"사람들 발밑에 차이는 이 솔방울들은 신기하게도 물에 민감하게 반응을 한다. 물기가 많은 곳에서는 꽃봉오리처럼 입을 오므리고, 건조한 곳에서는 날개를 활짝 펴는 것이지. 지난 한식에는 솔방울들이 빳빳이 날개를 폈는데, 아니나 다를까 도성 근처에서 산불이 아주 많이 일어났었다. 이 작은 열매들이 우리에게 자연의 상태를 알려주었던 게지."

"전하, 그, 그럼 이 솔방울들이 지난 몇 달간 이곳에 있었단 말씀이옵니까?"

박 내관은 기가 막혀 할 말을 잃었다. 지엄하신 군왕의 침실에 나뒹구는 더러운 솔방울이라니……. 내일 지밀상궁들을 불러 또 한바탕 난리 칠 생각을 하니 박 내관은 벌써부터 머리가 지끈거렸다.

나무 이야기 7
한 여인

선들선들 불어오는 바람에 모처럼 기분 좋게 가지를 쭉 뻗어 흔들대던 오후였다.

한 여인이 내 앞에 우두커니 섰다. 얼마 전 허욱의 집안에 시집온 새색시인가 보다. 녹의홍상(綠衣紅裳)에 맑은 눈망울을 지닌 여인이었다.

"네가 서방님의 숨겨둔 보물이구나. 지난번 정원을 거닐 때, 서방님이 이 정원에 보물이 있다고 하셨지. 처음엔 이름 모를 꽃들인가 싶어서 두리번거렸고, 다음엔 청초한 연꽃인가 싶어서 연못 주변을 서성였지. 그런데 지금 보니…… 너인 듯싶구나. 서방님의 마음을 사로잡았던 보물이."

허리 굽은 나무를 보물이라고 여기는 은수 도령도 의아했지만, 저렇게 반짝이는 눈으로 그의 보물을 찾으러 다니는 여인도 처음이었다.

내게 사람들이란 그저 우리를 통해 무언가를 얻어내려는 무례한 존재였다. 아무 때나 불쑥 나타나 마치 모든 것이 제 것인 양 가져가는 불청객들 말이다. 숲이, 나무가, 존재하는 모든 것이 자신들을 위한 것이라는 착각과 오만함. 그건 인간 스스로 깨닫기 요원해 보였다.

나는 허욱의 집에 옮겨지고 나서도 나를 못마땅해하는 시선들에 이젠 익숙해졌다.

'아름다운 정원에 어울리지 않는 나무.'

'정원을 망치는 앉은뱅이.'

'뽑아도 시원찮을 판에, 분수에 넘치는 사랑을 받는 나무.'

'도련님을 닮아 불쌍한 나무.'

그들이 나를 규정하는 말들은 하나같이 이런 것들뿐이었다. 불퉁거리는 심사로 배알이 뒤틀린 적이 한두 번이 아니었고, 그건 쌓여서 보이지 않는 상처를 만들어냈다. 여인이 내 잎사귀를 만지작거린다.

"내가 널 그릴 수 있을까? 굽은 외형을 넘어선 너의 푸르름을 내가 표현할 수 있을까? 내 좁은 화폭 속에 널 고스란히 담아낼 수 있을까? 너를 담아낸 내 그림이 내 어머니와 서방님에게 위로가 될 수 있을까? 너의 푸르름이 힘에 겨운 우리 삶을 치유할 수 있을까?"

그림을 그리는 여인인가 보다. 그런데 왜 하필 나를 그리고 싶어 할까?

쭉 뻗은 소나무들을 그리는 화공들은 수도 없이 봐왔다. 심지어 보지 않고도 척척 우리를 그려내며, 그 푸르름을 칭송하는 고고한 선비들도 많았다. 그들의 유일한 관심은 사시사철 시들지 않는 우리의 푸르름뿐이다. 그리고 그 푸르름은 그들의 정신적 표상이 된 듯했다.

그런데 이 여인은 내 푸르름이 누군가를 위로할 수 있다고 여긴다. 정말 그럴 수 있을까? 오래도록 뒤틀려 있던 심사가 어쩐지 스르르 풀어지는 것만 같다.

은수의 보물

혼례를 치르고, 눈 깜짝할 사이에 벌써 두 달이 흘러갔다. 아영은 새살림을 익히랴, 낯설고 어렵기만 한 시댁 생활에 적응하랴 진땀을 빼고 있었다.

하루 종일 종종거리는 아영을 위해 은수는 정원 한쪽에 두 개의 나무둥치를 마주 놓았다. 그곳에 앉아 쉬면서 두런두런 이야기를 나누곤 했다.

"부인, 그래서 내가 어여삐 여기는 보물을 드디어 찾은 거요?"

아침마다 정원을 거닐며 행복해하는 아영에게, 얼마 전 은수는 자신이 가장 사랑하는 꽃이나 나무를 알아내면 소원 한 가지를 들어주겠노라 넌지시 말했었다.

"처음엔 꽃 중의 왕 모란인 줄 알았습니다. 모든 꽃을 압도하는 화려함이 단연 눈에 띄었지요. 하지만 서방님의 성품과 너무 닮지 않아,

그다음엔 연꽃인가 생각했습니다. 더러운 연못 한가운데서 피어나지만, 그 더러움에 물들지 않는다고 해서 군자의 꽃이라 불린다지요? 유유자적함을 동경했던 도연명이 떠올라, 국화인가 생각도 해보았습니다."

"모란, 연꽃 그리고 국화라……."

"그런데 소첩 어제 정원 한쪽 구석에 심어진 소나무 한 그루를 보았습니다. 화려한 꽃밭에 가려져 처음엔 무심코 지나쳤었죠."

"어찌 그 소나무가 내 보물이라 생각했소? 아름답지 못한 모습일 텐데……."

은수는 자신과 닮은 모습 때문에 그 나무를 사랑하는 걸 들킨 듯해서 말끝을 흐렸다.

"굽은 외형 안에 갇히지 않은 푸르름 때문입니다."

"푸르름 때문이라? 푸름은 모든 나무가 자신의 생명력을 증명해내는 색일 뿐이오. 그 나무가 그대의 마음을 끌어당긴 다른 이유가 혹여 있소?"

"그 나무에겐 분명 뿌리내리기 어려웠던 시간이 있었을 것입니다. 그러나 척박한 환경이 그 푸름을 해치지 못했으니, 소첩은 그것이 좋았습니다."

"……."

은수는 아영의 대답에 숙연해졌다. 그리고 소나무를 지긋이 바라보았다. 지금껏 자신이 불쌍하고 애틋한 마음으로 바라보았던 소나무를 아영은 전혀 다른 시각으로 보았다는 사실에 가슴이 먹먹해져 왔다.

"내가 못난 자의식에 너무 오래 갇혀 있었던 모양이오……."

세상은 보는 자의 마음에 달려 있을 뿐인데. 그동안 옹졸했다는 게 부끄럽기만 했다. 은수는 이내 밝은 표정을 하곤 아영을 정겹게 바라보았다.

"그대가 내 보물을 찾아냈으니, 이제 내가 소원을 들어줄 차례인 거요? 무엇을 가지고 싶소? 여인들은 예쁜 꽃이나 노리개, 옥가락지 같은 걸 좋아하지 않소? 어여쁜 당혜는 어떻소?"

은수는 얼마 전, 춘식을 데리고 장에 나갔다가 눈에 들었던 꽃신이 떠올랐다.

"소첩의 소원은 화려한 물건이 아니옵니다."

"그럼 그림을 그리고 싶소? 한양 최고의 붓을 사주면 되겠소?"

"소첩은 글을 읽으시는 서방님의 모습이 좋습니다. 글 읽으실 때 행복해하시는 모습이요. 학문이 무르익으셨으니, 이제 과거시험을 보시는 것이 어떨지요?"

예상치 못한 그녀의 갑작스러운 권유에 은수는 맥이 탁 풀렸다.

아득히 정원의 꽃들을 바라보다가도 문득 『논어』의 한 구절이라도 떠오르면 애써 떨쳐내느라 도리질을 치곤 했고, 자신에게 글을 가르치는 조부의 얼굴에 뿌듯함이 묻어날 때마다 외면하느라 죄책감이 들기도 했다. 작은 희망의 싹이 마음 밭에 뿌리내리게 될까 봐 야멸

차게 걷어내곤 했다.

"글을 좋아해서 읽는 것과 관직에 나가는 것은 전혀 다른 문제요. 금상께서 선정을 베푸시어 백성들이 태평성대를 지내고 있는 것은 사실이오. 그러나 이 몸으로 임금을 뵙는 것은 가장 큰 불충(不忠)이 될 수도 있소."

"임금께서 자질이 뛰어나고 재주 있는 이들을 귀히 여기신다 들었습니다. 소첩의 소원이 그리도 허황된 일인지요?"

아영의 말마따나 기회라면 기회라고 할 수 있었다. 무예를 숭상했던 상왕과 달리, 학문을 사랑하는 금상은 재능 있는 자들을 아낀다고 들었다. 아무리 천한 신분이라도 능력을 앞세워 제자리를 찾아주고야 마는 근성도 있다고 했다. 그러기에 조부께서도 늘 그에게 강권하던 일이 바로 장원급제였다.

'과연 이 몸으로도 가능할까? 괜한 욕심만 부리다가 더 상처받지는 않을까…….'

은수는 속으로 대답을 삼켰다.

그러면서도 새로운 다짐이라도 하듯, 바람결에 실려 온 솔향을 깊이 들이마셨다.

허욱의 기록 2

장안을 떠들썩하게 했던 혼례가 끝난 지 거의 석 달이 되어간다. 이제 몸도 마음도 추스를 만하건만 아직 영 기운을 차리지 못하고 있다. 괴상망측하고 남부끄러운 혼례라고 비난하던 형제들은 그 뒤로 발길을 끊었다. 늘 들어와 익숙했던 비난이지만, 가시지 않고 자꾸 앙금이 남는 건 왜일까. 모래알을 씹은 듯 입안이 까끌거렸다.

"할아버님, 잠시 들어가도 되겠습니까?"

마침 은수의 때아닌 방문에 허욱은 복잡한 심사를 뒤로 미루었다.

"오냐, 들어오너라."

웬일인지 손주며느리가 다소곳이 은수 뒤를 따랐다.

'뭔가 할 말이 있는 건가? 혹시 손주며느리에게 태기(胎氣)가 있나?'

주책맞은 생각에 그는 피식 웃음마저 났다.

"할아버님, 복숭아화채 한번 맛보셔요. 요즘 입맛이 없으신 듯하여 상주댁에게 부탁해 어렵게 구한 복숭아예요."

"안 그래도 날이 더워 시원한 게 먹고 싶던 참이다."

흐뭇한 얼굴로 손주 부부를 바라보는데, 은수가 어렵사리 말을 꺼냈다.

"할아버님, 미흡하지만 이제 과거시험을 준비해보려 합니다."

깜짝 놀라 입속에 있던 복숭아가 목구멍으로 쏙 넘어갔다.

"켁켁! 지금 무어라 했느냐? 과거시험?"

체통마저 잊고 웃어젖히는 조부의 모습이 생소해 은수는 어리둥절해졌다.

"이리 감격스러울 수가 있나! 그런데 어찌 돌연 마음을 바꾸었느냐? 할애비가 그토록 간청할 때는 꿈쩍도 안 하더니만."

눈을 흘기며 타박하는 그의 목소리가 의외로 밝았다.

'그렇지. 이게 바로 처(妻)의 힘인 게지. 다정히 정원을 거닐며 속내를 들어주고 위로해준 힘.'

허욱은 그렇게 또다시 희망을 보았다. 죽어가던 나무에 새싹이 돋듯, 은수의 삶에 빛처럼 다가온 아영이 귀하고 또 귀했다.

발칵 뒤집힌 조정

어디선가 일어난 바람이 춤을 추듯 정원을 맴돌다 흩어졌다. 청초한 자태를 뽐내던 수선화가 그 바람에 놀랐는지 진한 향기를 발했다.

아영은 시모가 좋아했다는 수선화를 아련하게 들여다보고 있었다.

우두커니 앉아 죽은 시부를 떠올렸을 시모. 수선화와 눈을 맞추듯 마주하며 아영은 죽은 시모에게 간곡히 빌었다.

은수의 삶에 따듯한 볕이 스며들게 해달라고.

몇 번이고 같은 말을 되뇌고 있을 때, 상주댁의 목소리가 들려왔다.

"아씨, 구해왔습니다요."

"알았네. 그늘에 놓아두게."

정지에 들자 소쿠리에 커다란 게가 담겨 있었다.

"아씨, 오늘 밤에는 탕으로 준비할까요, 아니면 찜으로 준비할까요?"

"우선 내가 잠시 사용하고 다시 이곳에 둘 테니, 탕으로 준비해주게."

소중하게 소쿠리를 방으로 들여온 아영은 찬찬히 게의 움직임을 살피기 시작했다. 그리고 사각사각 먹을 갈았다.

잠시 후, 하얀 종이 위에 두 마리 게가 꿈틀거리듯이 그려지고 있었다. 갈대 사이에 보일 듯 말 듯 그려진 게들은 아영이 은수를 위해 그린 것이다. 게 그림은 과거를 앞둔 선비들에게 좋은 선물이었다. 게딱지를 갑(甲)이라 하는데, 과거시험에서 갑과(甲科, 과거시험 합격자 중 최상위 등급)에 들라는 의미와 상통했기 때문이다. 아침부터 상주댁에게 싱싱한 게를 구해달라고 부탁한 아영은 완성된 그림을 애틋하게 쓰다듬었다.

"전하 결단코 아니 되옵니다! 통촉하여 주시옵소서."

정전에 모여든 대신들의 노기 어린 간청이 멈추질 않자 왕은 심사가 뒤틀렸다. 장원급제한 젊은 인재가 하필 꼽추였기에 그들의 반대는 하늘을 찌를 듯했다.

"전하! 전조부터 이러한 일이 없었사옵니다. 지존께서 계시는 궁궐에 어찌 부정하게 꼽추가 들 수 있겠나이까?"

"사람의 자질과 바탕이 훌륭하면 쓰면 될 뿐, 그가 가진 결점이 무에 그리 중요하겠소?"

"유학을 숭상하는 조선에서 결코 있을 수 없는 일이옵니다. 공자께서는 함부로 잘린 볼품없는 음식조차도 드시지 않았습니다."

또 그놈의 공자 타령. 도대체 뭔가 새로운 일만 시작하려면 어김없이 발목을 잡는 성현들. 기득권을 거머쥐기 위해 늘 방패막이로 삼는 공맹 타령에 왕은 점점 지쳐가고 있었다.

이들이 공자까지 들먹이며 이토록 극렬하게 말리는 꼽추는 허은수라는 자였다. 얼마 전 왕은 장원급제를 한 허은수를 불러 독대한 적이 있었다. 대신들이 한바탕 난리를 치기 전에 미리 그의 마음을 단속하고자 함이었다.

왕 앞이라 어렵게 나아오는 그의 모습은 생각보다 더 측은했다. 그 몸으로 부서져라 공부했을 걸 생각하니 더 기특했다. 그리고 이 특이한 인재가 어떤 마음으로 출사길에 올랐을지 궁금했다. 그저 입신양명만을 꿈꾸는 시답잖은 자인지, 아니면 자신과 함께 새로운 조선을 만들어갈 동량인지 시험해보고 싶었다.

한참을 바라보는 왕의 눈빛에 은수가 긴장하는 기색이 역력하자, 박 내관이 아뢰었다.

"전하, 하문하실 것이 있지 않으시옵니까?"

"……."

"전하!"

박 내관의 재촉에 이윽고 왕의 옥음이 들렸다.

"노자의 『도덕경』에 상선약수(上善若水)라는 말이 있다. 무슨 뜻이냐?"

옆에 있던 박 내관의 눈썹이 꿈틀거렸다. 보고만 있어도 안쓰러운 꼽추 급제자를 데려다 놓고, 과거시험의 책문 내용을 묻는 것이 아니라, 생뚱맞게 『도덕경』을 묻다니.

박 내관이 안됐다는 눈길로 급제자를 보자마자 그의 입이 주저 없이 열렸다.

“최상의 선은 물과 같다는 뜻이옵니다. 물은 만물을 길러내어 이롭게 하면서도 그 공(功)을 다투지 않사옵니다. 사람들이 싫어하는 더러운 곳까지도 두루 흘러 제 본분을 다합니다. 그렇기에 물은 조선의 관리들이 본받아야 할 최상의 선(善)이라 사료되옵니다.”

더하고 뺄 것도 없는, 명료하면서도 확신에 찬 대답이었다.

당황했을 급제자를 향해 안쓰러운 눈빛을 보내던 박 내관은 망설임 없는 그의 대답에 오히려 머쓱해졌다. 그리고 보고야 말았다. 왕의 얼굴에 번지는 감격과 뿌듯함을.

장원급제를 하고도 죄스러워하는 그에게 왕은 괘념치 말고 관직에 나올 것을 명했다. 그의 마음을 얻어 기쁘던 것도 잠시, 이젠 이들이 막아놓은 산을 넘을 차례였다.

“나는 뜻을 이미 정하였소. 더 이상의 번복은 없을 것이니 승정원에 명하여 허은수의 발령장을 내도록 하시오.”

“전하, 다시 한번 통촉하여 주시옵소서!”

신하들의 절규를 뒤로 한 채 왕은 쌩하니 정전을 나가버렸다.

대신들 역시 참담했다. 하고많은 이들 중에 하필 장원급제자가 병신이라니…….

지난번 천출 장영실의 관직 하사에 이은 꼽추 병신 관직에 대한 논의였기에 더 참담했다.

허욱의 기록 3

사랑채가 오랜만에 사람들로 북적였다. 발길을 끊었던 형제들이 은수의 장원급제와 왕의 독대 소식을 듣고 버선발로 달려왔기 때문이다.

간만의 손님맞이에 집안 하인들까지 정신이 쏙 빠질 지경이었다. 집안 행사에 얼굴조차 내밀지 못했던 은수는 이제야 겨우 모습을 드러내 축하를 받았다.

"형님! 집안에 큰 인물이옵니다. 경하드립니다."

"아마도 은수의 장원급제엔 저 소나무가 큰일을 한 듯합니다. 예부터 소나무 꿈을 꾸면 벼슬을 할 징조이고, 솔의 무성함을 보면 집안이 번창하여 만사형통한다고 하지 않았습니까? 은수가 저 나무를 사랑하고 돌보니 소나무의 신령이 감동하였던 게지요."

허욱은 그들의 변덕스러운 태도에 기가 찼지만, 간만에 형제들과의 조우를 망치고 싶지 않아 웃어넘겼다. 그렇지만 이대로 넘어갈 수는 없었다. 장원급제조차도 은수의 노력과 능력이라고 인정하고 싶지 않은 저들의 뒤틀린 심사에 일침을 가해주고 싶었다.

"허허, 어찌 소나무 덕이라 할 수 있겠느냐? 밤낮으로 학문에 전념한 은수의 능력이지. 주상전하께서 은수의 답안을 흡족해하셨다고 들었다. 누구보다 책을 많이 읽으신 전하께서 그리 쉬이 흡족해하시겠느냐? 부전자전이지. 은수 애비도 갑과에 들지 않았었느냐?"

"그, 그렇지요, 형님."

얼굴이 벌게진 형제들은 고개만 끄덕일 뿐 더는 입을 열지 못했다. 한 사람이 갑자기 급한 일이 생겼다며 일어나자 다들 슬슬 자리를 떠났다.

모두가 떠난 방에 홀로 남은 허욱은 흔들리는 촛불을 마주하고, 평소 입에 잘 대지도 않던 술잔을 기울였다.

"준하야, 은수가 장원급제를 했구나. 네가 갑과에 들었을 때도 애비는 세상을 다 얻은 듯했는데, 우리 은수는 그 애처로운 모습으로 장원급제를 해냈구나. 그런데도 피붙이라는 것들이 마음껏 축하해주기는커녕, 되레 비꼬기만 하니……. 우리 은수가 잘 해내야 할 텐데……."

닿지 못할 소리가 방 안에 오래도록 맴돌았다.

색(色)을 만드는 아영

은수의 출사는 아영의 삶에도 작은 균열을 일으켰다. 혼인 후 늘상 붙어 다니던 이들의 생활은 이제 꿈꿀 수도 없는 일이 되어버렸다. 오늘도 섭섭한 마음을 떨쳐내며, 아영은 소나무 아래로 향했다. 나무를 들여다보며 그나마 적적함을 달랬다.

퇴청하고 안채로 들어서던 은수는 집을 가득 메운 구수한 버섯 냄새에 기분이 좋아졌다.

"아씨! 아씨! 작은 대감마님 퇴청하셨습니다요."

아영을 부르는 해주댁의 목소리가 곰살스러웠다.

"괜찮네. 방해가 될 수도 있으니, 내가 들어가보지."

커다란 가마솥이 안마당에 나와 있었다. 아영이 키만큼 큰 주걱을 들고 낑낑대며 가마솥 안을 휘젓고 있었다.

"무얼 그리 열심히 하시오?"

"서방님, 퇴청하셨어요? 엊그제 내린 소나기로 소나무 밑에 버섯이 총총히 돋았기에 채취해서 끓이는 거예요."

"버섯을 끓여서 무엇에 쓰려 하오? 요즘 무릎이 안 좋으신 할아버님께 올리려 하오?"

"할아버님을 위한 약재로도 쓰고, 저를 위한 선물이기도 하고요."

"부인을 위한 선물이라 했소? 허허, 미안하오. 내가 요즘 조정일로 바빠 부인에게 소홀하였소. 무슨 선물을 갖고 싶은 게요?"

예전에 예쁜 당혜나 노리개를 사주겠다고 했을 때도 한사코 물건에 관심을 보이지 않던 여인이었다. 그러고는 대뜸 물건은 필요 없으니, 과거시험을 보라고 은근하게 권유했던 여인이었다. 이번엔 또 무슨 일을 거론할지 몰라 은수의 가슴이 조마조마했다.

"서방님께서 조정 일로 바쁘실 때마다 조금 적적했습니다. 이전에는 매일 정원에서 같이 꽃을 가꾸고, 바라보고, 거닐다가 갑자기 짝을 잃으니 심술이 나기도 했답니다. 그래서 요즘 새로운 물건을 만들어보고 있어요."

"미안하오. 부인의 외로움을 이렇게도 모르고 무심했으니. 그래서 요즘 무엇을 만들고 있소?"

"색(色)을 만드는 중이어요."

"색? 그림 그릴 때 필요한 색 말이오? 그림 안료라면 종루에서 춘식이가 늘 구해오지 않소?"

"그것만으로 색을 표현하기에 부족해서 요즘은 정원에서 기르는 꽃,

풀잎, 약재 등을 말리고 끓여서 새로운 색을 만들어보려고요. 그 색으로 그림도 그리고, 옷감을 물들이는 염료로 사용해보기도 하고요."

아영에겐 집안의 제사를 챙기고, 식솔들의 입성을 꾸려내는 종갓집 며느리의 삶에 매몰되지 않는 오롯한 힘이 있었다. 그리고 그 힘이 아영을 더욱 빛나게 만들었다.

"그럼 끓여서 얻어내는 버섯은 어떤 색으로 쓰이오?"

"버섯을 뭉근하게 끓여서 그 물을 말리면 연갈색 안료를 얻을 수 있습니다. 요즘은 연꽃이 한창이라 그려보고 있는 중인데, 연밥을 품고 있는 꽃심과 꽃대에 이 연갈색을 쓰면 실물과 비슷한 색을 표현할 수 있지요."

"연꽃을 그린다고요? 선대왕께서 불교를 금하시고, 유교로 세워진 나라가 조선이오. 자칫 불교를 상징하는 꽃이라 오해하는 시선들이 있을 것이오."

"소첩은 조정에서 논의하시는 일에 대해서는 무지한 아녀자일 뿐입니다. 다만 연꽃 자체를 아름답게 바라보고 그리는 일에 즐거움을 느낄 뿐이어요. 이 그림들로 제 어머니의 마음이 편안해지시니 그걸로 족합니다. 그리고 마음에 느끼는 연정(戀情)을 대담하게 표현했던 연밥을 재미있게 바라볼 뿐입니다."

"연정을 표현하는 연밥이라?"

"꽃심에 올올이 박혀 있는 연밥 이야기 들어보셨죠? 대국에서는 뱃놀이를 나간 남녀가 평소에 맘에 드는 이에게 연모의 정을 전하려고 연밥을 던지면서 노는 풍속이 있다지요? 평생을 규방과 쓰개치마 속에 갇혀버린 조선의 여인들과 달리, 좋아하는 마음을 마음껏 표현할 수 있는 그들의 분방함이 좋습니다. 연밥을 그리다 보면 그들의 애틋함이 느껴져서 저도 모르게 웃음이 난답니다."

"연꽃을 연꽃 본연의 모습으로만 바라본다는 부인의 말이 마음에 와닿는구려. 그리고 부인이 마음을 담아 그려낸 연화도(蓮花圖)가 장모님을 기쁘시게 한다니 더없이 아름다운 일이고."

도란도란 이야기를 나누는 부부를 바라보며, 해주댁은 주인 부부에게 옥동자를 점지해주시기를 삼신할미에게 빌었다.

왕의 초가살이

일산을 받쳐 든 내관들의 걸음이 점점 빨라졌다. 이렇게 내관들이 우르르 바쁘게 움직인 연유는 모처럼 짬이 난 왕이 경회루 근처를 거닐고 싶어 했기 때문이다. 밤새워 책을 읽는 것도 모자라 수라상 앞에서도 책을 놓지 못하는 왕은, 밤새 말을 달리던 장수의 아들이라고는 믿기지 않았다. 그런 왕이 산책을 자처하는 일은 그야말로 가뭄에 콩 나듯 해서 박 내관은 기분이 째질 듯했다.

"전하! 천천히 걸으시옵소서. 옆에 핀 꽃도 보시고, 연못 속 잉어도 봐주시옵소서. 지금은 그저 산책을 나오신 것이지, 강학(講學)을 하러 가시는 게 아니옵니다."

박 내관의 잔소리에 걸음을 늦출 만도 하건만, 왕은 고집스럽게 앞만 보고 걸었다.

그의 눈에 웅장한 경회루가 점점 가까이 다가오고 있었다. 조선이라는 나라가 세워지고, 법궁인 경복궁을 지을 때 연회 장소로 세워진 연못 위의 누각, 경회루. 그러나 장엄하고 화려한 누각은 오로지 대국의 사신들과 귀족들의 연회에서만 오를 수 있는 곳이었다.

경회루에 다다른 왕의 눈이 후미진 한쪽 기슭에 머물렀다.

"박 내관, 저기 시커멓게 쌓여 있는 것이 무엇이냐?"

"아마도 경회루를 짓고 난 후 남은 목재인 듯하옵니다."

"그래? 이 정도의 재목이면 굶주리는 백성들에게 고충을 주지 않고도 단출하게 지을 수 있겠구나."

"전하, 무엇을 짓는다는 말씀이시온지……."

"이곳 경회루 옆에 작은 초가집 하나를 지을 것이다."

"네에? 천신은 전하께서 무슨 하명을 하시는지 전혀 알아듣지 못하겠나이다."

"만수야."

박 내관은 친근하게 부르는 왕의 부름에 화들짝 놀랐다. 또 무슨 일을 꾸미시기에 저리 부를까 싶어 숨이 턱 막힌다.

"예, 전하."

"올해로 몇 해째 흉년이 들었는지 아느냐?"

"삼 년째인 줄 아옵니다."

"나의 백성들은 흙을 파서 떡과 죽을 만들어 먹으며 지난(至難)한 세월을 견디고 있느니라."

"황송하옵니다, 전하."

"그런데도 일국의 왕이라는 자는 12첩 반상을 받아먹고 있어. 옥체를 보존해야 한다는 허울 좋은 명분 때문이지. 내일부터 이곳에 두 칸짜리 초가를 짓도록 하라. 이곳에서 짐이 백성을 구휼할 수 있는 방책을 강구해나갈 것이다."

"전하, 황송한 말씀을 거두어주소서. 어찌 지존께서 누추한 초가에 거하신단 말입니까?"

"누추한 초가? 내 백성들이 생을 꾸려가는 곳이다. 어찌 누추할 수 있겠느냐."

"전하, 경회루가 어떤 곳인지 다시 한번 생각해주옵소서. 대국의 사신들과 종친들이 드나드는 곳 바로 옆에 어찌 초가를 지을 수 있겠나이까?"

"경회루 옆이니 더더욱 좋을 것이다. 연회를 위해 모이는 관료들이 다시 한번 백성들의 고충을 떠올리지 않겠느냐?"

"전하, 내일이 되면 관료들이 벌 떼처럼 들고 일어날 것이옵니다. 통촉하여 주옵소서."

박 내관은 잔뜩 속은 기분이었다. 이럴 줄 알았다. 왕은 짬이 나서 산책을 나온 게 아니었다. 일부러 짬을 내서 이곳의 목재들을 살피러 온 것이리라.

"반드시 나의 명(命)대로 지어야 할 것이다. 주춧돌을 쓰지 말고, 억새풀로 지붕을 덮게 하라. 모든 장식을 반드시 검소하게 하고, 침소에 비단금침을 일절 금하라. 과인이 이곳에 머무는 이유를 분명히 알도록 하라."

초가 공사가 들어간 다음 날.

희끗희끗한 수염을 드날리며 한 노인이 거침없이 정전을 향하고 있었다.

느닷없는 노인의 등장에 박 내관은 가슴이 철렁 내려앉았다.

"고하시게."

"전하! 양녕대군께서 드셨사옵……."

박 내관이 미처 다 아뢰기도 전에 노인은 성큼 들어서고 말았다.

"그간 강녕하셨사옵니까, 전하."

"형님! 어찌 기별도 없이 먼 걸음을 하셨습니까? 그간 기력이 많이 쇠하시다 하여 걱정했습니다."

"주상께서 보내주신 귀한 약재와 음식들 덕에 이리 쾌차하였습니다."

둘은 찻상을 앞에 두고 오랜만에 편하게 마음을 풀어놓았다.

홀짝거리며 차를 마시던 양녕대군이 먼저 입을 열었다.

"궐에 어울리지 않는 물건을 들여놓으신다고요?"

"벌써 소문이 형님에게까지 닿았습니까?"

왕은 말을 아꼈다.

폐세자 당하지 않았더라면 지금 왕의 자리에 앉았을 형을 바라보는 일은 아무리 긴 세월이 지나도 편치 않았다.

"나라를 다스리는 일에 어찌 연민과 애정만 방법이겠습니까? 나라의 위상과 왕실의 권위 역시 한 축이 되어야지요. 백성과 사대부 모두를 아우르셔야 할 시점에 어찌 번번이 백성만 끼고 도십니까? 사신들이 드나드는 경회루 옆에 초가라니요? 땅에 곤두박질쳐질 조선의 위상을 생각하시옵소서. 두고두고 웃음거리가 될 일이옵니다."

"……."

말없이 차만 마시는 왕을 보며 양녕은 체념의 빛을 띠었다. 동생이 저렇게 묵묵부답인 것은 마음을 바꾸지 않겠다는 강한 의지를 표명하는 것이기 때문이다.

"늙은이가 쓸데없이 말이 길었습니다. 어떤 일이든 옥체를 상하지 않게 하시옵소서."

양녕은 무슨 일이든 몸과 마음을 다 소진시키고야 마는 왕의 성미가 염려되었다. 성군의 자질을 보이는 아우가 숱한 반대들을 넘어설 때마다, 그 마음에 얼마나 많은 멍이 들었을까 싶어 애잔하다가도, 그렇게까지 할 일인가 싶어 벌컥 역정이 나기도 했다.

물러서지 않는 고집을 부리면서도 늘 미소를 머금고 있는 아우는 굳건한 신념으로 서서히 새로운 조선을 세워가고 있었다. 부왕과는 전혀 다른 방식으로. 그리고 그건 막을 수 없는 일이었다.

'부디 조금만 편하게 하시옵소서.'

한 달 동안의 공사가 끝나고, 왕은 초가살이를 시작했다. 신료들의 반대를 무릅쓴 왕은 처소의 모든 짐을 초가로 옮겼고, 조정에서의 업무가 파하면 곧장 초가로 향했다.

스산한 바람이 사방에서 숭숭 들어오는 곳에서 지존의 옥체가 상하실까 궁인들은 늘 조마조마했다.

"이쪽으로 오시게. 전하께서 오시기 전에 얼른 서둘러야 하네."

어둠을 틈타 한 무리의 내관들이 짚더미를 한 아름씩 들고 이동했다. 한뎃잠을 자본 적 없던 왕이 행여라도 고뿔이 들까 노심초사했던 내관들은 거적을 들추고 방바닥에 짚더미를 깔기 시작했다.

"전하! 늦은 밤이오니 어서 침수 드시옵소서."

조금 전까지도 강원도 관찰사가 올린 장계를 검토하던 왕이 급기야 붓을 들자 박 내관이 간절히 고했다.

"그래그래, 알았느니라. 만수 너는 중전도 하지 않는 바가지를 박박 긁어대는구나."

왕이 잠자리에 든 것을 확인한 박 내관은 그제야 안도의 한숨을 내쉬었다.

중궁전에서 편안히 주무셔도 될 왕이 굳이 매일 밤 이곳을 찾는 이유가 별스럽게만 느껴졌다. 어린 시절의 왕은 지나가던 거지를 그냥 보내지 못하던 도령이었다. 땟국물이 질질 흐르고, 악취가 나는 아이들의 손에 떡이며, 엿을 쥐여주던 도령이었다. 삼 년째 지속되는 가뭄에 이들의 얼굴이 뇌리에 박혔을 왕은 밤새 뒤척였을 것이다. 그렇다고 그토록 유별나게 초가살이라니……. 이해가 될 듯하다가도 불퉁거리는 심사가 튀어나왔다.

초가 문밖에 쭈그리고 앉아 왕의 곁을 지키던 박 내관은 추위에 곱아버린 손가락을 호호 불고 있었다.

"박 내관! 박 내관! 밖에 있느냐?"

성급히 부르는 왕의 목소리에 노기가 서려 있었다.

"전하. 무슨 일이시옵니까?"

"너는 정녕 내가 이곳에 기거하는 이유를 모르는 것이냐? 어찌 바닥에서 푹신한 감촉이 느껴지느냐? 짚더미를 깐 것이냐?"

"전하! 천신을 죽여주시옵소서. 행여라도 옥체가 상하실까 저어되어 그리하였나이다."

눈물이 쏙 빠지게 혼이 난 박 내관은 그제야 퍼뜩 생각이 났다. 각종 궁중악기의 정확한 음과 소리까지도 기억해내던 왕의 민감하고 섬세한 감각을.

그렇다고 순순히 물러날 박 내관이 아니었다. 내일 밤은 또 어떻게 방을 따듯하게 덥혀놓을까를 궁리하던 박 내관은 슬며시 웃었다.

'내일 밤엔 어린 내관들을 방에서 실컷 뛰어놀게 해야겠다. 그들의 열기가 전하를 따스하게 할 수 있으면 좋으련만…….'

왕비의 심병

석수라를 마친 왕이 초가로 향할 즈음, 중궁전의 최 상궁이 박 내관을 은밀히 찾아왔었다.

"아침부터 몸이 많이 부어오르고, 기력이 없으셨습니다. 한사코 주상전하께 아뢰지 말라고 하셨으나…… 뵙고 있기가……."

소식을 전해 들은 왕은 지체 없이 박 내관에게 명했다.

"급히 중궁전으로 갈 채비를 하라."

중궁전으로 향하는 왕의 발걸음이 빨라졌다.

"아버님! 아버님! 소녀를 한번 돌아보시옵소서. 아무 말씀도 아니 하시고, 어이하여 그리 바삐 떠나려 하십니까?"

푸른 안개 속으로 사라지는 아비의 뒷모습을 잡으려 왕비는 허공으로 손을 움켜쥐며 휘휘 내저었다. 얼굴은 일그러진 채 땀범벅이었다.

또다시 악몽이었다.

"중전! 정신을 차리고, 물을 한 모금 넘겨보시오."

자리끼를 챙겨주며 왕은 왕비의 등을 쓸어내렸다. 긴 밤 되풀이되는 악몽에 시달리는 중전 때문에 왕의 시름은 깊어져갔다.

셋째 왕자 안평대군이 중전의 배 속에 있을 무렵, 부왕은 외척 세력을 견제하기 위해 또다시 피비린내 나는 숙청을 시작했다. 새 왕의 즉위를 알리기 위해 장인 심온을 명나라로 가는 사은사(謝恩使)의 수장으로 임명했던 부왕은, 갑작스레 태도를 바꿔 임무를 마치고 돌아오던 그를 의주에서 체포하고, 그가 한양 땅에 발을 들여놓자마자 결국 사사시켰다.

그 누구도 생각지 못한 처사였다. 올곧고 청렴한 충신이었기에 더더욱 의아해했다.

부왕의 처사를 이해할 수 없기는 젊은 왕도 마찬가지였다. 그는 아비를 살려달라는 왕비의 절규에 또다시 무너져 내렸다. 넘어설 수 없는 힘. 그 힘의 끝자락엔 오로지 부왕만 존재해야 했다. 어느 누구와도 나누려 하지 않았던 그 힘을 지키기 위해 부왕은 흡혈귀 같은 존재가 되어갔다.

그보다 훨씬 전 민무구, 민무휼 등 외숙들의 죽음 앞에서 절규하던 어머니의 절망이 떠올랐다. 부왕을 왕위에 올렸던 그들이 하루아침에 형장의 이슬로 사라질 무렵, 소년 왕자는 '힘'의 의미를 곱씹기 시작했다.

그리고 또다시 시작된 부왕의 횡포 앞에서 왕은 오로지 중전만을 지켜낼 수 있었다. 중전만큼은 잃을 수 없었다. 장인 심온과 그 형제들이 처형당하고, 왕비의 어미와 친족들은 관비로 강등되었다.

"아바마마, 중전만은 보존해주시옵소서. 하명하시는 모든 일을 따르겠나이다. 홀로 남겨진 중전이 할 수 있는 일은 아무것도 없나이다. 그저 죽은 듯이 소리 없이 지낼 것이옵니다. 복중에 왕손이 있음을 헤아려주시옵소서!"

밤새 부왕의 처소 앞에서 석고대죄를 하던 왕이 급기야 혼절하는 상태에 이르자, 부왕의 서늘한 옥음이 들려왔다.

"평생을 죽은 듯 그림자처럼 살아야 할 것이다."

만삭의 중전은 늘 허공에 시선이 머물러 있었다. 만개한 꽃을 함께 보며 낮것상을 같이하고자 중전을 찾아왔을 때, 왕비는 가슴을 쥔 채 속울음을 삼키고 있었다.

"미안하오, 중전."

힘없는 남편이라 미안하오.

나약한 왕이라 미안하오.

그대밖에 지키지 못해 미안하오.

아무리 믿지 않으려 발버둥 쳐도, 죽은 이들은 살아 돌아오지 않았다. 믿지 않으려고 발버둥 치는 그녀의 고통만이 오롯이 살아 더 큰 고통이 될 뿐이었다. 홀로 살아남은 왕비는 궁인들이 떠먹여주는 미음을 겨우 삼켰고, 그마저도 다 쏟아내고 누리께한 물까지 더 게워냈다. 자신의 슬픔 따위는 애당초 누구의 관심거리도 되지 못한 채, 하루하루가 흘러갔다. 그렇게 살아낸 십여 년의 세월 속에서 왕비는 점점 병들어갔다.

"송구합니다. 소첩의 심병(心病) 때문에 정사로 바쁘신 전하께 늘 폐를 끼치옵니다. 꿈이 늘 생생하여…… 깨고 나면 며칠을 앓사옵니다. 너무 심려치 마옵소서. 곧 나아질 것이옵니다."

왕은 가만히 고개를 저었다.

"중전도 마음을 더 편히 하시오. 내 중전을 편안케 할 방도를 찾겠소."

즉위 후 지속된 흉년에 숨 한번 제대로 쉬지 못했던 왕은 정무를 마치고도 무거운 마음을 내려놓지 못했다. 수신제가치국평천하(修身齊家治國平天下)라고 했건만, 중전도 제대로 보살피지 못하는 자신이 나라를 다스리고 있으니 하늘이 비웃는 것인가 싶어 자괴감마저 들었다.

"휴, 산 넘어 산이로구나."

"전하, 한숨이 깊으시옵니다. 소엽차라도 한 잔 올릴까요?"

갑작스럽게 왕이 중얼거리자 놀랐는지 박 내관이 얼른 아뢰었다.

"소엽차를 함께 마실 사람도 들라 하라."

말하지 않아도 왕이 찾는 사람이 허은수라는 걸 박 내관은 단박에 알 수 있었다. 요즘 들어 말 못 할 고민이 있을 때마다 왕이 그를 자주 불러들였기 때문이다.

"전하, 무슨 상심이라도 있으시옵니까? 용안에 수심이 가득하시옵니다."

왕의 부름에 응한 은수가 조심스럽게 아뢰었다.

"중전께서 날이 갈수록 심병의 증세가 심해지시는구나. 밤마다 악몽에 시달리고, 그로 인해 며칠 동안 몸져눕는 일이 더 잦아졌어."

"소신이 한 말씀 여쭈어도 되겠사옵니까?"

은수가 조심스럽게 아뢰었다.

"무엇이든 말해보라. 신묘한 계책이라도 있느냐?"

"제 장모님께서도 비슷한 심병을 앓고 계십니다."

"어쩌다 그 병을 얻게 되었느냐? 지금 차도는 있고?"

"기축년(己丑年) 옥사를 겪으셨사옵니다."

기축년이란 말에 왕은 한동안 말이 없었다. 부왕의 치세 동안 숱하게 많은 외척과 공신들이 죽어나갔다. 영화를 누리던 가문들은 졸지에 몰락의 길을 걸었고, 온 집안이 떼죽음을 당하였다. 부왕의 횡포를 떠올리자 왕은 마음이 착잡해졌다.

"그래, 그랬겠구나. 중전과 비슷한 일을 당하신 게지. 그 시절엔 죄가 있어도, 죄가 없어도 죽었으니."

"하온데 저의 내자가 어려서부터 모친의 병을 치료하고 있었사옵니다."

치료라는 말에 왕의 눈이 번쩍 뜨였다.

"너의 내자는 의술에 관심이 많았던 것이냐? 어떤 약재를 사용했다더냐?"

"그것이…… 아뢰옵기 황공하오나, 의술과는 거리가 머옵니다."

"의술이 아니다?"

"그러하옵니다. 그림으로 치료를 하였사옵니다."

"그림? 더 자세히 고하라."

"저의 내자는 어려서부터 그림 그리는 것을 좋아했사옵니다. 집 안 정원에 핀 꽃들이나, 연못 위의 연꽃, 새, 벌레 등 살아 있는 모든 것들을 똑같이 그려내는 재주가 있사옵니다. 그런데…… 그 그림들이 보통 화원들이 그리는 그림과는 사뭇 다르옵니다. 먹물로만 그리는 것이 아니라, 집 안 정원에 핀 꽃이나 풀, 약재 등을 말려서 안료로 사용하옵니다. 그리하여 그려내는 그림들이 모두 생생하게 살아 있는 듯하옵니다. 저의 내자가 사용하는 안료의 색도 특이하지만, 모친을 생각하는 간절함이 닿아 있어서인지, 그림들이 모두 사람의 마음을 편안하게 해주는 면이 있사옵니다. 장모님께서 저의 내자가 그린 그림을 보실 때만큼은 환히 웃으신다 들었습니다. 소신도 마음이 복잡한 일이 있을 때마다 그 그림들을 보면 편안해지곤 합니다."

그 말을 듣고 골몰히 생각하던 왕은 좋은 생각이 떠오른 듯 흥분해서 말했다.

"궐에서 한 번씩 열리는 내명부 다과연(茶菓宴)이 있다. 그 모임에 네 내자가 그림을 들고 찾아와주면 좋겠구나. 중전께서 분명 그림을 보고 기뻐할 듯하구나."

오랜 체증을 쓸어내린 듯, 왕의 웃음소리가 아주 오랜만에 높아졌다.

궁궐의 다과연

아미산 후원 안팎에 새벽부터 궁녀들의 움직임으로 분주했다. 궐에서 1년에 한 번씩 열리는 다과연 준비 때문이었다. 후덥지근한 날씨 탓에 오늘은 특별히 정원 깊숙이 자리한 전각에 자리를 정했다.

왕실 내명부 여인들과 권세 높은 정경부인들을 위한 자리인 만큼, 세세한 장식까지 신경 쓰지 않은 부분이 없었다. 아기자기한 꽃과 나무들이 아미산이란 이름에 걸맞게 어여뻤다.

아영은 처음으로 지은 당의를 입고, 가체를 얹은 머리에 소박하고 정갈한 장식을 꽂았다. 난생처음 들어온 궁궐 안이 낯선 것도 잠시뿐, 그녀는 아미산 후원의 이름 모를 꽃들에 마음을 흠뻑 빼앗겼다.

"저기 저 여인입니다. 꼽추 지아비를 두고도 부끄러운 기색이 전혀 없는 듯합니다."

"무슨 하자가 있기에 그런 지아비를 두었을꼬?"

"두 부부가 금슬이 좋다고 소문은 자자한데, 정작 아이가 들어서지 않는다고 하더이다."

"쯧쯧, 여인의 팔자가 기구하기도 하구먼. 삼종지도(三從之道)의 미덕 중에 더 이상 따를 것이 없으니……."

"그런데 전하께서는 어인 일이신지 그 꼽추 대감을 각별히 아끼신다고 소문이 파다하지 뭡니까?"

"서책 좋아하시는 전하께서 늘 말벗이나 삼는다고 하더이다. 하기야 굽은 등으로 활을 쏘겠습니까, 말을 달리겠습니까? 냅다 서책에 코를 박고 살았겠지요, 호호호."

"왜 아니겠어요. 그러니 그 짧은 시일에 전하의 마음을 사로잡고, 이조판서 자리까지 올랐겠지요."

은수가 짧은 시일에 파격적인 인사를 거쳐 이조판서가 된 데는 특별한 이유가 있었다,

장원급제 후, 은수는 승문원에 배속되었다. 승문원은 중국과 관련한 사대문서와 일본, 여진 등과 관련된 교린문서를 작성하였으며, 이 문서 작성에 필요한 이문(외교문서에서 사용하는 특수 문체)의 교육도 담당하였다. 조선의 외교에서 중국과의 관계가 가장 중요한 만큼 문과 급제자를 배치할 때 가장 우수한 자를 승문원에 우선적으로 배치하였다.

조정은 선대왕 때 이미 중국과의 외교문서 건으로 곤란함을 겪었던 터라, 외교문서 작성에 신중을 기하던 차였다. 은수는 이 일에서

두각을 나타냈다. 대국 앞에 굽신거리지 않고, 조선의 위상을 드러내면서도 예에 어긋나지 않는 매끄러운 문서 작성에 은수를 따라올 인재는 없었다. 왕은 이런 은수의 능력을 높이 평가하고, 파격적 인사를 단행했던 것이다.

아영이 흘끔거리며 수군대는 정경부인들의 멸시에 주눅이 들어갈 무렵, 왕비가 내명부의 후궁들과 궁녀들을 거느리고 도착했다.

봉황이 새겨진 남색 스란치마 위에 연분홍빛 당의를 입은 왕비는 은은한 미소를 머금고 있었다. 또렷한 이목구비가 돋보이면서도, 온몸에 단아함이 배어났다. 작은 동작만으로도 주위를 압도하는 왕비다운 기품이 서려 있었다.

왕비가 착석하자, 다른 부인들도 남편의 품계에 따라 다과상 자리가 정해졌다. 서로의 안부를 두런두런 묻고, 가벼운 잡담이 오갔다. 분위기가 어느 정도 차분해지자 왕비가 입을 열었다.

"오늘도 이리 발걸음을 해주니 고마울 따름이오. 지난 삼월에 있었던 친잠례(親蠶禮)에서 모두들 수고가 많으시었소. 백성의 근본은 의식(衣食)보다 더 큰 것이 없다 하였소. 백성을 따듯하게 입힐 의복을 마련하는 일은 여인으로서 가져야 할 막중한 임무이기도 하오. 이에 일국의 내외명부의 여인들이 백성들에게 큰 모범을 보였으니 마땅히 치하할 만하오. 오늘은 지난번 친잠례 때의 공을 치하하는 자리임과 동시에, 그대들의 바느질 솜씨를 뽐낼 만한 자리로 마련하였소. 편안하게 다과를 즐기며 각자 준비한 것들을 보여주도록 하오. 오늘도 내

눈과 마음이 그대들 덕에 호강하게 되었으니 참으로 기쁘오."

왕비의 담박한 환영의 말이 긴장했던 사람들의 마음을 녹여냈다.

대사헌 엄지환의 부인이 다소곳이 아뢰었다.

"소첩은 늘상 가솔들의 옷과 이불을 만들고 남는 비단 자투리가 마음에 걸렸습니다. 다른 물건을 만들기에는 턱없이 부족한 양이나, 버리기에는 아까웠지요. 그리하여 조금씩 모아둔 자투리가 꽤 되었습니다. 중전마마, 소첩은 이 자투리로 보자기나 이불보를 만들곤 하옵니다. 오늘 소첩이 들고 온 것은 바로 조각보이옵니다."

옆에서 비웃는 시선들이 느껴졌다.

'궁상스럽기도 하지. 저렇게 누덕누덕 기운 보자기를 어디에 쓸꼬.'

'청빈함을 가장한 궁상스러움이 아닌가.'

'이토록 격조 높은 자리에 채신머리없게 저런 하찮은 물건을 왕비께 보이다니, 쯧쯧.'

이런 데 관심 둘 리 없을 거라는 모두의 예상을 뒤엎고, 왕비는 놀란 듯 눈을 크게 떴다.

"참으로 아름답구려. 영롱한 색들이 모두 모여 있으나, 눈을 해치지 않게 조화롭고요. 궐내에서는 한 번도 본 적이 없는 물건이오. 조각보를 이은 그대의 바느질 솜씨도 훌륭하지만, 청빈함을 몸소 깨우치며 사는 그대의 마음이 더욱 아름답소. 천 자투리 하나라도 아껴서 사용하는 그대의 지혜가 대단하오. 대사헌 댁의 청렴한 가풍이 실로 잘 느껴지는 물건이오."

왕비의 칭찬에 민망해진 부인들은 어색하게 웃느라 진땀을 뺐다. 순서가 돌고 돌아 아영에게까지 왔다. 아영을 바라보는 왕비의 눈길이 의아했다.

"오늘 처음 이 모임에 오게 된 이조판서 허은수의 부인이오? 오시느라 애쓰셨소. 전하께서 여러 번 그대의 솜씨를 칭찬하시기에 매우 궁금하였소."

"중전마마께 인사 올리옵니다. 황공하오나, 소첩이 오늘 보여드릴 것은 여공(女工)의 일이 아니옵니다."

"그럼 무엇을 보여주려 하오?"

상궁을 통해 건네진 종이를 펼치던 왕비의 얼굴이 놀라움으로 가득 찼다.

"세상에…… 세상에! 어찌 이리도 실물과 똑같을꼬? 옅은 초록의 연잎 색이며, 복숭앗빛을 띠는 연꽃이 참으로 탐스럽소."

넋이 나간 듯 왕비가 중얼거리자 모두의 궁금증이 최고조에 달했다.

"이토록 아름다운 그림은 내 평생 처음 접해보오. 도화원의 명성 있는 화원들도 이처럼 그리지는 못할 듯하오. 먹과 물로만 그려내는 그들의 산수화를 어찌 이 그림에 비할꼬. 대단하오."

왕비의 손에서 건네진 그림이 부인들 사이를 도는 동안 놀라움의 탄식이 이어졌다.

"소첩의 천한 재주를 아껴주시니 감읍할 따름이옵니다."

"은은한 연꽃이 마치 살아 있는 듯하여 그 향기마저 느껴지는 듯하옵니다."

대사헌의 부인이 진심을 담은 찬사를 보냈다.

"그림을 보는 것만으로도 사람의 마음이 안온해질 수 있다는 것이 놀라울 뿐이오. 이판의 내자는 앞으로도 종종 그림을 그려 중궁전에 들도록 하오. 그대가 그려내는 신묘한 그림들을 꼭 같이 보고 싶구려."

그림 속 연꽃을 쓰다듬는 왕비의 눈에 서서히 눈물이 차올랐다.

가족의 참화를 겪은 이후, 왕비는 불교에 더욱 심취했다. 그녀가 할 수 있는 일이라곤 부처의 자비에 기대 가족의 극락왕생을 비는 것뿐이었다. 그렇게 왕비는 살아 숨 쉬는 듯한 연꽃에 간절함을 담아 빌고 또 빌었다. 소리 없는 염원이 연향(蓮香)을 따라 멀리 퍼져나가는 듯했다.

사라지는 약재들

희뿌연 먼지가 쌓여 있는 전의감(궁중에 쓰이는 약재를 공급하던 기관) 창고 안으로 석양빛이 새어 들고 있었다.

모두가 퇴청한 후에도, 자리를 떠나지 못한 사내는 말려놓은 약재들을 조심스럽게 주머니 속에 담았다. 그리고 주변을 쓰윽 둘러보더니, 밖으로 향했다.

더러운 창고는 보고 싶지 않다는 듯, 사내를 기다리는 황 판사는 등을 돌린 채 서 있었다.

"판사 어른! 지난번 말씀하신 탐라 청피(덜 익은 귤껍질을 말린 것)이옵니다."

"이 귀한 것을…… 수고 많았네."

"하온데 판사 어른."

"뭐 더 할 말이라도 남아 있는가?"

“작년과 달리 탐라에도 극심한 가뭄이 들어 궐로 진상되는 귤의 수량이 많이 줄었습니다. 특히 진피(익은 귤껍질을 말린 것)와 달리 청피의 수량이 급격히 줄어든 바람에…… 약재 창고에서 조심스럽게 빼 오기는 했사오나, 눈에 뜨일 만큼 희소한 약재라…….”

“걱정 말게, 김 주부. 뒷일은 내 다 알아서 할 터이니 그만 가보게.”

청피의 향기로운 냄새에 뿌듯해하며, 황 판사는 그길로 부리나케 좌의정의 집으로 향했다.

청지기의 안내로 들어선 사랑채 앞에서 황 판사의 입은 다물어질 줄 몰랐다. 권력의 정점에 서 있는 실세답게 그의 집 사랑채에는 수많은 인사가 줄을 서서 기다리고 있었다.

청탁을 위해 온 이들도 있을 테고, 문병을 위해 온 이들도 있을 터였다. 좌의정 김한기가 얼마 전 칭병하고 조정에 모습을 드러내지 않았기 때문이다. 소문에 의하면 육식을 즐기는 그가 요즘 자주 복통을 호소하고, 몸이 심하게 붓는다고 했다.

평생을 전의감 약재 창고에서 있었던 황 판사는 이 기회를 놓치지 않았다. 내의원 시험을 준비하고 있는 아들을 위해서라도 이 기회를 잡아야 했다. 아들만큼은 약초나 말리고 관리하는 이 일에서 멀어지게 하고 싶었다. 아들의 자리는 왕과 왕실의 안위와 건강을 책임지는 내의원이어야만 했다.

장사치 집안에 태어난 황 판사는 부유한 아비 덕에 어린 시절 궁기(窮氣)를 겪은 일이 없었다. 아비는 그가 중인으로 누릴 수 있는 최고의 신분, 의관이 되기를 소원했다. 젊은 왕의 등극을 축하하기 위해 열렸던 증광시(增廣試)에서 그는 당당히 의관 시험에 합격했고, 전의감에 배속되었다. 아비는 때 묻은 돈보다, 급제 후 지급된 백패(白牌, 급제자에게 주던 합격 증서)를 보물처럼 여겼다.

그러나 기쁨도 잠시뿐, 의관들은 한품거관법(限品去官法)에 의해 관로가 제한되어 있었기 때문에 기껏해야 판사로 지내는 게 최고의 영예였다. 또한 의관들은 사람의 목숨을 다루는 고귀한 일을 하면서도, 신분적으로 중인에 속해 있었기 때문에 세상의 은근한 멸시를 견뎌내야 했다. 그리하여 이들은 가문끼리의 혼사를 통해 신분적 유대를 강화하거나, 의원직을 대물림하는 방법으로 신분 상승을 꾀하기도 했다. 황 판사는 어려서부터 영민했던 아들에게 가문의 명운을 걸기로 결심했다. 그리고 눈앞으로 성큼 다가온 과거시험이 그의 발길을 이곳으로 이끌었다. 들고 있던 청피 보자기에 불끈 힘이 들어갔다.

"판사 어른, 대감마님께서 기다리고 계십니다."

청지기의 말에 황 판사는 퍼뜩 정신이 돌아왔다.

축축한 공기가 내려앉은 방 안에 좌의정은 힘겹게 앉아 있었다. 얼굴은 병색에 찌들어 있으면서도 눈빛만은 날카로웠다.

"대감! 몸은 좀 어떠시옵니까? 상태가 어떠하신지 소인이 한번 살펴드리겠사옵니다."

"황 판사, 어서 오게. 지난번 보내준 약재도 아주 잘 먹었네. 늘 고맙게 생각하고 있어."

"나라의 큰일을 하시는 어른께 그 정도의 약재로는 부족하옵니다. 늘 심신을 편히 하십시오."

"요즘 먹고 나면 소화가 잘 되지 않고, 자주 더부룩하다네. 팔다리 모두 퉁퉁 부어오르기도 하고. 의원들은 괜찮다고 하는데, 몸이 영 개운치를 않아."

"그래서 소인이 귀한 약재를 준비했사옵니다."

황 판사가 비단보자기를 풀자, 향기로운 냄새가 물씬 풍겼다.

"이건 청피가 아닌가? 이렇게 귀한 약재를!"

"문헌에 따르면, 기(氣)가 뭉치면 그득하고 부어오르다가 아프다고 하였습니다. 그래서 배 속이 더부룩하거나 불러오기도 합니다. 그럴 때 대체로 진피를 처방하옵니다. 하오나 청피는 진피보다도 막힌 기운을 뚫어주는 효능이 탁월하옵니다. 부디 꾸준히 드시고 쾌차하시옵소서."

"고맙네, 황 판사."

"하온데, 대감. 소인 감히 한 가지 청할 것이 있사옵니다."

"말해보시게."

"소인의 미흡한 아들놈이 이번에 내의원 시험을 준비하고 있습니다."

"그 정도의 일이라면 염려 놓게. 내 미리 손을 써놓을 터이니."

"소인 죽어도 이 은혜 잊지 않겠습니다."

황 판사는 감격에 겨워 머리를 조아리며 다짐했다. 아들의 장래를 위해서라면 죽는시늉이라도 할 수 있다고.

전의감 도둑 소탕 작전

장부와 붓을 들고 기록을 이어가던 전 의관이 머리를 갸우뚱했다.

'이상하다. 지난번 양녕대군께서 기력이 없으시다 하여 청피를 보내드리고, 두 갑 정도가 남아 있었는데.'

전 의관이 등청하고 가장 먼저 하는 일은 장부의 기록과 약재의 양을 확인하는 일이다. 요즘 따라 자꾸 비는 약재가 생겨 그는 신경이 날카로워져 있었다. 비는 약재를 파악해 김 주부에게 알려도 되돌아오는 답은 늘 신통치 않았다.

'오늘은 기필코 약재 통을 뒤지는 쥐새끼를 잡아야지.'

전 의관은 하루 종일 사라진 약재를 신경 쓰느라 오늘도 생각보다 퇴청이 늦어졌다. 관청을 나서는데 마침 동기가 지나가고 있었다.

"어이, 심 의관! 자네 지금 퇴청하나?"

"응 그런디. 자넨 왜 아직꺼정 여기 있능겨?"

"오늘 내가 아주 재미난 일을 할 건데, 혹시 도와줄 수 있나 해서."

"재미난 일? 뭔디? 어디 얘기나 한번 들어볼까나."

전 의관은 요즘 일어나는 약재 도난 사건을 미주알고주알 이야기했다.

"자네 지금 제정신인겨? 그래서 도둑을 잡겠다능겨?"

"당연히 잡아야지."

"딱 봐도 김 주부와 황 판사가 한통속인디, 그걸 잡아서 어쩔라 그려? 원래 그렸어. 모른 척하고 냅두는 게 상책이여. 그분들이 그러는 게 어디 하루 이틀이당가?"

"잡아서 주상전하께 아뢰어야지. 나라의 귀한 약재가 도둑맞고 있는데."

"허허. 이러니께 전 의관이 아직까정 의관 딱지를 못 뗀겨. 딱 보믄 척이제. 그 냥반들이 들고나간 약재가 전부 어디로 가겄어? 다 정승댁들 아니겄어? 근데 뭔 수로 그들을 이겨?"

"안 도와줄 거면 그냥 가게. 나 혼자라도 쥐새끼 사냥을 할 테니."

전의감 동기로 들어온 전순의와 심덕보는 생김새나 성격은 천차만별로 달랐지만, 사나이 의리만큼은 통하는 벗이었다. 둥글둥글한 얼굴에 통통한 심덕보는 늘 잘 웃는 사람이었고, 비쩍 마른 체형에 가무잡잡한 전순의는 깐깐하고 성깔 있는 사람이었다.

늦둥이로 태어난 심덕보는 어미의 젖이 일찍 말라, 늘상 먹을 것에 목말라했다. 그래서 약재를 말리다가도 단 것이 있으면 냉큼 입에 넣고 오물거리기 일쑤였다. 전순의가 그렇게 타박을 하고 주의를 줘도 고쳐지지 않았다.

아니나 다를까, 한 달 전쯤 모처럼 국밥을 맛있게 먹은 심덕보가 소화가 잘 안 된다며 약재함에 들어 있던 질경이를 슬쩍 꺼내 씹었던 게 화근이었다. 이를 눈치챈 김 주부가 상부에 알려 심덕보는 의금부로 끌려가 곤장 열 대를 맞고 풀려났다.

그랬던 김 주부가 그 귀한 청피를 훔쳐내고도 버젓이 전의감을 출입한다고 생각하니, 생각할수록 심덕보의 피가 거꾸로 서기 시작했다. 그냥 넘기려고 했지만, 그때 당한 일도 있고 해서 분이 풀리지 않아 집으로 향하던 발길을 돌려세웠다.

집으로 간다던 심덕보가 돌아올 줄 알았다는 듯, 전순의는 약재 창고 구석에서 큰 막대기 두 개를 꺼내고 있었다. 그중 하나를 건네자 심덕보의 눈빛이 맹렬해졌다.

"퉤퉤! 두고보랑께. 오늘 이 몽둥이로 쥐새끼를 때려 잡을랑께."

손바닥에 침을 탁 뱉어가며 막대기를 꼬나쥐는 그의 손이 자못 야무졌다.

이경(二更, 밤 9~11시 사이)이 지나도록 굶은 심덕보가 소매에 넣어두었던 말린 누룽지를 아자작 씹으며 망을 보고 있었다. 그때 한 그림자가 느티나무 아래에 몸을 숨기고 있던 두 사람을 보지 못한 채, 약재 창고로 다가갔다.

드르르륵, 슥슥슥.

조금 뒤, 약재 통을 열고 뭔가를 꺼내 담는 소리가 들려왔다. 숨을 참으며 때를 기다리던 두 의관은 누가 먼저랄 것도 없이 튀어 나가 몽둥이를 사정없이 휘둘러 도둑을 흠씬 두들겨 팼다.

"아아악! 사람 살려!"

"감히 어떤 놈의 쥐새끼가 주상전하께 올리는 약재에 손을 대능겨?"

"나일세, 나야! 고정하게들."

아니나 다를까 김 주부가 손에 청피를 한 움큼 쥐고 고꾸라져 있었다.

"주부 어르신! 여기서 뭐 하시는 겁니까?"

"저희는 도둑이 든 줄 알고, 미처 얼굴도 확인하지 못하고 몽둥이를 휘둘렀구먼유. 송구하구먼유."

송구하다는 두 의관의 표정이 하도 살벌해서 김 주부는 오줌을 지릴 뻔했다.

"황 판사 어르신의 명이 있어 잠시 약재를 확인하러 왔을 뿐이네. 별일 아니야. 이 일에 대해서는 내일 등청한 후 확인할 수 있을 것이네."

김 주부는 여간 분한 게 아니었다. 황 판사가 가져가는 청피를 자기도 조금 꺼내갈 요량으로 들렀던 약재 창고에서 이런 봉변을 당하다니.

'그나저나 저것들을 어떻게 혼쭐을 내줄까?'

절뚝거리며 돌아가는 길에 김 주부는 혼자서 궁시렁댔다.

한편 느티나무 아래서 배꼽을 잡고 뒹굴며 웃는 두 그림자가 있었다.

"크크크. 김 주부 얼굴 봤나? 평소 잔뜩 세우던 콧대는 어디다 팔아

먹고, 살려달라는 꼬락서니 하고는, 하하하."

간만에 통쾌해진 전 의관의 웃음소리가 높아졌다.

"흐흐흐. 그러게 말여. 그런디 우리 내일 괜찮을까나? 괜한 일을 벌였다고 또 곤장이나 처맞는 게 아닌지 몰겄네. 나 지난번에 맞은 자리가 아직 다 아물지도 않았당께. 그려도 간만에 기분은 째지는디. 가자고! 주막에 들러 탁주나 한 사발 들이키장께."

간만에 술상을 받아놓고 두 사람은 의기양양해졌다. 전 의관은 나라의 약재를 훔친 도둑놈을 잡아 속이 시원했고, 심 의관은 지난번 김 주부에게 당한 일을 고스란히 되갚아줬다는 생각에 통쾌했다. 그러나 한편으로는 괜한 일을 벌여 미운털만 박힌 건 아닌지 은근히 걱정이 되기도 했다. 호기로운 마음과 불안한 마음 사이에서 갈팡질팡하던 이들은 답답함에 밤이 새도록 권주가(勸酒歌)를 불러댔다.

"으으으. 머리야!"

깨질 듯한 머리를 쥐어 잡고 깨어나 보니 이미 날이 밝았다.

"심 의관! 일어나게. 날이 밝았어. 우리 늦었단 말이네."

방바닥에 뒹구는 관복을 대충 껴입고 허둥지둥 등청을 한 두 사람은 전의감 내에 도는 싸늘한 분위기를 감지했다.

"전 의관! 이리로 와보게."

황 판사가 탕탕, 탁상을 두드리며 신경질적으로 소리를 내질렀다. 옆엔 김 주부가 얼룩덜룩 이쁘게 멍이 든 얼굴을 하고 서 있었다.

"이게 뭔가?"

황 판사의 손에 들려 있는 책을 보자 전순의는 소스라치게 놀랐다.

"아. 그것이 별것은 아니옵고, 그저 소인이 짬 나는 대로 음식과 약재의 효능들을 써놓은 것이옵니다."

"지금 감히 누굴 속이려는 게야! 의관의 본분이 무엇인가? 약재를 익히고 관리하는 데 정성을 들여도 모자랄 판에, 감히 이깟 규방 아녀자들이나 하는 짓거리를 하고 있는 겐가?"

"판사 어른, 제가 무엇을 속였다는 말씀이십니까?"

"그동안 의관으로서 할 일은 안 하고, 이렇게 딴짓거리나 하면서 나라의 녹을 낼름 받아먹었던 겐가? 이는 감히 주상전하를 속인 것이네. 이 불충을 어찌 감당할 것인가?"

황 판사가 핏대를 세우며 소리를 질러대자, 심 의관이 그만하라는 뜻으로 전 의관의 소맷자락을 슬며시 잡았다.

"이 기록이 어딜 봐서 주상전하를 속인 것입니까? 명확한 근거를 대주십시오."

따박따박 대드는 전 의관의 태도에 황 판사는 기가 질렸다.

"명확한 증좌가 여기 있거늘! 내 참, 기가 막혀서……. 김치를 담그고, 식혜를 만들다 못해, 허 참…… 술까지 빚는다고? 이 잡스러운 기록이 의관에게 가당키나 하냔 말일세! 다들 말해보게. 이게 정상적인 의관의 일인가?"

황 판사의 입에서 김치에 식혜라는 말까지 나오자, 옆에서 듣던 다른 의관들이 쿡쿡대며 웃음을 참고 있었다.

"의관의 일은 정녕 아니옵니다."

김 주부가 입술을 꽉 깨물며 대답하자, 듣고 있던 전 의관은 눈을 감고 말았다.

"꼴도 보기 싫으니 당장 내 눈앞에서 사라지게. 별도의 지시가 있을 때까지 전의감엔 얼씬도 하지 말란 말이네!"

김 주부를 야무지게 패준 댓가였다. 나라의 약재 도둑을 잡아 족친 대가였다. 평소 윗사람에게도 빳빳하고, 바른말을 줄곧 해대는 그에 대한 다른 이들의 암묵적 동의와 처벌이었다.

연못에 비친 처연한 달빛 위로 수양버들이 휘늘어진 채 바람에 나부끼고 있었다.

"흐흐흐, 역시 시원한 바람은 여기만 한 곳이 없군."

한 사내의 그림자가 비틀거리다 경회루 누각 위에 철퍼덕 누워버렸다. 웅얼거리는 중에도 문득문득 사내는 흐느끼고 있었다.

3년 전, 청년은 오래도록 병석에 누워 있던 동생을 두고, 먹을 것을 구하느라 산속을 헤매었다. 계속되는 기근에 백성들이 먹을 수 있는 음식은 어디에도 없었다. 하루하루 겨우 버텨내는 동생을 살리기 위해 종일토록 산속을 헤매다, 약초를 캐는 날이면 뛸 듯이 기뻐 그것을 달여 먹이느라 바빴고, 그마저도 못 구하는 날이면 나무껍질이라도 벗겨 삶아 먹였다. 그러나 누렇게 뜬 병자의 얼굴은 나아질 기미가 보이지 않았다. 엄동설한에 숲마저도 내어줄 것이 남아 있지 않을 무렵, 동생은 숨을 거두었다.

꺽꺽 올라오는 울음이 밖으로 새어 나오지도 못할 만큼 그도 굶주린 상태였다. 허물어져 가는 집 안에서 그렇게 생을 놓아갈 때, 그를 구한 것이 약방(藥房) 신 노인이었다.

하루 종일 죽은 듯이 쓰러져있던 그 앞에 어디서 소식을 들었는지 노인은 말린 음식이며 약초를 바리바리 싸 들고 나타났다. 그는 정성껏 달인 약초 물을 조금씩 떠먹여주고, 뻣뻣해진 몸을 주물러주며 필사적으로 꺼져가는 생명을 살리고 있었다.

스산한 비바람이 몰아치던 날 노인이 나지막이 물었다.

"나를 따라가겠느냐?"

기력을 회복한 그가 노인을 따라나선 곳은 인근의 야산이었다.

푸드덕푸드덕.

나뭇가지 위에 앉아 있던 새들이 사람의 기척에 놀라 날아가 버리고, 열매를 찾던 청솔모들도 쪼르르 나무 위로 올라가버렸다. 청년은 노인의 걸음을 쫓아가느라 어느새 얼굴에 땀이 송골송골 맺혔다.

"젊은 놈이 그리 걸음이 늦어서야. 쯧쯧. 그리 넋 빼고 걷다가 목숨 줄 놓는 곳이 산이다. 부지런히 다리를 놀리면서도 매의 눈으로 구석구석을 살펴야 겨우 찾을 수 있는 게 약초니라. 서두르거라!"

백발이 성성한 노인이라곤 믿기지 않을 만큼 힘찬 걸음이었다.

하루 종일 산을 헤매고 돌아와서도 노인은 쉬는 법이 없었다. 늘상 무언가를 심고, 가꾸고, 씻고, 자르고, 말리고, 볶았다.

"스승님! 대체 아녀자들이나 하는 일까지도 하시는 이유가 뭡니까? 약초를 캐고, 말리시는 일은 이해가 됩니다. 그런데 마당 한가득 늘어놓으신 잡다구리한 음식들은 다 뭐에 쓰시려는 겁니까?"

산에서 캐온 도라지를 까며 청년이 불평스럽게 물었다. 노인이 사는 초가 마당엔 말려놓은 고추, 무, 호박, 씀바귀, 도라지, 깨 등이 가득했다. 겨울을 나기 위해 말리는 음식의 양 치고는 지나치게 많았다.

"스승은 개뿔! 앞으로 그따위로 나를 부르지 말거라. 나는 그저 잘 먹는 일이 가장 중요하다고 여기는 늙은이일 뿐이다."

"아이고! 욕심도 많으셔라. 저 많은 음식을 혼자 다 드시고 장수하겠다는 거네요. 솔직히 말해서 약방을 운영하면서 약초나 팔면 될 일이지, 왜 매번 음식까지 신경 쓰고 말리느라 기력을 소진하시냔 말이죠."

"에끼 이놈! 네가 손질하기 귀찮으니 별 그악스런 불평을 다하는구나. 내가 네놈의 시커먼 속을 모를 것 같으냐?"

불퉁거리는 청년에게 향하는 노인의 눈은 의외로 안쓰러웠다. 천애고아…… 하나 남은 동생을 살려보겠다고 산속을 헤매던 그는 이제 제법 약초를 보는 눈이 밝아졌고, 약초를 손질하는 폼이 야무져졌다.

"순의야. 약식동원(藥食同源) 의식동원(醫食同源)이라는 말을 들어보았느냐?"

늘상 구박만 하던 노인이 진지한 목소리로 물었다.

"매일 우리가 먹는 음식이 병을 치료할 수 있는 약이 될 수 있다는 뜻이다. 우리 같은 천한 자들에게 비싼 약재가 가당키냐 하겠느냐?

그러니 별수 있나, 어떤 음식이 몸에 좋은지, 어떻게 먹어야 더 건강할 수 있는지 알게 된다면 음식도 약이 될 수 있는 게야."

뒤통수를 심하게 맞은 듯했다. 그토록 찾고자 했던 약초였다. 손톱 밑이 까이고, 손이 부르트도록 캐고자 했던 약초였다. 동생을 살리고자 악을 쓰며 매달렸던 약초였다. 그런데 하찮은 먹거리가 약이 될 수 있다니…….

쌀쌀한 바람에 오소소 소름이 돋은 사내는 몸을 뒤척였다.

"흐흐흐, 스승님의 가르침을 따르다 저는 이제 망했습니다. 전의감에서 미친놈 취급을 당했단 말이지요……."

가슴을 조여 오는 갑갑증에 풀어헤친 관복은 땅바닥에 나뒹굴고 있었다.

"웬 놈이냐? 당장 일어나지 못할까?"

서릿발 같은 목소리에 번쩍 눈이 뜨였다.

"뉘시온데 그리 화를 내십니까?"

얼굴에 흐른 침을 닦아내며 비몽사몽간에 그가 웅얼거렸다.

"감히 이놈이 어느 안전이라고 눈을 치켜뜨는 게야?"

꾸짖는 박 내관의 목소리가 자못 엄중했다.

그제야 그는 자기가 어디에 있는지 깨달았다.

경회루 옆 초가에서 정무를 보던 왕이 답답한 마음을 달래고자 나온 산책길이었다. 삼경(三更, 밤 11시~새벽 1시 사이)이 지난 시간에 웅얼거리는 소리가 들려 올라와 본 전각 위에 웬 미친놈이 옷을 반쯤 벗은 채 널브러져 있었다.

"박 내관은 목소리를 낮추라. 이곳이 어떤 곳인지는 저자가 더 잘 알 것이다. 너는 누구냐?"

"저, 저, 전하! 신을 죽여주시옵소서! 신 전의감 소속으로 있는 의관 전순의라 하옵니다."

"의관이 야심한 시각에 이곳에서 무얼 하고 있는 게냐?"

경회루. 국가의 큰 연회가 열릴 때, 당상관 이상의 관료들만 오를 수 있는 곳에 전의감 소속 말단 관리가, 그것도 감히 잠에 취한 채 널브러져 있는 것은 죽어 마땅한 죄였다.

"이곳에 함부로 출입한 신을 죽여 주시옵소서."

"허허허. 자꾸 죽여달라 하니 더욱 궁금하구나. 무슨 사연이 있어 이곳에 올랐던 것이냐?"

"그저 갑갑한 마음에 걷다 보니, 이곳에 이르렀사옵니다."

갑갑하다는 말과 달리, 형형히 빛나는 눈빛이 마음에 걸려 왕은 자꾸 묻게 되었다.

"소속관청이 전의감이라 하였느냐?"

"그러하옵니다."

"네 목숨을 부지할 수 있는 기회를 한 번 주마. 네가 알고 있는 약재의 이름과 쓰임을 읊어보거라. 막힘없이 답할 수 있다면 오늘의 일은 눈감아 줄 것이다."

'살았다!'

그 정도의 일이라면 똥을 누면서도 할 수 있는 일이었다. 매일 입시하여 퇴청할 때까지 지루하게 반복되는 일상이 바로 약재의 이름과 쓰임을 외우는 일이었다. 매일같이 하면서도 매일같이 자신을 미치게 만들었던 일.

그의 막힘없는 대답에 왕의 얼굴엔 어느새 흐뭇함이 묻어났다.

"너처럼 명민한 자가 전의감에서 답답함을 느낄 만큼 억울한 일이 있었느냐?"

"아뢰옵기 황공하오나, 신은 전의감 의관 일에 적합하지 않은 자이옵니다."

"어찌 그러하냐? 궐에서 쓰이는 모든 약재를 익히고 총괄하는 일에 너만큼 뛰어난 자가 없을 듯한데."

"전의감의 일은 궐에서 필요한 약재를 익히고, 약을 조제하며, 약재를 키우는 일에만 국한되어 있사옵니다. 하나 소신은 다른 뜻을 지니고 있사옵니다. 소신은 스승께 약식동원 의식동원이라 배웠사옵니다."

"음식도 약처럼 사람을 치료할 수 있다는 뜻이냐?"

"그러하옵니다. 계속되는 기근에 백성들에게 돌아갈 약재는 남아 있지 않사옵니다. 하여 소신은 약재에 대한 연구와 관리도 중요하지만 백성들이 매일 먹는 음식도 어떤 효능이 있는지, 어떻게 약처럼 쓰일 수 있는지 알고 싶었사옵니다. 그리하여 짬짬이 시간이 날 때마다 기록해두고 공부를 지속하였사온데, 얼마 전 그 기록이 발각되어 빼앗기고, 신은 맡은 업무에 소홀했다는 이유로 감봉을 당하고, 다음 달까지 전의감 출입을 금지당했사옵니다."

그의 사연을 들으면서 왕은 끊임없이 머리를 굴리고 있었다.

'간만에 발견한 이 기특한 인재를 어디에 쓰면 좋을꼬.'

벌써부터 신이 난 왕은 기쁠 때의 습관, 발가락을 꼼지락거리며 어깨를 들썩이기 시작했다. 금세 왕의 변화를 눈치챈 박 내관이 조용히 소곤거렸다.

"전하! 부디 체통을 지키시옵소서."

"흠흠! 내 질문에 막힘없이 대답했으니 약조한 대로 오늘 일은 눈감아주겠다. 돌아가서 별도의 명이 있을 때까지 전의감의 일을 계속하도록 하라."

"성은이 망극하옵니다."

갑작스러운 왕의 등장에 십년감수한 것도 잠시뿐, 그는 내일 아침 전의감에서 자신을 보고 다들 어떤 표정을 지을지 떠올리자 고소해서 죽을 지경이었다.

왕의 결단

꼭두새벽부터 입시를 명한 왕 때문에 궐로 향하는 대신들의 입에서는 허연 김이 모락모락 피었다. 벽제를 외치는 자와 남여(藍輿)를 든 장정들의 손이 추위에 곱아 뻣뻣해질 무렵, 어렴풋이 성문이 보였다.

"예판 대감 드셨습니까? 그나저나 무슨 연유로 이른 아침부터 등청을 명하셨을까요?"

"낸들 알겠소. 요즘 흉년에 대한 말씀뿐이니 그 일이겠지요."

묻는 자나 답하는 자 모두 은근한 짜증을 꾹꾹 누르고 있었다.

웅성거리는 와중에 왕의 붉은 도포 자락이 보이자, 대신들은 숨을 죽이며 머리를 조아렸다.

"모두들 이른 새벽부터 오느라 고생하시었소. 긴급히 논의해야 할 사항이 있으니 신속한 처결을 내려주시오. 어제 올라온 영동 현감 곽순의 장계를 검토하였소. 지금 영동 백성들은 가뭄으로 인해 원전(元田)

2591결을 수확하던 예전에 비해, 올해는 겨우 91결을 거두었다고 하오. 하여 굶주린 백성들이 깊은 산 속으로 들어가 풀뿌리나 상수리나무 열매를 캐어 먹으며 연명하고 있소. 그뿐만 아니라 전단토(田丹土)나 백점토(白粘土)까지 물에 개어 죽처럼 먹고, 갑작스레 들이닥친 추위를 견디기 위해 죽은 시체의 옷을 벗겨 입는 실정이오. 이제 숲에 남은 건 소나무뿐이라고 하오. 경들의 생각과 해결책을 말해보도록 하시오."

"신 예조판서 김응현 아뢰옵니다. 오랜 기간의 흉년으로 인해 백성들의 삶이 피폐해지고 그 원성이 높아졌으니, 응당 기우제를 성대하게 치러 만천하에 주상전하의 위엄과 어진 통치를 보이심이 마땅한 줄 아옵니다."

그렇게 뻔한 답을 낼 줄 알았다는 듯 왕은 미간을 찌푸리며 대답했다.

"이제 더 이상 기우제는 올리지 않을 것이오. 다른 현실적인 대안을 말해보도록 하시오."

"형조판서 한기태 아뢰옵니다. 예부터 관내에 기근이 들면 수령은 가깝든 멀든 선박을 이끌고 타관에 가서 곡식을 사들였사옵니다. 한 예로 전라 감사는 격포 별장에게 수백 필의 포목을 주어 곡식을 사오게 한 일도 있었사옵니다. 영동 지방 수령들에게 백성을 구휼할 곡식을 사들일 전권을 주시옵소서."

"호조판서 곽태영 아뢰옵니다. 지금 영동과 영서 지방의 기근이 모두 심각한 상황이라, 고을 수령들이 서로 견제하며 방곡령(防穀令)을 내린 것으로 알고 있사옵니다. 서로 힘써 구휼하는 것이 마땅하오나, 이들에게는 자기 고을의 식량을 확보해야 관내의 백성을 먹일 수 있으니, 이 또한 탓할 수만은 없는 노릇이옵니다. 하오니 관내 지주들의 기부곡을 거두어들이시어 백성을 구휼하심이 나은 줄로 아뢰옵니다."

"대사헌 엄지환 아뢰옵니다. 지금까지 지주들의 기부곡은 기근에 꽤 유용하게 사용되었사옵니다, 전하. 하오나 수년간 지속된 기근으로 기부곡을 거둔다고 하더라도 이전만큼의 양을 기대하기는 어려울 것으로 사료되옵니다. 기근의 장기화에 대비해 오히려 지주들이 한 톨의 쌀이라도 아끼려고, 자기 소유의 노비조차 방치한 채 내쫓는 실정이 지속되고 있나이다. 하오니 비상식량을 넉넉히 보유하고 있는 군영(軍營)에서 곡물을 방매하여 진휼청을 설치하심이 옳은 줄로 아뢰옵니다."

"병조판서 최시형 아뢰옵니다. 아무리 기근이 심해도 군영의 곡식은 함부로 언급할 일이 아니라 사료되옵니다. 이 나라 조선의 안위가 군사들의 사기에 달려 있음을 헤아려주시옵소서."

구구절절 맞는 말이었다. 그러나 왕은 탁상공론보다는 지금 당장 영동의 백성들을 살려낼 방안이 절실하던 터라, 한숨이 새어 나왔다.

"이조판서 허은수 아뢰옵니다. 장계에 따르면, 숲에 유일하게 남아 있는 것은 소나무뿐이라고 하였으니 우선 급한 대로 백성들에게 소나무 껍질을 벗겨 삶아 먹게 하심이 옳은 줄로 아뢰옵니다."

"전하! 무릇 소나무는 왕과 왕실에 대한 사대부들의 지조와 절개를 상징하는 나무이옵니다. 아무리 상황이 급박하기는 해도, 온 사대부들의 정신적 지주로 여겨지는 나무를 훼손하는 것은 불가하다고 사료되옵니다. 통촉하여 주시옵소서."

"통촉하여 주시옵소서!"

좌의정의 단호한 말에 모든 대신이 한 소리로 외쳐댔다.

"하오나 숲에는 쓸모없이 버려진 소나무들도 많이 있사옵니다."

허은수의 간곡한 전언에 왕의 눈빛이 밝아졌다.

"이판은 계속해서 고하라."

"지금껏 소나무는 나라에서 엄격하게 관리하였기 때문에 기근 때조차도 함부로 손을 대는 이가 감히 없었사옵니다. 하오나 민가 근처의 야산에는 심하게 뒤틀려 쓰지 못하는 소나무들이 많이 있사옵니다. 이는 궁궐 건축에 사용될 수 없으나, 백성을 먹이는 구황작물로 요긴하게 쓰일 수 있사옵니다. 본디 솔잎은 느릅나무 껍질과 섞어서 먹으면 오장을 편안하게 하옵고, 봄이나 여름철에 겉껍질과 목질 사이의 얇은 속껍질[松肌]을 벗겨서 절구에 찧어 죽을 쑤어 먹을 수도 있사옵니다. 지금 이 송기를 벗겨 죽을 쑤어 먹을 수만 있다면, 굶주리는 백성들을 조금이라도 살릴 수 있사옵니다."

"홍문관 대제학 박재영 아뢰옵니다. 굳이 소나무가 아니더라도, 숲에는 구황작물로 쓰일 수 있는 도토리나 열매, 나무뿌리들이 지천에 깔려 있사옵니다."

"이조판서 허은수 다시 청하옵니다. 기근이 극심할 경우, 산속에 떨어진 도토리는 알이 굵지 않사옵고, 또한 썩어서 떨어진 것들이 대부분이라 먹을 수 있는 것이 거의 없사옵니다. 장계에 따르면, 영동지방의 소나무 상태는 아직 괜찮은 듯하오니, 부디 최선의 방법을 고려해주시옵소서. 양식이 될 수 있는 나무를 두고도 쓰지 않음은, 백성들을 저버리시는 일이 아닐는지요? 부디 공자께서도 제후와 대부들의 명예와 지위를 상징하는 말[馬]보다도 한낱 마구간지기의 생명을 귀히 여겼음을 기억해주시옵소서."

"이판의 말이 지당하오. 회의가 끝나는 대로 명하여 뒤틀린 소나무의 벌목과 식용을 허락하는 방(榜)을 부치도록 하시오."

드디어 현실적인 계책을 얻은 왕의 얼굴에 안도감이 스쳤다.

"성은이 망극하옵니다."

사대부들의 정신을 훼손하는 것이라고 노기를 띠던 대신들에게 다시 왕의 옥음이 들렸다.

"한 가지 더. 뒤틀린 소나무라도 그대들이 귀하게 여기는 소나무를 백성들에게 내주었으니, 짐도 짐과 왕실의 소유를 내놓도록 하겠소."

"내탕금을 말씀하시는 것이옵니까?"

깜짝 놀란 한 대신이 물었다.

"이후부터 대군들의 토지를 225결에서 50결씩 줄이고, 군들의 토지를 180결에서 역시 50결씩 줄여서 소유하도록 할 것이오. 이 토지에서 나오는 모든 곡식은 앞으로 굶주린 백성들을 구휼하는 데 사용토록 할 것이오."

"성은이 망극하옵니다."

대신들은 입으로 그렇게 외치면서도 속이 껄쩍지근했다.

'허, 참. 무슨 내탕금까지…….'

'저토록 갑작스럽게 내탕금을 내놓으시는 저의가 무엇인가!'

'설마 조만간 기부곡을 우리더러 내놓으라는 무언의 압력은 아니시겠지.'

'백성을 위하시는 것도 정도가 있지, 어찌 매번 관료들만 당혹스럽게 하시는지, 원.'

내뱉을 수 없는 말들이 입속에 고스란히 고였다.

내탕금은 조선을 건국한 태조 이성계의 사유재산이다. 동북면(함경도 지역)에 막대한 재산을 가졌던 장수가 고려 말의 무공으로 여러 차례 공신에 책봉되면서 소유한 봉토는 동북면 전체 면적의 삼분의 일에 해당하는 막대한 크기였다.

그러나 내탕금은 완전한 임금 본인의 사유재산이기에 조정의 관리들은 내탕금이 얼마나 되는지, 어떻게 쓰이고 있는지 전혀 파악할 수 없었다. 기껏해야 궐에서 불사(佛事)를 행하거나, 대군이나 공주가 혼인할 때 집을 지어주는 용도로 사용되는 것을 짐작할 뿐이었다. 그런데 갑자기 왕이 그 내탕금의 일부를 천한 백성들을 위해 턱 하니 내놓은 것이다.

대신들은 왕의 이런 파격적인 조치에 감동하기보다는 불편함을 느꼈다. 목에 생선 가시가 걸린 듯 껄끄러웠다. 본을 보이는 왕을 따라 해야 한다는 심적, 경제적 압박감이 서서히 그들을 조여왔기 때문이다.

마음을 움직인 그림

사월의 바람 속에는 온갖 꽃향기가 실려 있다. 시조부의 아침상을 봐드리고 나오던 아영은 눈이 부시게 아름다운 햇살에 잠시 눈을 감고, 숨을 골랐다.

'꽃향기……. 봄 내음……. 그리움의 냄새…….'

봄이 되면 어린 아영의 마음엔 콩닥콩닥, 희한한 소리가 들려왔다. 말에 올라탄 부친 뒤편으로, 작은 가마가 늘 뒤따랐다. 살짝 열어둔 창틈으로 따스한 봄볕이 비쳐들면, 어미의 무릎 위에서 쫑알거리던 아영은 어느새 잠이 들었다.

흙냄새가 솔솔 풍겨오면 문득 잠에서 깬 아영은 꽃을 따러 다니곤 했다. 작은 품에 한 아름 따온 꽃을 보고 어미는 함박웃음을 지었다. 망아지마냥 뛰놀던 아영의 천진한 얼굴 너머로, 비단 치마에 묻은 흙을 털어내느라 울상이 된 여종의 얼굴이 스쳐 지나갔다.

안마당 정원에 들어선 아영은 제 흥을 견디지 못하고 흐드러지게 핀 작은 꽃망울들과 눈을 맞추었다. 제 무게를 이기지 못한 꽃잎들이 곳곳에 뚝뚝 떨어지고 있었고, 갑갑했던 땅속을 헤집으며 어린 새싹들이 봉긋 피어올랐다. 한껏 봄볕과 봄 향기에 취한 아영의 눈을 사로잡은 건 대청마루 틈새에서 피어 올린 민들레꽃이었다.

"홀씨가 마루 틈새 사이로 들어갔었구나. 기특하기도 하지. 이토록 열악한 곳에서도 넌 어여삐 꽃을 피워냈어."

오래도록 뿌리내리지 못할 연노랑 꽃은 처연하고도 애틋했다. 느닷없이 아영의 발걸음이 빨라졌다.

'그려야겠다.'

아무도 기억해주지 않을 가련한 꽃을 꼭 그려주고 싶었다. 그녀는 벼루 뚜껑을 열고 먹을 갈기 시작했다.

사각사각.

얼어붙은 강 위에 떨어지는 눈송이처럼, 먹이 벼루 위에서 사뿐히 노닐었다.

완연한 봄의 전령은 구중궁궐에도 찾아들었다. 겨우내 중궁전에서만 지내던 왕비는 오랜만에 산책을 즐기고 있었다.

봉긋하게 피워올린 새싹들을 바라보는 중전의 눈앞에 노란 나비 한 쌍이 팔랑거리며 날아다녔다. 봄의 생명력에 흠뻑 취해 돌아온 왕비는 아영이 들었다는 말에 더없이 기쁜 기색을 띠었다.

"그동안 잘 지내시었소?"

오랜만에 궐을 방문한 아영에게 왕비는 따듯한 눈길을 주었다.

"황공하옵게도 신첩이 소소한 일로 바빠 이제야 입궐하였사옵니다. 얼마 전까지 일 년 내 세찬과 제수 마련에 필요한 엿을 고느라 종종거렸사옵니다. 강정, 콩강정, 깨강정이며, 오미자, 당귀, 밤, 송화, 흑임자, 청태 다식을 장만하는 데에 두루 엿이 필요하옵니다."

왕비는 반가에서 일어나는 소소한 이야기를 풀어놓아 일상의 맛을 느끼게 해주는 아영이 늘 고마웠다. 궐에서 들을 수 없는 이야기였기에 더욱 그랬다.

"참으로 듣기 좋은 말이오. 종가집 부녀자가 일 년 내내 봉제사접빈객(奉祭祀接賓客)하기에도 벅찬데 지치지 않고 좋아하는 그림을 그리니, 실로 대단하오. 오늘은 또 어떤 그림이 준비되어 있을지 몹시 궁금하오."

두런두런 담소를 나누고 있는데, 갑작스레 김 상궁의 외침이 들렸다.

"중전마마! 주상전하 납시었사옵니다."

얼른 일어나 맞이하기도 전에 임금은 뭐가 그리도 급한지 벌써 방안에 들어서고 있었다.

"전하, 이 시각에 어인 일이시옵니까? 한창 경연에 임하실 시간이 아니옵니까?"

갑작스러운 왕의 방문에 놀라면서도 왕비의 얼굴엔 설렘이 설핏 어려 있었다.

"잠시 산책을 하러 나왔다가 들렀소. 그런데 손님이 계셨구려."

"지난번 전하께서 칭찬하시던 이판 대감의 내자이옵니다. 어여쁜 그림들을 같이 보며 차를 마시려던 중이었습니다."

"그대의 재주는 익히 들었소. 혹여 내가 방해가 되었소?"

"아니옵니다. 황망한 말씀을 거두어주옵소서."

아영은 눈길을 제대로 들지 못한 채 조심스럽게 아뢰었다.

"그럼 나도 중전과 함께 그대의 그림을 보고 싶구려."

아영은 두 장의 그림을 왕과 왕비에게 올렸다. 흰 종이 위에 그려진 그림은 대청마루 틈새에 핀 민들레꽃과 상처투성이의 매화나무였다.

"전하. 참으로 애처로운 꽃입니다. 어쩌다가 마루 틈새에 뿌리를 내렸을까요?"

"중전, 그러나 참으로 대견한 꽃이오. 그 틈새 속에서도 찬란한 꽃을 피워내지 않았습니까? 오래 살진 못하더라도 자신의 본분은 다한 것이지요. 도도하면서도 애틋하오."

왕과 왕비는 아영과 같은 눈으로 가슴이 시린 듯 민들레꽃을 바라보았다.

"그런데 이 그림은 매화나무가 아니오? 이렇게 분홍빛의 꽃을 그리는 것은 처음 보았소."

사대부들이 먹과 여백으로만 그려내던 매화 그림에 익숙하던 왕이 의아한 듯 물었다.

"전하, 여인의 그림이라 그런지 느낌이 많이 다르옵니다. 사대부들이 즐겨 그리는 매화는 눈 속에서도 꿋꿋이 피어난 강인함이 느껴졌는데, 이 매화나무는…….”

무어라 설명할 수 없어 머뭇거리는 중전의 뒷말을 아영이 이어갔다.

“전하, 중전마마. 소첩은 이 매화나무를 선비의 꽃이 아니라, 여인의 꽃으로 생각하여 그렸사옵니다. 매화는 꺾어진 가지에서도 피어나옵니다. 상처 난 가지가 많으면 많을수록 훗날 화려한 꽃은 더 많이 피고, 그 향기는 더 멀리 퍼지옵니다. 소첩은 이 매화나무가 자신의 일생이 곤두박질치는 중에서도, 꿈을 기르고 사랑을 번식시키는 여인의 삶과 닮았다고 여겼사옵니다. 하여 여인의 헌신과 희생이 남기게 될 아름다운 삶의 이야기를 이 나무를 통해서 하고 싶었사옵니다.”

왕과 왕비는 잠시 아무 말이 없었다.

가슴이 찌르르하고, 코끝이 찡해지는 그림이었다. 매화나무와 민들레는 왕비의 삶과 닿아 있었다. 왕은 따스한 손길로 중전의 손을 쓸어내렸다. 이 꽃들처럼 아팠을 그녀의 삶이 안쓰러웠다. 그러나 아름답게 자신을 피워낸 꽃들처럼, 제 몫을 다해주는 중전의 삶이 고마웠다.

그림 감상을 마친 왕은 다급히 정전으로 향하며 박 내관에게 명했다.

“박 내관은 승정원에 명하여, 청원부원군 심온의 가솔들 근황을 낱낱이 조사하여 보고하게 하라.”

온실 주상

더위에 약한 왕이 잠시 오수(午睡)를 즐기고 막 깨었을 때였다.

"전하, 세자 저하 납시었사옵니다."

"안으로 뫼시어라."

어엿한 청년으로 자란 세자는 왕비를 닮아 왕자들 중 유독 섬세하고 다정한 아이였다.

"아바마마, 요즘 소갈증과 안질로 편치 않으시다 들었사옵니다. 하여 소자가 별식을 준비하였사옵니다."

여름 더위에 하루 한 동이씩 물을 들이켜던 왕은 점점 지쳐가고 있었다. 동궁전 상궁이 전해 올린 소반 위에는 얼음을 넣은 앵두화채가 놓여 있었다.

"맛이 상큼하면서도 시원하구나."

얼음이 동동 띄워진 화채 맛에 왕은 소갈증이 싹 가시는 듯했다.

"우리 세자가 기른 나무에서 딴 열매더냐?"

"그러하옵니다. 올해엔 볕이 좋아 붉은 열매가 더 아름답게 영글었사옵니다."

"허허, 아비를 생각해주는 네 마음이 갸륵하구나."

왕은 자신의 세자 시절을 떠올렸다.

부왕의 눈길은 늘 매섭고 엄했다. 외숙부들을 처형할 때도, 형님인 양녕대군을 폐세자시킬 때도 조금의 망설임도 내비치지 않던 부왕이었다. 그런 부왕 앞에서 여리기만 했던 왕은 제대로 숨쉬기도 어려웠었다.

그런데 다정한 자신의 아들은 아비가 소갈증을 앓자, 동궁전 귀퉁이에 앵두나무를 심었다. 아침저녁으로 손수 물을 주고, 가지치기를 해가며 가꾼 앵두나무에서는 해마다 알알이 어여쁜 앵두가 맺혔다. 그리고 가장 먼저 딴 앵두에 얼음을 넣어 기쁘고 설레는 마음으로 다가오는 아들. 왕은 그 아들의 마음이 너무도 귀했다.

말끔히 화채 그릇을 비운 왕은 오후 정무를 보는 내내 정신이 딴 데 가 있었다.

뭔가를 골똘히 생각하다가 한숨을 내쉬기도 하고, 눈을 크게 뜨고 고개를 까딱거리기도 했다. 다행히도 왕의 미묘한 변화를 알아차린 건 박 내관뿐이었다. 정전 회의가 끝나고, 대신들에게 질문을 퍼붓던 왕은 오늘은 웬일인지 신료들이 빨리 떠나주길 바라는 눈치였다. 그리고 황급히 눈으로 박 내관을 찾았다.

"당장 이조판서 허은수를 초가로 들게 하라."

왕이 초가로 부르는 신하는 그리 많지 않았다. 왕은 주로 허심탄회하게 말할 벗이 필요할 때 몇몇 신하들을 초가로 불러들였다. 퇴청을 준비하던 은수는 영문도 모른 채 박 내관을 따랐다.

맴맴맴맴 매애앰.

늦여름 매미들이 기승을 부리며 마지막 울음을 울어 대고, 초가 주위엔 주황빛 능소화가 흐드러지게 피어 있었다. 문을 열어둔 채 서책을 읽던 왕은 무심코 바라본 능소화에 '희망'이란 말을 떠올렸다. 하늘을 향해 자라기 때문에 붙여진 이름, 능소화…….

"오랜만에 초가에서 보는구나. 어서 오너라."

자리에 앉자마자 왕은 은수에게 낮에 먹었던 앵두화채를 권했다.

은수가 화채 그릇을 받아들고는 이걸 어찌해야 하나 잠시 망설이자, 왕이 어서 들라고 턱짓을 했다. 고개를 돌려 한 모금 마시자 왕이 답답한 듯 다그쳤다.

"그렇게 말고 죽 들이켜보라니까."

그제야 은수는 엉겁결에 고개를 쳐들고 단숨에 그릇을 비웠다. 그러고는 자기도 모르게 끄윽, 하고 나와버린 트림 소리에 황망해하며 넙죽 엎드렸다.

"참으로 시원하옵니다. 세자 저하께서 손수 기르신 것이지요?"

"허허. 그렇다는구나. 우리 세자의 마음 씀씀이가 어질어 성군의 자질이 보이니 참으로 기쁘더구나. 그런데 이판은 이 앵두화채 속 얼음을 어찌 생각하느냐? 한여름에 얼음을 먹을 수 있다면, 반대로 한겨울에도 봄에 나는 음식들을 먹을 방도가 있지 않겠느냐?"

'아뿔싸…….'

옆에 있던 박 내관의 머릿속이 어지러웠다.

'그럼 그렇지. 이 시각에 앵두화채나 즐기자고 이판 대감을 부르신 건 아니셨겠지. 으이구, 머리야.'

박 내관의 측은한 눈길이 이번에도 은수에게 오래 머물렀다.

"말씀을 듣고 보니 진실로 그러하옵니다, 전하. 소신은 지금껏 수없이 화채를 먹으면서도 단 한 번도 그렇게 생각해보지 못했사옵니다."

은수의 호응에 박 내관이 얼씨구, 하며 혀를 찼다.

'그 임금에 그 신하로세.'

너무도 진지하게 맞장구치는 두 사람 앞에서 박 내관은 또 어떤 엉뚱한 일이 벌어질지 몰라 점점 불안해졌다.

"동빙고의 얼음들은 모두 제례에 쓰일 테니, 분명 이 얼음들은 서빙고에서 왔을 것이다. 이판은 빙고(氷庫)에 대해서 아는 바가 있느냐?"

'아이쿠, 경전만 달달 외는 위인이 어찌 그걸 안다고 저런 하문을 시도 때도 없이 하시는지.'

박 내관이 소리 없이 입술을 달싹거리며 불퉁거렸다.

"소신이 아는 바로는, 우리나라에서 얼음을 보관하기 시작한 것은 신라조부터이옵니다. 『삼국유사』에 신라 유리왕이 얼음 창고를 지었다는 기록이 있사옵고, 『삼국사기』에 신라 지증왕이 얼음을 저장하게 했다는 기록이 있사옵니다. 고려조에는 얼음을 보관했던 기록으로 『고려사』가 있사온데, 문종께서 법으로 해마다 6월부터 입추까지 얼음을 나누어 주신 기록이 남아 있사옵니다."

불퉁거리던 박 내관의 입이 떡 벌어졌다. 묻는 왕이나 척척 대답하는 신하나 모두 정상은 아닌 듯했다.

"역시 장원급제는 아무나 할 수 있는 게 아니지! 너라면 상세히 이 일을 논의할 수 있을 듯하였다. 박 내관은 당장 야행을 준비하라. 지금 당장 빙고에 가볼 것이니라. 빙고를 꼼꼼히 둘러보며 그 구조를 파악한다면, 그 반대로 겨우내 채소를 기를 수 있는 온실을 만들어볼 수도 있을 것이다. 당장 채비를 서두르라."

꺾일 고집이 아니란 걸 잘 아는 박 내관은 털옷부터 부리나케 챙겨 들었다.

한참을 달려 도착한 빙고.

말을 탄 세 그림자가 일제히 멈춰 섰다. 그들의 거친 숨소리가 한밤중의 적막을 가를 듯했다. 궁에서부터 쉬지 않고 내달린 왕의 머릿속엔 온통 빙고에 대한 생각뿐이었다.

등불을 든 박 내관이 빙고 안으로 두 사람을 안내했다.

"이판은 빙고의 구조를 상세히 살피도록 하라."

하명하는 왕의 입에서 허연 입김이 새어 나왔다.

"전하, 추운 곳에 오래 계시오면 고뿔이 드옵니다. 이판 대감께 맡기시고, 밖에서 기다리시옵소서."

박 내관이 발을 동동 구르며 왕에게 털옷을 입혔다.

"박 내관은 잔소리를 계속할 요량이면 먼저 나가 있거라. 이곳에서 말을 많이 하면 얼음이 쉬이 녹아내리느니."

얼음이 녹는다는 말에 박 내관의 잔소리가 뚝 멎었다.

등불조차 꺼버린 빙고 안에서 몸 둘 바를 모르고 당황한 이는 박 내관뿐이었다. 은수는 잘 보이지도 않는 빙고 안을 마치 제집 건듯 왔다 갔다 하고 있었고, 왕은 뒷짐을 진 채 목이 꺾일 듯 천장만 쏘아보고 있었다.

박 내관은 두 사람이 빙고를 제대로 살피고나 있는지 의심이 폴폴 싹트기 시작했다.

"에취!"

초가로 돌아온 왕이 재채기를 하자, 박 내관이 파르르 떨었다.

"전하, 소신이 뭐라 하였사옵니까? 당장 따듯한 차를 내어 오겠나이다."

박 내관이 나간 사이 왕과 은수는 더 깊은 대화를 나눌 수 있었다.

"이판은 빙고에서 본 것을 소상히 고하라."

"신묘한 구조였사옵니다. 선대들의 지혜가 뛰어나 소신은 감탄밖에 할 말이 없사옵니다."

"옳다. 생각지 않았던 소소한 부분들까지 신경 써서 만들어낸 훌륭한 빙고였다."

"우선 소신은 외관으로 보이는 빙고가 마치 역대 선왕 폐하들을 모신 능(陵)처럼 보였사옵니다. 하오나 빙고 위 지붕에 풀을 심은 것은 햇빛의 흡수를 줄이기 위함인 듯하옵니다. 빙고의 내부는 미세하지만 조금 기울어져 있사옵니다. 소신은 등이 굽었기에 경사를 느끼는 것이 남들에 비해 더 민감하옵니다. 아마도 얼음에서 녹아내린 물이 밖으로 빠져나가기 쉽게 만든 듯하옵니다."

"그래, 잘 보았구나. 짐은 빙고 위 세 개의 구멍을 보았느니라. 그 구멍은 빙고 안의 공기가 잘 빠져나가고, 바깥의 공기가 잘 들어오지 못하도록 아래쪽이 넓고, 위쪽이 좁은 방형으로 만들어져 있었다."

왕은 등이 굽은 은수가 놓쳤을 듯한 빙고의 윗부분을 면밀히 살폈었다.

"한 가지 더 있사옵니다. 얼음 사이사이에 왕겨나 짚을 깔아 얼음이 녹지 않도록 하였사옵니다. 이렇게 하면 열을 차단하는 효과가 있을 뿐 아니라, 얼음이 조금 녹더라도 짚 안쪽의 온도가 낮아져 그만큼 장기간 얼음을 보관할 수 있사옵니다."

"됐다! 마침내 새로운 일을 시작해볼 수 있는 단서를 얻었구나. 수고했다. 이판은 오늘부터 이와 상반된 구조의 온실을 만들 구상을 시작하도록 하라. 은밀히 하여라."

"명 받잡겠나이다."

"에, 에취!"

은수의 말이 끝나기가 무섭게 왕이 또다시 재채기를 시작하자, 박 내관의 얼굴이 하얗게 질렸다.

"전하, 그러기에 소신이 아니 된다고……."

"그만 떠들고, 이불 좀 어깨에 둘러주려무나."

이불을 펼치는 박 내관의 손길에 여인 같은 투정이 묻어 있었다.

"소신은 아궁이 좀 살피고 오겠나이다."

투닥거리는 두 사람을 뒤로 한 채, 은수는 깊은 생각에 잠겨 길을 걸었다.

천한 관노의 손을 빌려 세상을 놀라게 한 물건을 만들었던 왕이 이제는 멸시받는 꼽추의 손을 빌려 온실을 만들려고 한다. 은수는 하찮은 존재를 통해 위대한 일을 꿈꾸는 왕의 곁을 오래도록 지키고 싶었다. 그저 왕의 고독한 고뇌를 곁에서 헤아리고 싶었다.

'온실…… 온실이라…….'

나무 이야기 8
상실

오후부터 흩뿌리던 비가 땅을 흠뻑 적시다가, 이젠 뇌우로 변해갔다. 오랜만에 내린 비에 뿌리를 힘껏 내뻗어 물을 빨아들이고 있다. 우리의 삶을 결정짓는 딱 두 가지가 바로 빛과 물이다. 때아닌 풍족한 비에 정신이 아찔하다.

투두둑!

갈증을 채운 기쁨도 잠시, 번쩍거리던 뇌우에 한쪽 가지가 잘려나갔다.

생각지도 못한 공격이었다. 그건 인간이 도끼로 내려치는 것과 차원이 달랐다. 큰일이다. 몸이 심하게 기울어진다. 아찔하고 어지럽다.

몸의 균형이 깨지면 놀라거나 아파할 겨를도 없이 할 일이 더 늘어난다. 갑자기 기우뚱해진 윗부분의 무게를 견딜 수 있도록 재빠르게 몸 전체에 긴급 신호를 보냈다.

떨어져 나간 가지 부분을 통해 나쁜 병이 들어오지 못하도록 사력을 다해 보호막을 만들어야 한다. 그리고 가지에 난 상처를 최대한 빨리 감싸 매야 한다. 어물쩡거리다가는 몸 전체가 죽고 만다.

떨어져 나간 잎을 새로 만드느라 썼던 힘도, 사람들이 도끼질을 해대서 움푹 팬 허리 둥치를 치료하던 힘도 모두 거둬들여 보호막을 만드는 데 써야 한다.

오늘은 뇌우에 가지를 잃었지만, 내일은 또 어떤 일들이 벌어질까. 끊임없이 닥쳐오는 위협적인 적들과 사건들로부터 도망칠 방법은 없다. 전혀. 그저 죽는 날까지 주어진 생을 살아내는 수밖에.

쉬지 않고 하루하루를 살아내는 나를 향해 '푸르른 잎'만 칭송하는 사람들이 역겹다. 푸름만 보는 그들의 눈에 냅다 솔방울을 던져 한 방 날리며 외치고 싶다.

'그 푸르름은 바로 내 전 존재를 바쳐 지켜내고 있는 생명력이라고.'

춘향대제

며칠째 따스하게 내리쬐던 봄볕이 쌀쌀한 바람에 밀려난 아침.

근정전 앞에는 좌우로 늘어선 품계석 주변으로 검은 제복(祭服)을 갖춰 입고 패옥(佩玉)을 든 대신들이 주욱 늘어서 있었다. 이들은 갑작스러운 추위 탓에 어깨를 잔뜩 움츠리고 있었다.

뜰 옆에는 장악원(掌樂院) 악사들이 종묘제례악(宗廟祭禮樂)을 준비하느라 분주했다. 악사들은 편종, 편경, 피리, 대금, 아쟁 등 각종 악기 앞에 앉아 영신례(迎神禮)에서 연주할 보태평을 확인하고 있었고, 붉은 빛깔의 옷을 입은 무원(舞員)들은 손에 약(籥)과 적(翟)을 들고 육일무(六佾舞, 종묘제례에 6명씩 6열로 정렬해 추는 춤) 동작을 맞추느라 여념이 없었다.

그때 은수의 등장에 모든 사람의 시선이 몰렸다.

"온다! 온다!"

"저기 옵니다. 쯧쯧…… 저런 몰골로 어찌 꾸역꾸역 궁으로 들어왔을꼬."

"꼭 서역의 낙타라는 동물이 저런 형상이라고 하더이다."

"눈은 또 어떻구요? 등이 저 모양이니 사람을 올려다보느라 눈을 한껏 치뜨지 뭡니까? 볼썽사납게시리."

수군대는 관료들 사이로 은수가 무심히 지나갔다. 은수의 특이한 모습을 모르는 이가 없건만, 오늘따라 저들이 더 집요하게 꼽추를 들먹이는 데에는 이유가 있었다. 춘향대제가 있는 오늘, 이 중차대한 국가 연례에서 찬작관(瓚酌官)을 맡은 이가 은수였기 때문이다.

종묘사직에 지내는 제사에서 꼽추가 요직을 맡았으니 당연한 일이었다. 왕의 신임을 한 몸에 받는 이라야 하늘에 올리는 제사 시중을 들 수 있었다. 그들은 툭하면 처소로 불러들여 이것저것 은수와 논의하던 왕이 급기야 찬작관을 은수로 정하자, 불만이 극에 달했다.

찬작관을 맡은 은수의 부담 역시 컸다. 글공부를 하고, 왕께 자신의 생각을 고하는 일은 즐겁고 귀한 일이었다. 그러나 국가의 큰 제사에서 온전치 못한 몸을 제어하는 일에 막막한 부담이 밀려들고 있었다.

춘향대제가 무엇인가.

바로 군주가 제사를 통해 천신(天神), 지지(地祇), 조상신의 공적에 성스러운 행위로 보답함과 동시에 왕권의 정당성을 입증하는 정치적인 행사가 아닌가. 제사의 절차 또한 복잡하였기에 은수는 걱정이 앞섰다.

춘향대제는 크게 신(神)을 맞이하는 절차, 신이 즐기는 절차, 신이 베푸는 절차, 그리고 신을 보내는 절차 네 단계로 나누어진다. 은수는 신이 즐기는 절차에서 왕이 신에게 첫 번째 술잔을 올리는 초헌례(初獻禮), 두 번째 술잔을 올리는 아헌례(亞獻禮), 마지막 세 번째 술잔을 올리는 종헌례(終獻禮) 등을 돕기로 되어 있었다.

장중한 종묘제례악이 울려 퍼지고, 의관을 갖춘 제관들이 제자리를 잡자, 면류관과 구장복(九章服)을 갖춘 왕이 등장했다.

왕은 국가의 큰 연례와 제사 때 입는 구장복과 면류관을 특히 좋아했다. 화려하고 장엄해서가 아니라, 의복에 깃든 의미들을 사랑했다. 왕은 면류관을 쓸 때마다 그 앞뒤로 길게 늘어져 잘그랑거리는 옥구슬을 좋아했다. 왕은 악을 보지 말라는 옥구슬의 뜻을 마음에 새겼다.

왕은 간신들의 감언이설에서 눈과 귀를 막는다는 면류관 좌우에 드리워진 솜뭉치의 뜻을 마음에 새겼다. 왕은 구장복 위에 수놓아진 아홉 가지 문양을 바라보며, 자신이 왕으로서 갖춰야 할 덕목들을 되새겼다.

이런 왕을 곁에서 모시는 일이 늘 은수의 마음을 벅차게 만들었다. 그는 '네 안의 아름다운 자질을 백성을 위해 사용하라'며 따스한 눈길을 내리던 왕을 기억해냈다. 그리고 심호흡을 한 후, 계단을 오르는 왕의 뒤를 따랐다.

세 번의 잔을 신께 바치는 일을 마치고, 은수는 그제야 안도의 한숨을 내쉬며 계단을 내려섰다.

쿵!

경건하게 진행되던 제사가 일시에 중단되었다. 계단을 내려서던 은수가 갑자기 균형을 잃고 넘어진 것이다. 그의 몸이 계단 아래에 처박혀 버둥거렸다.

"어, 어찌 이런 불경한 일이!"

좌의정의 얼굴에 경멸의 빛이 묻어났다.

"전하! 당장에 제사를 어지럽힌 이조판서 허은수를 의금부로 압송하셔야 하옵니다."

좌의정의 의도를 빠르게 간파한 병조판서가 목에 핏대를 세우며 아뢰었다.

"모두들 소란 떨 것 없다. 이판은 괜찮은가? 다친 곳은 없는가?"

왕의 목소리가 떨리고 있었다.

겨우 몸을 일으켜 세운 은수는 하얗게 질려 있었다.

"전하, 한 해의 시작을 알리는 중차대한 제례이옵니다. 처벌은 후일에 논하시옵고, 우선은 제례를 마치시는 것이 옳다고 사료되옵니다."

평소 중요한 사안을 조리(條理)에 맞게 처리하던 우의정이 아뢰었다.

"우의정의 말이 지당하오. 계단의 폭이 좁아 자칫하면 짐이 실족하여 큰 곤란을 당할 뻔하였소. 짐 대신 이판이 욕을 보았으니, 내의원에서는 이판의 몸 상태를 살피도록 하시오."

"전하, 제례가 끝나는 즉시 공조에서 계단의 폭을 넓히는 공사를 착수하도록 조처하겠나이다."

지존의 몸을 상하게 할 수도 있었다는 두려움에 공조판서가 떨리는 목소리로 아뢰었다.

술렁이는 대신들을 진정시킨 왕은 아무 일 없었다는 듯 음복례와 송신례를 모두 정성스럽게 마쳤다.

그리고 정전으로 향하는 길에 머리가 지끈거리기 시작했다. 허은수의 탄핵을 논의하고자 아귀처럼 달려들 대신들의 목소리가 벌써부터 들리는 듯해, 왕은 신경질적으로 면류관 옆에 붙어 있는 솜뭉치로 귀를 덮어버렸다.

어떤 일이 빌미가 되었든, 한번 시작된 탄핵은 반드시 끝을 봐야 마무리될 것이다. 탄핵을 당한 자가 죽든, 귀양을 가든, 삭탈관직을 당하든, 탄핵을 올린 자들의 문장은 집요하면서도 치밀할 것이고, 죄를 향한 질책은 끝없이 호되고 사나울 것이다.

'휴! 어쩐다…….'

상림원 탄핵

여느 때 같으면 가슴에서 뜨거운 불길이 울컥 솟을 정전회의일 것이다. 그러나 어쩐 일인지 어전으로 향하는 왕의 발걸음은 가벼워 보였다. 표정도 평소와 다르지 않았다.

박 내관은 고개를 연신 갸우뚱했다.

'오늘의 의제가 이판 대감 탄핵이라는 것을 아실 텐데 어떻게 저렇게 태연하시지?'

뒤따르는 걸음에 의문이 하나둘 매달렸다.

내전에 들어서 왕이 착석하자, 모든 대신이 기다렸다는 듯 앞다투어 아뢰었다.

가장 먼저 나선 것은 종묘제례의 모든 과정을 지휘하던 예조판서 김응현이었다.

"전하, 국가의 중대한 제례를 망친 이조판서 허은수를 유배 보내심이 마땅한 줄 아옵니다."

"전하, 부정한 몸으로 중대한 일에 과욕을 부린 이판을 조정에서 내치셔야 하옵니다."

"전하, 아뢰옵기 황공하오나 그가 역심을 품지 않고서야 어찌 그토록 중요한 일에 실수를 하였겠사옵니까?"

심지어 역심까지 들먹이는 대신들의 음성은 내전을 쩌렁쩌렁 울릴 지경이었다. 도무지 진정의 기미가 보이지 않자, 왕이 소리치듯 내뱉었다.

"나라의 큰 제례를 그르친 이조판서 허은수에게……."

물을 끼얹은 듯 일시에 좌중이 고요해졌다.

왕이 뒷말을 삼키자, 내전의 침묵은 더욱 깊어져 대신들의 침 넘어가는 소리마저 들릴 정도였다.

"마땅히 그 책임을 물을 것이오."

반격을 준비하던 대신들이 일제히 우두망찰했다. 예상치 못한 왕의 결정에 즉각적인 반응조차 튀어나오지 못했다. 잘못 들었나 귀를 의심하느라 다들 우왕좌왕했다.

이어지는 왕의 발언은 더욱 믿을 수 없는 내용이었다.

"다만 몸이 불편한 그를 멀리 유배 보내는 것은 가당치 않소. 대신 이조판서 허은수를 상림원(上林園) 제조로 삼도록 하겠소. 상림원은 궐내의 정원을 관리하는 곳이니, 평소 나무를 아끼는 이판에게는 적당한 일이라 생각되오."

어떤 안건이든 쉽게 합의를 보지 않던 깐깐한 왕이 대신들의 요구를 단번에 허락했다. 거기서 그친 게 아니었다. 상림원 제조로 좌천이라니! 이것은 수모에 가까운 처사였다. 차라리 유배를 갈지언정 이런 수모를 감당하는 것은 더 큰 치욕이었다. 대신들은 이 상황이 믿어지지 않는 듯 웅성거리기 시작했다. 죄인인 양 머리를 조아리고 있던 은수는 그제야 지난번 왕이 빙고를 찾고, 박 내관을 물리치면서까지 자신에게 내렸던 밀명의 의미를 깨달았다.

'상림원에서 추운 겨울을 대비해 백성을 위한 식량 재배 창고를 만드는 것. 그것이구나. 상림원이어야 비밀스럽게 진행할 수가 있었겠구나. 내가 할 일은 그저 궐에 진상할 나무나 풀을 가꾸는 척하면서 온실을 고안해내는 것이구나.'

대신들이 떠난 정전에 홀로 남은 은수는 신료들의 예상과는 달리, 오히려 담담했다.

황망했던 그날의 기억이 선명하게 떠올랐다.

갑작스러운 실족으로 땅바닥에서 버둥거리면서 멸시의 눈초리들을 감당했던 그날.

은수는 퇴청하는 길에 곧장 집으로 향하지 못한 채, 길가를 오래도록 맴돌았다. 슬픔과 좌절이 온 가족을 삼켜버릴 것만 같아 가슴이 무너지는 듯했다.

그 옛날 학당 앞에서 강준혁이 던진 돌에 넘어져 모욕을 당했던 기억도 새록새록 떠올랐다. 또다시 마음이 옹송그려졌다. 유배를 당하는 일은 견딜 수 있었다. 그러나 이 몸으로 지존의 곁을 지키는 것이 불충이 되지는 않을까, 깊은 고민이 시작되고 있었다.

그런데 오늘 상림원 제조로 임명한다는 왕의 옥음에, 은수는 꺾였던 마음을 다시 일으켜 세울 수 있었다. 다시 일어서면 되는 거였다. 그 길을 열어주시는 분이 조선의 지존이란 생각에 가슴이 벅차올랐다. 그의 뺨 위로 하염없이 눈물이 흘러내렸다.

나무 이야기 9
덩굴

오랜만에 두 부부가 내 그늘에 들어와 있다. 여인은 땅에 떨어진 솔방울들을 주워 다정한 눈길로 쳐다본다. 또 그림을 그리려나 보다.

저 여인은 남들이 잘 보지 않는 땅바닥을 유심히 살피곤 한다. 대부분의 사람들은 그렇지 않다. 그들은 오히려 높이 자란 큰 나무를 올려다본다. 이 여인처럼 발아래 세상을 내려다보는 이는 드물다. 발자국 하나마다 수많은 씨앗이 살아 숨 쉬고, 셀 수 없이 많은 생명체가 땅에 깃들어 살고 있는데도 말이다.

그녀는 가끔 비단옷에 흙이 묻는 것도 모른 채, 꾸물꾸물 기어가는 지렁이를 보기도 하고, 때론 풀잎 위에 사뿐히 내려앉은 여치도 바라본다. 그러고 나서는 어김없이 붓을 든다.

나를 닮은 아이는 어느새 중년의 사내가 되어버려, 난 이제 그를 벗이라 부른다. 내 벗이 요즘 많이 바쁜지 도통 보지를 못했는데, 오늘은 편안한 얼굴로 여인과 두런두런 이야기를 나누고 있다.

"속상하십니까, 서방님?"

소나무 아래 평상에 앉아 솔방울을 만지작거리던 아영이 뜬금없이 물었다.

"무엇이 말이오?"

"앞으로 상림원 제조로 일하시게 되었잖습니까?"

"일하는 곳이 바뀌었을 뿐인데, 무엇이 속상하겠소?"

요직이 아닌 잡직으로 좌천된 일로 은수의 마음이 상했을까 노심초사하던 아영의 얼굴이 환하게 밝아졌다.

"부인은 서운하시오?"

"서방님이 꽃과 나무를 사랑하시니, 저는 그곳이 더할 나위 없이 서방님과 어울린다고 생각합니다."

"그런데 주상전하께서 나를 상림원으로 보내신 더 큰 뜻을 알게 되었소."

"전하께서 상림원을 미리 정하신 것이옵니까?"

"그런 듯하오."

은수는 그간의 일을 덤덤하게 이야기했다.

그 이야기를 듣는 동안 아영의 표정은 시시각각 변했다. 놀라는 것 같기도 했다가, 황망해하며 울상을 짓다가, 미간을 찌푸리며 진지해졌다가, 아, 하며 탄식을 터트리기도 했다.

내 벗이 힘든 일을 당했나 보다. 중요한 일을 하다가 굽은 등으로 인해 실수를 했나 보다. 그 상태로 가만히 서 있기도 힘들다는 걸 다른 이들은 정말 모르는 걸까? 굽은 등으로 반듯이 걷고, 단정하게 앉아 정무를 보는 일이 정녕 힘들다는 걸 그들은 모르는 걸까, 아니면 외면하는 걸까, 그도 아니면 그저 싫은 걸까.

왜 저들은 서로 '다름'을 굳이 구별해놓고, 그것을 차별하면서까지 자신들만 귀하게 여기는 걸까? 나무들의 세상에선 그저 '다름'을 인정하는 게 당연한 이치다. 내가 굽었다고 나를 차별하는 건 사람들밖에 없다. 자기들이 유용함과 무용함의 잣대로 나를 판단하고, 나의 존재가치에 멋대로 등급을 매긴다. 굽은 나에게도 별이나 바람, 비, 구름은 동일하게 다가온다.

나의 벗에게 담쟁이덩굴 이야기를 들려줘야겠다. 바람을 타고 내 이야기가 그의 귓가에 들려지길 간절히 소망하며…….

벗이여.

아주 오랜 옛날부터 숲의 규칙에 따르지 않는 유일한 종(種)이 있었다네. 이들은 자연의 규칙을 무시하면서 그저 그때그때 임기응변으로 살아갔지. 다행스럽게도 이 덩굴들은 엄청난 양의 씨앗들이 숲에서 우수수 떨어지면 쉬이 싹을 틔운다네. 하지만 뿌리를 내리지는 못하지.

덩굴 싹들은 더 넓게, 더 높이 자라기 위해 자신들을 지탱해줄 틀을 미친 듯이 찾기 시작한다네. 감고 올라가는 틀이 죽는지 사는지는 상관하지 않고, 오로지 빛이 있는 위쪽으로 도달하기 위해 갖은 수를 동원하지.

심지어 덩굴들은 숲속에 매복해 있는 도적 떼와 같다네. 그들은 스며드는 작은 빛과 물 한 방울까지도 훔쳐서 기회가 닿는 대로 넓게 자란다네. 덩굴들은 이해하는 태도로 공생하는 대신, 전쟁을 선택하지.

그런데 벗이여.

이들의 유일한 약점이 뭔지 아나? 바로 존재 자체가 약하다는 것이네.

그들은 나무만큼 크고 강하게 자라기를 절박하게 원하지만, 자신들을 튼튼히 만들어서 자란 게 아니기 때문에 깊이 뿌리박고 자라는 나무처럼 강인해질 수 없는 것이라네.

벗이여.

저들이 덩굴처럼 악력을 써서 높이 오르고자 할 때, 그대는 나무처럼 깊이 뿌리내려 더 오랜 세월을 견뎌내길 간절하게 바라네.

전 의관의 별난 기록

대비전의 저녁 문후를 마치고 난 왕의 발걸음은 어느 때보다 빨라졌다. 낮에 박 내관을 시켜 지난번 전 의관이 쓰다가 빼앗긴 기록을 가져오라고 명했기 때문이다. 그걸 보고자 하는 마음이 걸음을 재촉한 것이다.

도대체 어떤 내용이기에 감봉을 당하고, 전의감 출입을 금지당했을까.

왕의 표정에는 걱정보다는 강한 호기심이 묻어났다.

초가에 들자마자 작은 서안을 마주한 왕은 한 장 한 장 넘기며 그의 글을 읽어 내려갔다.

오이(瓜)… 한심한 종자

오이 파종은 이월 상순이 적기이며, 삼월 상순은 늦고, 사월 상순이 되면 더욱 늦다. 파종법으로는 구덩이를 파서 파종하는 구종법(區種法)이 일반적이다. 오이는 한 구덩이에 네 개의 오이씨를 파종하되, 반드시 그 곁에 콩씨 세 개를 심어줘야 한다. 오이씨가 약해서 싹이 틀 때 흙을 뚫고 나오기 어렵지만, 힘이 센 콩씨는 덮어준 흙을 쉽게 뚫고 나오기 때문이다.

박(瓠) … 기특한 종자
박은 가로세로 삼 척의 커다란 구덩이를 파서 누에똥이 없으면 쇠똥을 흙에 섞어 한 말을 넣고, 물을 부어 굳어지면 박씨 열 개를 넣고 덮는다. 더러운 똥을 먹고서도 죽지 않고 쑥쑥 자라 백성들의 생활에 유용하게 쓰인다.

마늘(蒜) … 까다로운 종자
마늘은 부드러운 땅에 심으면 달고 맛있고 또 알이 굵지만, 조금이라도 뻐시고 굳은 땅에 심으면, 성질머리가 더러운 마늘은 곧 알이 매워지고 크기가 매우 작아진다. 비록 잡초가 없더라도 호미질을 쉬지 않아야 한다. 호미질을 쉬는 즉시 금세 알이 작아지기 때문이다.

부추(韭) … 게으른 종자
부추는 중국에서 기원전부터 식용했던 채소이다. 부추는 매우 게으른 자의 채소로 불린다. 이는 한번 파종하면, 매년 파종하지 않고도 거둘 수 있기 때문이다. 이월과 칠월에 파종하는데, 첫 파종한 것은 먹지 말고, 이듬해에 생산된 것을 먹어야 한다.

읽는 내내 허 참. 이럴 수가, 그렇구만, 하며 감탄사를 연발하던 왕은 탄성을 터트렸다.

"참으로 별난 자로다. 한심한 오이에, 기특한 박, 까다로운 마늘, 게으른 부추라니! 정말 채소들의 속성을 정확하게 이해하고 잘 빗대어 표현하지 않았느냐. 정말 재미난 기록이구나."

왕이 건네준 기록을 훑어본 박 내관 역시 감탄했다.

"전하, 전 의관은 농부나 이야기꾼이 더 잘 어울리는 듯하옵니다. 채소들을 마치 제 자식인 양 어르고 타이르며 돌보는 모습이 눈에 선하게 보이옵니다."

"이것도 한번 읽어보아라. 얼마나 음식을 맛있게 써놓았는지, 읽다가 배가 다 고파지는구나."

포계(炮鷄) … 기름에 지진 달달한 닭

닭 한 마리를 스물넷 또는 다섯 조각으로 토막 낸다. 기름을 붓고 그릇을 달군 후 고기를 넣는다. 손을 빠르게 움직여 뒤집어 볶는다. 청장(淸醬, 진하지 않은 간장)과 참기름을 밀가루에 섞어 즙을 만들어 식초와 함께 낸다.

"이분이 의관이 맞사옵니까? 어찌 소주방 나인들이나 알 법한 정주간 일을 이토록 상세히 알 수가 있사옵니까?"

박 내관은 전 의관이 과연 침이나 제대로 잡을 수 있는지 궁금해졌다. 침보다는 호미나 조리용 칼이 떠오르는 걸 꾹 참고 아뢰었다.

"전하, 속이 허하시면 입맛을 돋우는 온국수라도 말아 올릴까요?"

"그래, 그러자꾸나."

오랜만에 백성 걱정에서 잠시 벗어난 왕을 보며 국수를 준비시키는 박 내관의 마음이 한결 가벼워졌다.

기묘한 회합

자시(子時, 밤 11시~새벽 1시 사이)가 넘은 시각.

서안 앞에 턱을 괴고 앉은 왕이 침수 들 생각이 없자, 박 내관의 한숨은 덩달아 깊어졌다.

"전하, 침수 드실 시각이 넘었사옵니다. 내일 정무를 위해 그만 쉬시옵소서."

"박 내관, 지금 잠이 중요한 때가 아니다. 생각에는 흐름이 있는 법. 흐름이 끊어지지 않게 잠시 침묵하라."

"하오나 전하, 소신에게는 전하의 옥체가 가장 중하옵니다. 일국의 지존이신 분께서 어찌 그리 옥체를 돌보지 않으시고 고되게 하십니까?"

왕이 문득 고개를 들었다. 어디서 많이 듣던 잔소리와 책망이라고 느낀 탓이다. 무섭기만 하던 부왕께서도 늘 못마땅해하시던 게 왕자 시절의 책벌레 근성이었다.

'충녕은 누가 시킨 것도 아니고, 과거 급제를 해야 할 필요도 없는 신분이거늘, 어찌 저리 몸을 고되게 하면서까지 책을 읽는 것인가? 박 내관은 더욱더 왕자의 건강을 챙기도록 하라. 말타기와 활쏘기 역시 제왕의 일임을 늘 인지시키도록 하라.'

왕자가 책 속에 파묻힐 때마다 끌려가서 곤장을 맞는 것은 박 내관이었다. 박 내관의 따가운 눈초리에 미안해진 왕이 눈을 들어 빙긋 웃었다.

"내가 지금 세 가지 보물에 대해 생각하느라 바빴느니라."

"세 가지 보물은 또 무엇이옵니까?"

평소 값비싼 물건에는 관심도 없던 왕이 세 가지씩이나 언급하니, 박 내관의 궁금증이 스멀스멀 일었다.

"세상 사람들의 눈엔 보잘것없는 것이지만, 각각 특별한 빛을 지니고 있는 보석이다."

"보석이라 하심은…… 혹 중전마마께 선물하실 옥이나 금을 이르시는 것이옵니까?"

대화도 잠시뿐, 다시 생각에 빠진 왕은 헤어 나올 줄 몰랐다.

다음 날 아침, 왕명을 받들고 세 곳을 향하는 박 내관의 발걸음이 겨울 식량을 나르는 개미들마냥 분주했다.

상림원 허은수, 전의감 전순의 그리고 최아영에게로 전해지는 서신이 그의 소매 속에 들어 있었다. 그 서신이 보물이라도 되는 양 가는 내내 몇 번이나 확인을 거듭했다.

갑작스러운 왕의 부름에 가장 당황한 것은 아영이었다. 늦은 시각 은수와 함께 초가로 들라는 왕의 속내를 알 수 없어 아영은 의아했다.

모두가 잠든 시각, 빗장을 열고 집을 나서는 부부는 뜻밖의 외출에 설레기까지 했다.

"가마로 데려가지 못함을 이해해주시오. 은밀하게 입궁하라는 어명이 있으셨소."

미안해하는 은수와 달리, 장옷을 뒤집어쓴 아영은 서늘한 밤공기가 싫지 않았다.

"궐이 지척이라 걷는 것도 나쁘지 않습니다. 은은히 풍겨오는 꽃향기도 좋고, 까만 하늘을 수놓은 달빛과 별빛도 좋습니다."

평소엔 이렇게 큰 거리를 지아비와 나란히 걸을 기회가 없었던 아영은 오늘만큼은 사람들의 따가운 시선 없이 걸을 수 있어 그 또한 기뻤다.

"고려 왕조의 문인 중에 달을 사랑하는 분이 계셨소. 급하고 혈기 왕성한 기질과는 다르게 섬세한 필체로 달을 노래한 분이 바로 이규보라는 시인이오."

산에 사는 스님이 달빛을 탐내어
병 속에 물과 달을 함께 길었네
절로 돌아와 응당 깨닫게 되리
병을 기울이면 달 또한 없어지게 됨을

낭랑한 소리로 시를 읊으며 멋쩍어하는 은수를 곁눈질로 보곤 아영이 흐뭇하게 미소 지었다.

"참으로 절묘한 시입니다. 불가(佛家)에 의탁한 지 얼마 되지 않은 동자승이 엄격하기만 한 불도의 규율에 따분하고 지쳤겠지요. 모처럼 주어진 한가한 시간이 하필 늦은 밤이라 속상할 듯도 한데, 기뻐하며 내달린 곳이 우물가였나 봅니다. 동자승이 바라본 우물 속에는 탐스런 달이 들어 있었겠지요. 어여쁜 달을 갖고 싶어 한껏 들떴을 동자승의 마음이 너무 이해가 됩니다. 비록 물을 쏟아내면 없어질 달일지언정, 아름다운 달을 보고 기뻐했을 동자승의 마음은 여전히 남아 있으니, 입가에 미소 짓게 하는 시입니다. 장옷과 담장 속에 갇혀 있다가 서방님과 같이 나와서 걷고 보니, 그 동자승의 들뜬 마음이 제 것인 듯하여 좋습니다."

두런두런 이야기를 나누다 보니 어느새 도달한 왕의 초가 앞.

말로 형용할 수 없을 만큼 화려하고 장엄한 경회루 옆에 작고 초라한 왕의 초가가 있었다. 말로만 들었던 초가가 정말 눈앞에 있었다. 경회루와 초가라니. 너무나도 선명한 대비에 아영은 할 말을 잃고 말았다. 그들 뒤로 성큼성큼 걸어 들어오는 인기척이 느껴졌다.

전 의관까지 도착하자 박 내관이 입을 열었다.

"늦은 밤 오시느라 모두 애쓰셨습니다. 주상전하께서 기다리고 계십니다."

공손하게 안내하는 박 내관을 선두로 은수와 아영, 전순의가 조심스럽게 방 안에 들었다.

“어서들 들라.”

환하게 웃는 왕의 모습과 어울리지 않게 방은 초라하기 그지없었다. 장정 넷이 앉기에는 턱없이 비좁은 방 안을 돌아보며 전순의는 기가 막혔다. 소문으로만 듣던 왕의 초가. 겉으로만 초가처럼 보일 뿐, 방 안은 화려할 거라 지레짐작했던 그는 뒤통수를 얻어맞은 듯했다. 그야말로 백성들이 살고 있는 초가 그대로의 모습이었다. 아영 역시 놀란 입을 다물지 못한 채 서 있었다.

나무로 기둥과 보를 세우고, 기둥과 기둥 사이에 흙을 바른 초가였다. 이엉을 엮어 만든 지붕에 짚을 깔아 넣은 방바닥까지 너무도 똑같았다. 그리고 비좁은 방 안에는 작은 서안 하나와 이부자리를 올려놓는 반닫이만 덩그러니 놓여 있었다.

어디 그뿐이랴. 구부정하게 서 있는 이는 그 유명한 낙타대감 아닌가. 천재 왕을 능가할 정도의 실력자이지만, 얼마 전 상림원으로 내쳐졌다는 낙타대감은 실망한 기색도 없이 왕 앞에서 태연하게 웃고 있었다. 그리고 저 여인은 또 누구인가. 전 의관의 머릿속이 시끌거렸다.

하루 종일 왕의 심부름을 하던 박 내관은 이제야 책무를 다한 듯 안도의 한숨을 내쉬었다.

‘세 가지 보물이라고 하시더니, 기묘한 조합의 세 사람이었구나. 꼽추대감에 천출 의관 그리고 그 누구도 예상 못 했던 아녀자의 등장이라니. 이번엔 또 무슨 일을 시작하시려는 겐가.’

왕이 세 사람을 찬찬히 훑어보고는 가볍게 입을 뗐다.

"오늘 내가 그대들을 부른 것은, 새롭게 시작해야 할 일이 있기 때문이다. 상림원 제조 허은수는 답해보라. 조선이라는 나라 안에는 어떤 서책들이 있느냐?"

"장서각(藏書閣) 안에 있는 서책들은 모두 유학에 관련된 것들이옵니다."

"다시 묻겠다. 조선에는 왜 유학의 가르침에 관한 서책만 있는 것이냐?"

"조선이 공맹의 가르침을 바탕으로 세워진 나라이기에 그러하옵니다."

"그럼 공맹의 도만 따르는 것이 옳으냐? 오직 공맹의 도만 가치 있는 것이냐?"

뜬금없는 왕의 물음에 침착하게 대답하던 은수는 잠시 대답을 망설였다. 왕이 무슨 의중으로 하문한 것인지 갈피를 잡을 수 없었기 때문이다.

"지난번 굶어 죽는 백성들에게 소나무 껍질을 벗겨 먹게 하자던 네 제안이 수많은 사대부들을 분노케 하였다. 한낱 나무일 뿐이거늘, 그들은 내 백성보다 자신들의 정신적 표상인 나무가 더 중하다고 하였다. 심지어 그 말을 하면서도 부끄러워하는 기색이 전혀 없는 그들을 보며, 난 절망스러웠다. 유학의 도를 배워 번듯하게 나라의 기틀을 다지고, 귀한 인재가 되겠다는 그들의 뜻은 가상하다. 그러나 그 유학의 도가 그들의 눈과 귀를 가리고 있음을 그들은 정녕 깨닫지 못하더구나. 이뿐만 아니라, 그들은 내 백성들에게 눈가리개를 덧씌워 놓았다. 말[馬]의 눈가리개가 무엇이냐? 눈가리개는 말이 어떻게 부림을 당하는지 전혀 알 수 없게 만든다. 그저 말은 채찍에 맞으면서 달리고, 숙명처럼 지워진 일에 충실할 뿐이지. 나는 백성에게 덧씌워진 눈가리개를 벗기고, 백성이 마음껏 세상을 보고 배울 수 있도록 만들 것이다."

은수는 왕의 말이 이어지는 동안 격랑에 휩쓸린 것마냥 가슴이 몇 번이고 출렁 내려앉았다. 너무나도 위험한 발언이었기 때문이다. 그 말이 비록 왕의 옥음이라 할지라도, 조선의 바탕을 위태롭게 하는 말이었다.

왕의 비장한 각오를 알아차린 전순의가 결연한 어조로 말했다.

"소신들이 무엇을 하면 되겠사옵니까?"

빳빳하게 고개를 든 채 눈을 빛내는 그에게 왕이 대답했다.

"지난번 전 의관이 썼던 기록들을 살펴보았다. 약재와 음식에 대한 상세한 기록들이 인상 깊었다. 단순히 그 효능만 기록한 것이 아니라, 그것을 심고, 가꾸고, 손질하는 모든 과정과 방법들이 세세히 기록되어 있더구나."

"그리 봐주시니 황공할 따름이옵니다."

"그런데 그렇게 다양한 지식을 기록하고도 전 의관은 전의감에서 내쳐지고 근신을 당하였다. 그 기록이 유학의 가르침을 따르지 않았기 때문이겠지. 저들은 오로지 공맹과 성현의 말만 귀히 여길 뿐, 백성들에게 쓰일 수 있는 지식을 경멸한다. 짐은 경전으로만 가득한 장서각을 바꿔보려 한다. 다양한 서책을 통해 보급된 새로운 지식이 백성들을 이끌 것이다. 앞으로 조선의 백성들은 그 실용적인 기록으로 새로운 세상을 열어갈 것이다."

왕의 눈길이 한쪽에 그림자처럼 앉아 있던 아영에게 향하였다.

"허 제조의 내자는 들으라. 그대가 마음을 다해 그린 그림으로 중전의 심병이 치료되는 것을 내 똑똑히 보았다. 이제 그대는 백성을 위한 그림을 그려주면 좋겠구나."

"아뢰옵기 황공하오나, 전하, 신첩은 화원이 아니옵니다. 궐에는 왕실의 영광을 그리는 수많은 도화서 화원들이 있는 것으로 아옵니다. 미천한 저는 그림을 그리는 법을 제대로 배워본 적도 없사옵니다. 주상전하의 원대하신 계획에 누를 끼치게 될까 두렵사옵니다."

왕은 고개를 저었다. 입가에는 저절로 피어오른 인자한 미소가 걸려 있었다. 나오는 말 또한 푸근하고 따스했다.

"그대의 그림이면 충분하다. 그대의 말대로 궐에는 나라와 왕실의 행사를 기록하는 수많은 화원들이 넘쳐난다. 그러나 그들 중 백성을 위한 그림을 그리고 싶어 하는 이는 드물다. 화원의 가장 큰 영광은 수석화원이 되어 왕의 얼굴을 그리는 것이기 때문이지. 그들의 붓은 그렇게 쓰이게 놓아두고, 나는 그대의 붓으로 새로운 그림을 그려내고 싶다."

"무엇을 그려야 하옵니까?"

단정하지만 확신에 찬 어조로 아영이 물었다.

왕은 밤마다 초가에서 고민하고 계획했던 일을 결연하게 말했다.

"상림원 제조 허은수는 추운 겨울에도 식물을 길러낼 수 있는 온실을 만들도록 하라. 전의감 의관 전순의는 온실 속에서 모든 종류의 식물과 약초를 심고 가꾸며, 그 효능을 파악하고 세세히 기록하라. 그리고 허 제조의 내자는 식물과 약초들의 생김을 똑같이 그려내어, 글을 모르는 백성들이 그림을 보고도 쉽게 알 수 있도록 하라. 다만 이 모든 것은 비밀리에 진행되어야 할 것이다."

비밀이라는 말에 세 사람이 조아렸던 고개를 들었다. 드러나지 않은 채 아니, 숨기고 가린 채 몰래 일을 해야 한다는 사실에 새삼 막중한 책임감과 사명감마저 느껴졌다.

"상림원이야 원래 왕실을 위해 꽃과 나무를 가꾸는 곳이니 크게 의심받지는 않을 것이다. 그러나 온실을 만들고, 새로운 책을 구상하여 만들어내는 일은 철저히 비밀에 부치도록 하라."

왕의 초가를 나선 은수와 아영은 제각각 벅찬 마음을 추스르느라 한동안 말없이 걷기만 했다.

먼저 말문을 연 것은 아영이었다.

"참으로 멋지신 분이십니다."

"그토록 멋진 분을 주군으로 모시게 된 것도 모두 부인 덕이오."

잔잔히 웃던 은수가 아영의 손을 살포시 잡고 걸었다.

지루함을 못 참는 왕자

날카로운 턱선이 섬세해 보이는 이십 대의 사내가 지겨움에 진저리를 치고 있었다.

호패조차 필요 없는 왕자군으로 태어난 운명. 고귀하지만 왕세자를 위협할 수 있는 존재이기에, 수없이 시험당하고 규제당하며 뜻을 펼칠 수 없는 운명. 언제든 역모로 내몰려 처형당할 수 있다는 불안감이 평생을 짓누르는 삶. 쉽게 속내를 보여서도 안 되는 철저히 외로운 존재. 이것이 바로 이 사내, 안평대군이 지닌 삶의 굴레였다.

안평은 부왕의 능력과 재능을 고스란히 빼다 박았으면서도 숨죽여 지내며 산천을 떠돌고, 그러다 지치면 그림에 빠져 지냈다. 넘치는 재능과 능력이 그를 위험에 빠뜨릴 수도 있기에, 왕은 그런 안평에게 평생 게으르지 말고, 왕세자를 섬기라고 비해당(匪懈堂)이라는 당호를 내렸다.

부왕이 인왕산 수성동 계곡에 자리 잡은 자신의 집에 멋진 당호를 내려준 후, 그는 무릉도원에 비견할 만한 곳으로 자신의 집을 지었다. 그리고 얼마 전 대규모 가옥 공사를 할 때까지만 해도 안평대군은 내내 들떠 있었다.

그윽한 골짜기에 터를 잡은 비해당은 기암괴석이 여기저기 솟아 있고, 암반 사이로 흐르는 시냇물은 수정처럼 맑았다. 그는 이곳에 아름다운 정원을 만들어 거대한 연못도 조성하고, 곳곳마다 어여쁘고 독특한 꽃과 나무들로 심어놓으며 신선 부럽지 않은 일상을 보내고 있었다.

평소 친분이 있는 지인들을 초청해 고즈넉하게 차도 마시고, 비해당 안팎의 경관과 경물(景物)을 골라 48경이라 이름 짓고, 당대 최고의 문사들을 초청해서 그 감흥을 시로 짓기도 했다. 요즘 그는 왕자로서 누릴 수 있는 모든 호사를 비해당에 쏟아붓고 있었다.

안평은 만 권의 책을 소장할 정도로 학문이 깊으면서도, 휘영청 달 밝은 밤엔 뱃놀이를 즐길 줄 아는 풍류객이기도 했다. 또한 그는 애절한 가락으로 거문고를 연주하다가도, 문득 좋은 그림을 얻으면 푹 빠져들어 며칠이고 자는 것도 잊는 그림광이었다.

그런데 이것저것 하느라 심심할 겨를이 없었던 그가 지금은 따분해하고 있는 것이다.

"으으으, 답답하구나. 심심하다, 심심해."

"대군마마. 벌여놓으신 정원의 공사가 아직 끝나지도 않았사옵고, 연못에서 기를 잉어들도 도착하지 않았사옵니다. 각양각색의 잉어들이 올 것이니 조금만 기다려보시옵소서."

청지기가 느긋한 말로 그를 달랬다.

"자네도 상림원 허 제조네 집 정원에 대해 들어본 적 있는가? 내 집 정원이랑 어떻게 다를까? 그래도 내가 일국의 왕자군이거늘, 내 비해당이 훨씬 크고 멋지겠지?"

"소인도 직접 보지는 못해 뭐라 말씀 올리기는 그렇지만, 그 댁 정원은 벌써 삼대째 사람들이 정성스럽게 가꾸어왔으니, 이제 막 지으신 비해당에 비해 고풍스럽지 않을까……."

안평의 얼굴이 시무룩해지자, 청지기는 말끝을 흐렸다.

"맞아. 자네 말이 틀리진 않네. 묵은장이 더 맛있는 법이지. 꼭 한번 그 집 정원을 보고 싶은데, 방법이 없군."

안평의 애석함에 괜스레 미안해진 청지기가 이번엔 근사한 말로 아뢰었다.

"대군마마, 그래도 그 댁 정원엔 멋진 이름이 없지 않사옵니까? 시간이 흐르면 응당 사람들은 멋진 이름에 큰 규모를 가진 대군마마의 정원을 더 많이 기억할 것이옵니다."

"정말 그리 생각하느냐?"

안평이 청지기의 한마디에 반색을 하더니 갑작스레 입궁 준비를 명했다.

그림을 쓰다듬는 손길이 애틋하다. 중전은 요즘 짬이 날 때마다 아영의 그림을 꺼내 보며 위안을 삼고 있었다.

그림이 주는 편안하고 아늑한 정서에 한창 젖어 있을 때, 김 상궁의 목소리가 들려왔다.

"중전마마, 안평대군께서 드시었사옵니다."

김 상궁이 아뢰자마자, 벌컥 문이 열리더니 안평이 시원스럽게 웃으며 들어섰다.

"안평대군 들었느냐? 어찌 성미가 그리 급한지……."

중전은 보고 있던 그림을 주섬주섬 치우며 셋째 아들을 맞이했다.

"어마마마, 이 그림들은 다 무엇이옵니까?"

평소 그림이라면 사족을 못 쓰는 안평의 눈이 호기심으로 빛났다.

"그저 소소한 일상과 꽃들을 그린 그림이다. 어미는 이 그림들을 볼 때마다 마음이 편안해져서 자주 꺼내 보곤 한단다."

어느새 말을 잃고, 한 장 한 장 그림을 넘기던 안평의 손이 미세하게 떨리고 있었다. 그의 눈길이 대청마루 틈새에 낀 민들레꽃에 닿자, 입에서 가느다란 탄식이 새어 나왔다.

"하아…… 이 꽃을 이렇게도 그릴 수 있다니. 매번 뛰어난 산의 절경만이 최고의 그림이라 여겼는데, 틈새에 핀 한 송이 꽃이 이렇게 압도적으로 마음을 끌 수 있다니!"

"그래, 어미의 생각도 그렇단다. 보잘것없는 생명이 저리도 살아내는 것이 기특하여 자주 꺼내 보곤 한단다."

"어마마마, 이 그림은 어디서 얻으셨사옵니까? 채색을 한 것을 보니 도화서의 화풍은 분명 아닌데……."

순간 중전은 말을 해야 할지 말아야 할지 망설였다.

'궁금한 걸 참지 못하는 안평이 여러 사람을 괴롭게 할 게 분명할 터. 이를 어쩐다…….'

"어마마마! 이 그림 누가 그린 것이옵니까?"

안평의 눈빛이 간절하게 재촉해오자, 체념한 중전이 말했다.

"휴, 대신 약조 하나 해줘야겠구나."

"사람 이름 하나 여쭈었을 뿐인데, 무슨 약조까지 들먹이시옵니까?"

"누구인지 말해주어도…… 절대로 그림 청탁이나 화회(畵會)에 초대할 생각은 꿈에도 하지 말거라."

"네네. 알겠사옵니다. 어서 대답해주시옵소서."

안평의 숨이 거의 넘어갈 즈음에 중전이 말을 이었다.

"이 그림은 상림원 허 제조……."

"어? 낙타대감이 그림을 그린다는 것을 금시초문인데요?"

"상림원 허 제조의 내자, 최씨 부인의 그림이다."

"이게…… 아녀자의 그림이라고요? 어마마마, 이 그림 제가 잠시 빌려 가도 되겠사옵니까?"

아직 허락하지 않았는데도 그는 이미 귀한 보물을 껴안듯 그림들을 쓰다듬으며 품속에 넣고 있었다.

"소자가 조만간 돌려드리도록 하겠습니다. 어마마마, 강녕하시옵소서."

안평이 들어올 때보다 더 시끄러운 소리를 내며 떠나갔다.

중전은 뛰어난 능력을 타고났지만 펼칠 수 없고, 결코 펼쳐서도 안 되는 안평을 바라보며 가슴 한편이 시리고 아팠다. 조선이 세워진 이래 단 한 번도 편치 않았던 왕위 계승은 왕비의 마음에 짙은 그늘을 드리웠다. 총명하지만 병약한 세자를 바라보며, 왕과 왕비는 밀려드는 불안감을 떨칠 수 없었다. 똑같은 자식이건만 필부들처럼 마음껏 사랑을 표현할 수조차 없었다. 자신들의 총애가 자식들을 위태롭게 할 수 있음을 알기에 더욱 그랬다.

'늦게 돌려주면 어떠하리……. 그 그림이 네게 기쁨을 준다면 얼마든 가져도 좋다. 아들아, 지금처럼 늘 밝게 살거라. 어미는 그것으로 족하다.'

중전은 그림을 끌어안고 방 안에 틀어박혀 있을 안평의 모습을 떠올렸다.

모친에게서 빼앗다시피 챙겨온 그림.

안평은 그 그림들 때문에 요즘 잠을 이루지 못했다.

산으로 둘러싸인 절경도 아니고, 사대부들이 즐겨 그리는 사군자도 아닌, 그저 대청마루 틈에 피어난 한 송이 꽃이었다. 조선 땅에서 구하기 힘든 영롱한 빛깔의 안료를 사용한 것도 놀라웠지만, 꽃잎 하나하나가 바람에 흔들리는 모습까지 놓치지 않은 관찰력도 대단했다.

어디 그뿐인가. 여린 한 송이의 꽃이 삶의 이치를 가득 내뿜고 있었다. 그림을 그린 이가 상림원 허은수의 내자라는 사실도 놀라웠지만, 어떻게 하면 그녀의 그림을 한 장 얻을 수 있을까 고민하느라 가슴이 진정이 되질 않았다.

"밖에 있는가?"

"예. 대군마마. 찾아계시옵니까?"

헐레벌떡 들어오는 청지기 앞에 귀한 보자기에 싸인 다식(茶食)과 서신 한 장이 놓여 있었다.

"이 다식과 서신을 들고 상림원 허 제조 집을 다녀오거라. 올 때 꼭 서신에 대한 답신을 들고 와야 한다."

"예, 냉큼 다녀오겠습니다요."

발걸음을 재촉하는 청지기의 마음은 또 다른 고민거리로 채워졌다. 늘상 서신을 전하면서 답신을 그 자리에서 받아오는 일은 고역이었다. 성질 급한 안평대군과 달리, 서신을 받는 많은 이들은 대군의 서신에 어찌 답해야 예에 벗어나지 않을지 고민하느라 진땀을 빼기 때문이었다.

이번에도 다식을 보낸다는 건, 비해당 정원을 구경하러 오라는 초청임과 동시에, 장안에서 제일가는 그 댁 정원이 궁금하다는 강력한 표시임에 틀림없다. 몸도 성치 않은 허대감을 어찌 채근해야 할지 청지기는 속이 갑갑해졌다.

퇴청한 후, 막 옷을 갈아입고 정원으로 향하던 은수는 손님이 왔다는 소리에 의아해했다.

"안평대군께서 보내셨다고?"

안평대군의 청지기는 서신을 전하고 죄인마냥 연신 고개를 조아렸다.

"답신을 바로 해달라고 하셨다고?"

청지기는 서신을 읽어 내려가는 대감의 표정을 살피다가 그의 한 마디에 움찔거렸다. 다행히 불쾌해하는 낯빛은 아니라 청지기는 한시름 놓았다.

"그럼…… 예정하신 날에 찾아뵙겠다고 전해드리거라."

너무나도 간단한 대답에 청지기가 도리어 얼떨떨했다.

'어랏! 이 양반은 더하신 분이네. 대군의 서신에 딸랑 말 한마디로 답신을 결정하시다니.'

"예. 그리 전해 올리겠습니다요."

청지기는 대감이 말을 바꾸기라도 할까 봐 냉큼 그 자리를 벗어나 달음질쳤다.

청지기를 돌려보낸 은수는 선선한 바람을 맞으며 정원으로 발걸음을 옮겼다. 멀리서 그림을 그리고 있는 아영이 보였다.

"부인, 해가 저물어가는데 아직 여기 계시는 것이오?"

"서방님, 이곳엔 갑자기 어인 일로……."

은수는 이조판서로 지낼 때보다 요즘 상림원 제조로 있으면서 업무가 많아져 그동안 집 정원에 들어와 볼 엄두도 내지 못했다. 온실을 구상하는 동시에, 상림원의 뒤바뀐 업무를 지휘하느라 안 그래도 휜 등이 내려앉을 판이었다. 머뭇거리는 그를 보고 아영이 물었다.

"하실 말씀이라도 있으신지요?"

"실은…… 조금 전 안평대군 댁에서 서신 한 장을 받았소. 내용은 얼마 전 증축을 끝낸 비해당으로 초청한다는 것인데, 부인과 함께 동행해달라고 하시었소."

"소첩을요?"

"아마도 그림 때문이 아닌가 싶소. 중전마마께 문안 가셨다가 부인의 그림을 보신 모양이오. 그림에 빠지시면 입에 담고 있는 밥알 씹는 것도 잊는 분이라고 전하께서 늘 말씀하셨소."

"답신은 하셨는지요?"

"정해진 기일에 찾아뵙겠다고는 했는데, 걱정이 되긴 하오. 지난번 전하께서 내리신 밀명을 알아차리신 건 아닌지. 워낙에 영민하시고 눈치가 빠른 분이라오."

은근히 불안해하는 은수와 달리 아영이 차분하게 물었다.

"무슨 선물을 준비하면 좋을지 생각해보셨어요?"

"아직 생각지 못하였소."

"그럼 비해당에는 없고, 우리 정원에만 있는 꽃모종으로 선물을 준비하시면 어떨는지요?"

"좋은 생각이오. 꽃과 나무도 좋아하셔서 이번 비해당 증축 때 많은 종류를 구해다 심으셨다고 들었소. 부인께서 준비해주시구려."

아침부터 손님맞이에 바쁜 안평대군의 종들은 비해당 구석구석을 쓸고 닦느라 진땀을 뺐다.

"행랑아범! 이곳은 비질을 다 끝낸 것인가? 깔끔하게 집을 손질해야 하네. 행랑어멈에게 손님들께 내올 다식과 음식도 정갈하게 준비하라고 이르고."

종들을 졸졸 따라다니며 닦달하던 안평은 어느새 사랑채로 건너와 옷을 갈아입느라 바빴다.

"이 옷이 나으려나? 너무 화려한가? 허 제조가 평소 검박하기로 유명하다고 내가 옷 입는 것도 이토록 신경을 써야 하다니."

그가 방 한가득 늘어놓은 비단옷들 사이에서 한숨을 내쉬고 있을 때, 청지기의 목소리가 들려왔다.

"대군마마! 허 제조 대감과 그 부인께서 드셨습니다요."

"비해당 전각으로 뫼시어라. 내 곧 나갈 것이다."

비해당으로 들어선 두 부부는 어디다 눈을 두어야 할지 몰랐다. 그저 무릉도원이 따로 없구나, 하는 생각밖에 들지 않았다. 규모도 대단하지만, 구석구석 세심하게 신경을 쓴 안평대군의 미적 감각이 놀랍기만 했다.

너무 화려하지도, 너무 눈에 띄지도 않을 정도의 편안함과 고풍스러움을 풍기는 정원이었다. 계절꽃이나 나무들도 아름다웠지만, 나무들 사이에 심어놓은 이름 모를 들꽃들과, 나무 둥치로 만든 의자, 징검다리처럼 놓인 돌길에서 이곳을 방문하는 객들을 배려하는 주인의 마음이 느껴졌다. 연못을 가로지르는 다리는 칠월칠석 오작교 느낌이 났고, 연못 안에서 노니는 잉어들은 그 넘치는 생명력을 한껏 풍기고 있었다.

나름대로 가장 소박한 옷을 골라 입은 안평이 해맑게 웃으며 인사를 건넸다.

"어서 오십시오, 대감."

"대군마마. 초청해주시니 감읍할 따름이옵니다. 이쪽은 저의 내자이옵니다."

공손히 인사하는 아영의 손에 안평대군이 그토록 바라던 선물꾸러미가 들려 있었다.

"누추한 곳에 와주시니 제가 광영이지요. 그 댁 정원이 장안 제일이라고 다들 칭송하는 사람들이 많더이다."

"대군께서 지으신 비해당에 비할 바가 못 되옵니다. 다만 저희 집 정원에 있는 몇 가지 꽃모종을 가지고 왔사옵니다. 비해당의 명성에 누를 끼치지 않았으면 하는 바람입니다."

안평은 자신의 속내를 잘 읽어낸 이들이 너무 고마웠다.

"고맙게 받겠소. 비해당을 더욱 아름답게 빛내 줄 모종이라 더없이 기쁘오."

한동안 은수와 대화를 나누던 안평은 이윽고 아영에게 말을 걸었다.

"얼마 전 어마마마께 문안 갔다가 최씨 부인의 그림을 보게 되었소. 너무 인상적인 그림이라 지금껏 내가 감상 중이라오. 어마마마께 돌려드리겠다는 기한이 훨씬 지나고 말았소."

"그리 봐주시니 감읍할 따름이옵니다."

"감사는 되려 내가 하고 싶소. 오래도록 심병을 앓으셨던 어마마마께서 이 그림들 덕분에 요즘은 편안하다고 하시었소. 그런데 언제부터 그림을 그리기 시작했소?"

옆에 있던 은수의 얼굴에 미소가 번졌다.

'역시 대군께서는 그림 때문에 우리를 부르신 게야.'

"소첩은 정식으로 스승을 모시고 배운 적이 없사옵니다. 그저 눈에 보이는 대로 그렸을 뿐이옵니다. 아주 어렸을 적부터 마당에 막대기로 그림을 그리던 저를 어여삐 여기시고 부친께서 붓을 사주셨사옵니다."

"그런데 특이하게도 그림마다 은은하게 채색이 되어 있었소. 조선 땅에서 제대로 된 안료를 구하는 일이 쉽지 않았을 터."

"소첩은 안료를 직접 만드옵니다."

"직접이라고요? 그런 기술은 어디에서 습득하시었소?"

끊임없이 묻는 대군 덕에 진땀을 흘리는 아영을 보며 은수도 대답을 거들었다.

"대군마마, 저의 내자는 정원에 있는 풀과 꽃, 나무, 버섯, 약재 등에서 직접 안료를 추출하옵니다. 제가 퇴청을 해서 온 집안에 버섯 냄새가 나면, 그날은 내자가 하루 종일 버섯 물을 끓인 날입니다. 나무의 둥치를 내는 안료의 색을 추출하기 위해서지요. 그뿐만 아니라 그날은 식솔들 모두가 건강식으로 버섯 물을 마시는 날이옵니다."

"하하하! 안료도 얻고, 건강도 챙기고? 그런데 말이오. 아주 잠깐, 아주 아주 잠깐이라도 부인께서 짬이 나신다면 우리 비해당의 꽃도 한번 그려주시면 좋겠소."

중전이 그토록 만류했건만, 안평은 끝내 자신의 바람을 말하고야 말았다.

"이토록 아름다운 비해당에 초청해주시고, 또 그 아름다움을 그림으로 표현할 기회를 주시니 감사드립니다. 조만간 중전마마께 올릴 그림에 비해당의 모습도 담아보겠사옵니다."

"고맙소. 어마마마께 보여드릴 생각은 미처 하지 못했는데, 정말 좋은 생각이오."

그날 밤이 깊도록, 언제 비해당의 그림이 완성될지 궁금한 안평대군이 부시럭대며 뒤척이는 소리가 밤새 사랑채 밖으로 흘러나왔다.

나무 이야기 10
낙엽수의 고민

늦은 밤, 초를 밝힌 채 잠들지 못하는 왕이 있다. 찡그리는 습관 탓인지 이마에 주름이 잔뜩 들어앉아 있다. 수많은 왕조의 흥망성쇠가 거듭되었지만, 왕들은 늘 비슷했다.

야심차고도 거창했던 시작. 차츰 욕심으로 변해가는 그들만의 치세. 그러나 거머쥐려 할수록 손안에 든 모래처럼 빠져나가는 욕망. 종국에는 빛바랜 종이처럼 희미해진 제왕들의 꿈.

그런데 이 왕은 다른 꿈을 꾼다.

홀로 힘과 꿈을 거머쥐던 여느 왕들과 달리, 그는 가지고 있는 것을 나누려 한다. 더 많이 나누어주고, 더 많이 살리려고 애쓴다. 자신의 치세가 닿지 않을 곳을 걱정하며 밤을 지새운다.

이 왕은 나무를 닮았다.

생존을 위해 나무가 필요로 하는 두 가지는 위로부터 스며드는 빛과 아래로 흐르는 물이다. 빛을 찾아 높이 자라면서도, 동시에 물을 찾아 아래로 깊숙이 향하는 것만이 살 수 있는 유일한 길이다.

나무는 매년 봄에서 여름까지 짧은 기간 동안 새잎을 만들고 길러내야 한다. 그러나 충분한 잎을 만들되, 골고루 햇빛이 닿게 하는 일은 만만치 않은 작업이다. 나무는 각 잎의 크기와 위치를 다르게 정한다. 잎들을 적당한 간격으로 띄어 놓고, 빛이 골고루 스며들도록 한다. 또한 아래 있는 잎들보다 위에 있는 잎의 크기를 작게 만들어서 바람이 불면 햇빛이 아래까지 잘 도달할 수 있도록 계획한다.

그렇게 하고도 나무는 혹여 빛을 받지 못하는 잎들이 있을까 노심초사하며 특별한 것을 나뭇잎에 넣어준다. 이 특별한 선물 덕분에 그늘진 쪽에 자라는 잎들은 약하고 희미한 빛조차 흡수할 수 있게 된다.

왕의 상림원 방문

일꾼들의 몸놀림이 분주했다. 땅을 파고 씨앗을 심는 이가 있는가 하면, 화초와 나무에 물을 주기도 하고, 누렇게 뜬 잎들을 손질하고 거름을 뿌리는 이들도 있다. 왕실에 진상할 영산홍 모종을 심는 이들도 있고, 종묘제례에 쓰일 과일나무를 돌보는 이들도 있다. 쉴새 없이 움직이는 이들의 손끝에서 새 생명이 파릇파릇 돋아나고 있었다.

"제조 영감! 큰일 났습니다, 헉헉."

눈썹을 휘날리며 달려오는 신 별감을 보며 은수가 대수롭지 않게 물었다.

"무슨 일이시오? 무슨 급한 용무이기에 그리 숨도 제대로 못 쉬고."

"주, 주, 주상전하께서 지금 이, 이리로 오고 계신다고 합니다."

"그게 그토록 놀랄 일이오?"

너무나 태연하게 구는 은수를 뜨악하게 보던 신 별감은 금세 맥이 빠졌다.

"지금껏 주상전하께서 이곳 상림원에 오신 일이 없으셨으니 드리는 말씀이지요. 이렇게 누추한 곳에…… 아이고, 이를 어쩌나. 어디부터 손을 보고 치워야 할지……."

신 별감이 땅바닥에 나뒹굴고 있는 곡괭이며, 너저분한 흙더미들을 보며 망연자실하고 있을 때, 왕은 이미 안으로 들어서고 있었다. 설계도를 쥐고 있던 은수가 왕을 맞이했다.

"허 제조, 오랜만이구나. 얼굴이 야윈 걸 보니, 상림원 일이 많이 고된 모양이야."

마치 상관을 잘 보필하지 못했다는 책망으로 들려, 신 별감은 간이 콩알만 해졌다.

까마득히 높은 왕을 직접 눈앞에서 뵙는 것도 기절할 일인데 상림원 일을 자세히 하문하시니, 실제 행정을 도맡아 하고 있던 신 별감의 정신은 천당과 지옥을 오르내리고 있었다.

"이제는 대충 적응하였사옵니다. 소신의 지식이 짧아 오래전부터 이곳에 있던 신 별감이 큰 도움이 되고 있사옵니다."

"그래그래. 긴 얘기는 조금 뒤에 나누도록 하고, 나는 잠시 상림원을 돌아보고 와야겠구나."

왕 앞에서 겨우 숨만 내쉬며 상림원을 안내하던 신 별감은 텃밭 한가운데서 들려오는 욕지거리에 아연실색했다.

"이느무 시끼가 또! 또! 힘을 못 쓰고 나자빠졌네. 언제까지 남의 힘 빌어먹고 살래? 당장 안 기어 나와? 자꾸 이렇게 비실거리면 확 뽑아버릴라니까! 으이구 지랄 맞기도 하지."

구덩이를 파고 심었던 오이 종자가 흙을 뚫고 싹을 피우지 못하자, 전 의관이 막대기로 땅을 탁탁 쳐대며 고래고래 소리를 지르고 있었다.

'내 기필코 저자의 주둥아리를 주리를 틀고 말 테다!'

뒤통수를 때려서라도 그의 입을 막아버리고 싶은 신 별감은 왕 앞이라 발만 동동 굴렀다. 막대기를 들고 이동하는 전 의관의 뒤를 왕이 살금살금 따라갔다.

"궁궁아! 궁궁아! 벌써 꽃을 피웠구나. 이쁘기도 하지. 그러나 꽃보다는 뿌리가 튼실하게 자라야 한다. 네가 지닌 향은 천 년토록 보존될 것이고, 네 뿌리와 줄기는 죽어가는 사람도 벌떡 일으킬 것이니, 부디 건강히 자라거라."

웅크리고 앉아 풀잎을 쓰다듬는 전 의관에게 누군가 불쑥 말을 걸어왔다.

"궁궁이가 그리도 기특한 아이냐?"

"기특하다마다. 이놈이 잘 자라야 윗분들이 건강하시고, 종묘사직이 보존되느니. 그런데 누가 반말을 찍찍 지껄이는 게야?"

눈을 부라리며 뒤돌아보던 전 의관이 그대로 뒤로 나자빠졌다.

"소신을 죽여주시옵소서. 이곳에 납신 줄은 꿈에도 몰랐사옵니다."

"전 의관은 나만 보면 죽여달라 청하는구나. 죽는소리는 그만하고, 지금 네가 기특하다던 그 아이 설명이나 자세히 해보거라. 그 식물의 향이 천 년이나 지속되는 것이냐?"

"이 약초의 이름은 천궁(川芎)이온데, 백성들은 궁궁이라고도 부르옵니다. 옛 중국 사람들은 죽어가던 소나무에 천궁을 달인 물을 부으면 나무가 살아난다고 믿었을 정도로, 병든 생명을 소생시키는 효능이 있사옵니다. 특히 사람의 막힌 기운을 구석구석 뚫어주기 때문에 중풍 환자들을 치료할 때 많이 사용하옵니다. 또한 마음의 화병을 다스리도록 진정시키고, 진통을 억제시키는 효능까지 갖추고 있사옵니다. 그뿐만 아니라 하늘을 뒤덮고도 남을 향을 지녔다고 하여, 선대 왕들의 실록을 보관하는 궤에도 이 천궁의 잎사귀를 넣사옵니다. 한데 요즘 소신은 이 귀한 약재를 상림원에서 키우는 시험을 하고 있사옵니다."

"네 말대로라면 참으로 기특한 약재로구나. 그런데 어찌하여 이 약재를 시험하는 것이냐? 이미 넘칠 만큼 많은 효능을 지니고 있거늘."

"아뢰옵기 황공하오나, 이 천궁을 재배하는 것이 많이 까다롭사옵니다. 천궁은 북방에서 자라는 약재이기에, 햇볕이 강하게 내리쬐는 여름에는 생장을 멈추옵니다. 하여 적당한 기온을 유지시켜주는 별도의 방안이 시급하옵니다. 소신은 요즘 그 일에 몰두하고 있사옵니다."

"일정한 온도라……."

곰곰이 생각하던 왕은 주위를 물리고, 은수와 전 의관만을 상림원 내실로 불러들였다. 왕은 거두절미하고 바로 본론으로 들어갔다.

"허 제조는 지난번 명했던 온실 구상을 시도해보았느냐? 오늘 전 의관이 돌보던 천궁 이야기를 들으니, 일정한 온도가 재배에 중요하더구나. 내가 계획했던 온실이 완공된다면 재배가 용이해질 중요한 약초이다."

"아직 많이 미흡하오나, 대략 구상을 마쳤사옵니다."

둘의 대화를 듣던 전 의관의 입이 떡 벌어졌다. 자신은 고작 오이랑 궁궁이와 씨름하느라 여념이 없는데, 이 낙타 양반은 저토록 대단한 일을 해내다니.

"우선 온실의 외양은 집과 흡사하옵니다. 다만 사면이 아닌, 동서북 삼면에 비스듬히 경사면의 벽을 쌓을 것입니다. 바닥에는 구들을 놓고, 구들 위에 한 자 반 정도 흙을 쌓아야 하옵니다. 뜨끈한 구들바닥이 흙의 온도를 높여주고, 일정하게 유지시키기 때문에 한겨울에도 약재가 자랄 수 있게 되옵니다. 햇빛이 잘 드는 남쪽 면과 지붕에는 들기름을 먹인 창살을 설치할 것이옵니다. 기름을 먹인 한지는 빛이 잘 들어오고, 보온과 단열 효과가 뛰어나기 때문입니다."

"정말 집의 구조와 흡사하구나. 그런데 구들장이 덥혀지면 온실 내부가 건조해질 것인데, 그 문제는 어찌 해결하면 좋겠느냐?"

"건조해진 온실 내부에는 증기를 공급할 것이옵니다. 온실 옆에 부뚜막을 설치하고, 가마솥에 물을 끓여 온실 안으로 연결된 관을 통해 증기를 공급할 수 있사옵니다."

"되었다! 그 정도면 충분해. 이제 온실 공사를 시작하면 되겠구나. 짐의 오랜 꿈이었다. 상림원에 들어설 온실은."

"전하, 소신이 고민하던 천궁 재배 문제도 순식간에 해결되었사옵니다. 허 제조께서 고안하신 대로라면 일정한 온도 유지가 가능하옵니다."

문제들이 풀리자 들뜬 분위기로 세 사람의 얼굴이 조금 상기되었다. 그러나 그런 분위기도 잠시뿐, 왕의 표정이 곧 심각해졌다. 돌변한 왕의 안색에 두 사람은 무언가 심상치 않다는 걸 알아차렸다.

"사실 더 중요한 문제가 있어 오늘 너희들을 찾아왔느니."

전 의관의 얼굴도 덩달아 굳어졌다.

"혹여 요즘 고민하고 계시던 탐라 기근의 문제와 관련이 있사옵니까?"

은수가 조심스레 물었다. 온 땅의 기근이 해결되지 않은 채, 이번엔 탐라에서 기근을 알리는 심각한 장계가 올라와 있었기 때문이다.

"탐라의 백성도 내 백성이거늘, 짐의 덕이 부족하여 그들은 날마다 고된 삶을 살아내고 있다."

"소신들이 무엇을 하면 되옵니까?"

수심에 겨운 왕을 쳐다보기 괴로웠던 전 의관이 다급하게 물었다. 자신을 알아봐준 왕이 늘 편안했으면 좋겠다는 새로운 꿈이 그에게 새록새록 자라고 있었다.

"탐라에서 왕실과 조정에 바치는 공물은 종류가 참으로 다양하다. 그중 으뜸인 것이 바로 귤이니라. 그런데 기근에 죽어가는 백성들이 진상한 귤의 수량이 예년과 다름없으니, 이는 필시 가혹한 수취 때문일 것이다. 온실이 완공되고 귤나무를 옮겨와 심을 수만 있다면, 내 백성의 고충이 반으로 줄어들 것이다."

"전하, 귤나무의 재배는 온도와 습도뿐 아니라, 토양과도 밀접한 관계가 있사옵니다. 예부터 회수 남쪽의 귤을 회수 북쪽에 옮겨 심었더니 탱자가 되었다는 고사도 있지 않사옵니까? 이 두 과실은 전혀 맛과 향이 다르옵니다."

식물과 약초에 해박한 전 의관의 설명이 이어졌다.

"쉽지는 않겠지. 하지만 시도해보고 싶구나. 탐라 땅의 흙을 퍼와서라도 귤나무를 온실에서 키워내고 싶구나. 오랜 시일이 걸려도 상관없다. 하여 이번에 온실이 완공되는 대로 너희 두 사람을 탐라로 보내고자 한다."

"명을 받잡겠나이다."

허리를 더 깊숙이 숙이는 은수와 달리 전 의관은 반발심이 치솟았다.

'나무 몇 그루 가지러 그 먼 길을? 세상에나 뱃길이 험한 걸 모르시는 게지. 살아서 돌아올 수나 있으려나? 낙타 양반은 자꾸 뭘 알겠다고 하는 거야? 나는 도통 이해가 안 되는구만.'

전 의관의 머릿속을 읽어낸 듯, 왕의 말이 이어졌다.

"귤나무 몇 그루 얻고자 너희들을 그 험한 곳까지 보내는 것은 아니다. 이번 너희의 파견은 상림원 일과 암행어사의 직을 겸해야 하느니라."

"암……행어사요?"

전 의관의 눈이 튀어나올 뻔했다.

'산 넘어 산이구나.'

"외견상으로 너희는 상림원 제조와 전의감 의관으로 보내질 것이다. 허 제조는 귤나무의 재배상황을 파악하고, 전 의관은 진피와 청피 등 약재로 쓰이는 귤을 조사하러 나가는 것으로 말이다. 하나 짐이 그대들을 보내는 진짜 이유는 바로 탐라 백성들의 실태를 알고자 함이다. 그들이 조정과 왕실에 바치는 공물을 파악하고, 이를 중간에서 갈취하는 무리가 있는지 낱낱이 조사해야 할 것이다. 그대들이 있어 내가 늘 든든함을 잊지 말라."

"성은이 망극하옵니다."

왕의 신뢰에 감격한 은수가 답했고, 자신의 할 말을 다 마친 왕은 너무도 태연하게 웃기까지 했다. 코에서 뜨거운 김을 내뿜는 건 전 의관뿐이었다.

'그나저나 그 먼 길을 저 낙타 양반 모시고 어찌 다녀올까. 차라리 건강한 장정을 붙여주실 것이지. 아이쿠, 머리야.'

떼쟁이 왕자

부자지간에 투닥거리는 소리로 박 내관은 또다시 속이 시끄러웠다. 어려서부터 떼쟁이로 유명한 안평대군이 이번에도 어김없이 대전을 차지하고 앉아 나갈 생각을 않고 있었다.

"아니 된다 하지 않았느냐?"

"아바마마! 다시 한번 재고해주시옵소서."

"네가 탐라로 가야 하는 명분을 대보거라."

왕은 얼마 전 상림원 허 제조와 전 의관을 불러 탐라로 향할 것을 명했다. 흉년으로 찌든 그들의 삶을 세세히 파악하고, 그들의 세금을 줄여주기 위해 귤나무를 상림원 온실에 옮겨 심을 방법을 모색하기 위해서였다. 그런데 안평이 그 일을 어찌 알아냈는지 쏜살같이 달려온 것이다. 그리고 다짜고짜 매달리고 있는 형국이었다.

"허 제조와 전 의관도 갈 수 있는 곳을 소자가 왜 못 가옵니까?"

"그들이 너처럼 놀러 가는 줄 아느냐? 그리고 탐라는 왕족이 가고 싶다고 뱃놀이 삼아 쉽게 다녀올 수 있는 곳이 아니니라. 험한 뱃길에 구토와 풍랑의 위험이 곳곳에 도사리고 있는 곳이거늘!"

얼마 전 중전으로부터 기어이 안평이 은수와 아영을 만났고, 그 모임 이후 신이 났다는 이야기를 들었다. 평소 보고 싶어 했던 아영의 그림도 보고, 비해당의 그림도 얻었으니 이제 탐라로 가겠다는 이유도 더 자명해졌다. 이제껏 본 적 없는 바다와 들판의 내달리는 말들을 직접 보고 그리고 싶어서겠지.

"근 3년 동안 흉년으로 피폐해진 탐라의 백성들을 위무하고 돌아오겠습니다. 아바마마께서도 확인하셨잖습니까? 소자 지난번 아바마마께서 북방개척으로 확보하신 사진(四鎭) 중 회령 땅의 백성을 서용하고 경재소를 운영하였사옵니다. 아바마마께서도 흡족해하지 않으셨습니까?"

그랬다. 안평은 그런 왕자였다. 왕이 명한 일에 한 치의 착오도 없이 성실하게 임무를 완수했기에, 신분의 굴레에 갇힌 대군으로만 사는 건 너무 아까웠다. 충분히 이 나라의 동량이 될 수 있는 인재였다.

안평의 속내를 뻔히 알면서도 그의 논리를 반박할 수 없던 왕은 이내 따스한 눈길로 아들을 바라봤다. 자신의 삶에 가득한 규제와 그로 인한 숱한 반문에도 불구하고, 부왕의 뜻을 무조건 따라주는 아들에게 왕은 늘 미안하면서도 고마웠다.

"먼 뱃길이니 항상 몸조심해야 한다. 떠나기 전 중전께도 문안 올리는 것 잊지 말고."

"성은이 망극하옵니다, 아바마마."

엉덩이를 들썩거릴 만큼 좋아라 하는 대군을 보며 왕은 미안하고 애틋한 마음이 들었다.

'그래. 자꾸 무인의 기질을 내비치며 왕세자에게 위협감을 보이는 수양대군보다는, 너는 차라리 화원과 명필가로서의 모습으로 타고난 왕재를 감추면서 네 삶을 지켜내거라. 이 탐라 경재소 운영이 아비가 네게 줄 수 있는 마지막 선물이니라.'

안평의 탐라행을 허락한 후 왕은 착잡한 심정으로 우두커니 앉아 있었다. 반면 돌아가는 안평의 얼굴엔 방싯방싯 웃음이 피어올랐다.

2부

나무 이야기 11
사막의 패왕수

은수가 먼 길을 떠날 거라 했다. 새벽이슬을 맞으며 그의 무사 귀환을 비는 여인의 마음은 늘 그 땅에 닿아 있다.

사람들은 외딴곳, 척박한 땅에서는 아무것도 기대하지 않는 것 같다. 그러나 어떠한 땅이든, 그러니까 기름지든 설사 풀 한 포기 살 수 없는 불모지든 나무는 그곳에서도 뿌리를 내리고 싹을 틔운다. 사람들의 기대와는 상관없이.

패왕수(霸王樹, 선인장)는 척박한 땅에서조차 뿌리를 내리고 싹을 틔운다. 다만 패왕수는 생의 고비마다 위험한 선택을 과감히 시도한다. 오래도록 비가 내리지 않으면 뿌리를 잘라내기도 하고, 몸을 잔뜩 웅크리기도 한다. 그렇게 뿌리 없이 지내면서도 심지어 패왕수는 자라기도 하지만, 때론 통통하게 물이 올랐던 몸에 조금씩 주름이 생기다가, 종국엔 바싹 말라버리기도 한다. 그렇게 패왕수는 작렬하는 태양의 담금질을 무던히도 견뎌낸다.

외딴곳, 척박한 땅에서 패왕수란 그런 존재들이다.

저주받아 버려진 땅에서조차 자신만의 '생명력'으로 빛나는 존재들.

동행

모두가 잠든 해시(亥時, 밤 9시~11시 사이), 숭례문 앞이 때아닌 덜그럭거리는 소리로 시끄러웠다. 멀리서 청지기를 대동하고 노새에 잔뜩 짐을 실은 안평대군이 말을 타고 도착했다. 간편한 복장으로 미리 도착한 은수와 전 의관은 이미 여장을 노새에 실은 뒤였다.

"대군마마를 뵈옵니다."

공손히 고개 숙인 두 사람을 보며, 안평이 입을 열었다.

"그대들은 이 짐이 전부인가? 굉장히 단출하군."

"황공하오나, 대군마마. 마마께서도 짐을 줄이셔야 하옵니다."

"나는 이게 최대한 줄인 양이라네. 엇! 그런데 내가 왜 짐을 줄여야 한단 말인가?"

대군 앞에서 주눅 들기는커녕 따박따박 말하는 전 의관의 본새에 기분이 상한 안평이 되물었다.

"주상전하께옵서 허락하신 노새가 그리 크지 않사옵기에……."

순간 안평의 눈에 원망의 빛이 서렸다.

"아바마마께서 나보고 저, 저, 저걸 타고 가라고 하셨다고?"

나무 둥치에 매어놓은 노새는 그야말로 작고, 볼품없는 보통의 노새였다. 평소 명마를 즐겨 타던 안평의 눈에는 딱 그렇게만 보였다.

잔잔한 미소를 띠며 은수가 아뢰었다.

"대군마마, 강진까지 가는 육로에서는 노새가 더 낫사옵니다. 힘이 세고, 쉽게 지치지 않아 편하게 짐을 싣고 가실 수 있사옵니다."

"아니 되네. 나는 내 말도 데려가고 싶으이. 저 물건들을 모두 모두 들고 가고 싶으이."

"그런데 마마. 저들은 누구이옵니까?"

"아! 저 이들은 내 봇짐을 챙겨줄 우리 집 청지기와 악공들이네."

"악공이요?"

기가 막힌 전 의관이 급기야 버럭 소리를 질렀다.

"으슥한 밤이 되면 깊은 산속에서 호랑이가 출몰할 수도 있지 않은가. 악공들이 북을 치고 피리를 불면 호랑이를 쫓는 데 도움이 될 것이네."

듣고 있던 전 의관의 입이 떡 벌어졌다.

'이 낭반이 진짜 무슨 뱃놀이를 오신 겐가. 일국의 대군께서 이리도 철딱서니가 없어서야 원. 바리바리 싸 들고 온 짐 꾸러미에 날마다 먹어야 살맛 난다는 곶감까지 싸 들고 온 것까지는 참아줄 만했지만, 악공이라니…….'

"대군마마, 악공들은 물리시는 게 나을 듯하옵니다."

은수가 침착함을 잃지 않고 아뢰었다.

"아니 되네. 나는 이들도 모두 데려가고 싶으이."

안평의 절규에 모두들 어리둥절했다. 청지기만 빼고.

며칠 전부터 탐라로 가는 여장을 준비하느라 청지기는 그야말로 죽을 뻔했었다. 하루에도 수없이 운종가의 지전(한지가게), 면포전, 선전(비단가게)을 뻔질나게 드나들었기 때문이다. 탐라로 가는 여정에서 만나는 아름다운 것들을 모두 그리고 싶었던 안평은 필기구를 새로 장만했다. 최고 품질의 문방사우를 갖춰야 최고의 그림을 그려낼 수 있다는 강박증이 그를 들뜨게 했다. 사는 물건마다 고가의 제품이라 청지기의 입이 다물어질 줄 몰랐다.

"뭘 그리 놀라는가?"

"대군마마, 경비를 절감하셔야 하옵니다. 주상전하의 간곡한 부탁이 있으시지 않았습니까요?"

"이 붓의 털이 느껴지는가? 이게 바로 황서랑미필(黃鼠狼尾筆)이네."

"황서랑미필이요?"

"아주 아주 귀한 붓이지. 족제비 꼬리털로 만든 것이라네."

'양반네들은 아주 돈이 썩어나는구먼. 이 붓을 만들려면 도대체 얼마나 많은 족제비를 잡아 바쳐야 하는 거야? 우리 같은 천것들은 먹을 게 없어서 죽어나가는 마당에.'

"하아, 이 종이 좀 보게. 눈이 부시지 않나? 이게 바로 설화죽청지(雪花竹靑紙)라네. 이 정도는 되어야 내 그림이 빛을 발하지. 이제 하나만 더 사면 되겠어."

"또요?"

청지기의 입에서 욕지거리가 튀어나올 뻔했다.

"이게 가장 중요하지. 바로 해주유연묵(海州油煙墨)이라네. 기름을 태워 나온 그을음을 가지고 만든 먹이지. 다 준비된 듯하네. 주인장! 여기 물건들 셈해주시게."

'아궁이에 불을 피워 넣고 고작 그을음을 얻는다고? 이 시커먼 돌덩이를 만드느라? 아궁이에 불 때서 밥을 지어 먹는 게 아니고?'

어디 그뿐인가. 지전을 나온 안평은 선전으로 가서 비단에, 향주머니에 가지가지 소장해야 할 물건들을 죄다 싹 쓸어 담았었다.

"아바마마께서는 필시 나를 미워하시는 게야. 그렇지 않고서야 어찌……."

그러나 울먹이는 안평에게 주의를 기울이는 이는 아무도 없었다.

단출한 일행이 한양을 떠났다는 소식에 왕은 안도했다. 이번에도 안평이 길바닥에 대자로 누우면 어쩌나 가슴을 졸였던 탓이다.

한나절을 넘게 이동한 일행이 잠시 쉬어가기로 하자, 청지기가 부지런히 안평을 챙기기 시작했다. 안평은 청지기가 권하는 곶감도 마다한 채 풀이 죽어 있었다. 은수가 힘겹게 걸어와 떡을 권하자, 안평은 미안한 마음이 들었다.

"고맙게 먹겠네. 먼 여정에 자네 몸이 상할까 걱정이네."

오물거리며 떡을 씹어 먹는 안평 곁으로 전 의관도 다가왔다. 평소 무뚝뚝하기로 이름 높던 그도 실의에 빠진 대군을 그냥 보고 있기가 왠지 짠했다.

"마마, 편하게 모시지 못해 송구하옵니다."

명마를 남겨두고 나귀에 오른 안평을 위로하듯 은수가 아뢰었다.

"그깟 일은 이제 잊을 것이네. 앞으로 멋진 일들이 많을 테니까. 자네들과 함께 가게 되어 참으로 좋다네. 아바마마께서 허락해주시지 않을 것 같았거든. 그것으로 족하네."

눈앞에 펼쳐진 황혼 녘의 광경에 넋이 나간 안평이 중얼거렸다.

"어떤 일들이 기다리고 있을지 종잡을 수 없사오나, 소신도 마마께서 동행해주시니 좋사옵니다."

잔잔한 미소로 은수가 답했다.

유려한 말이 체질에 맞지 않는 전 의관은 그저 나루터에 불어오는 바람에 대군의 몸이 상할까, 따끈한 차를 어색하게 건넸다.

나루터에 옹기종기 앉은 세 사내의 뒷모습이 석양빛에 물들어갔다.

일행은 완주의 삼례역, 나주, 영암을 두루 거쳐 마침내 강진의 마량항에 닿았다. 마량항은 탐라로 가는 뭍의 마지막 지점으로, '제주로'라고 불리기도 했다. 조정은 이 길을 통해 관리를 임지에 파견하고,

군사를 이동시키기도 했다.

대군의 일행을 마중 나온 강진부사는 일행의 몰골을 보고는 경악을 금치 못했다. 한양에서 왕자와 고관대작들이 내려올 것이라는 통보를 받고 나왔는데, 정작 마주한 이들의 행색이 거지꼴이었기 때문이다. 값비싼 비단옷을 걸친 이가 안평대군인 듯했지만 잔뜩 먼지를 뒤집어쓴 몰골이었고, 고관대작은커녕 등이 잔뜩 굽은 꼽추 사내와 건장한 체격의 상민 남자가 있을 뿐이었다. 달랑 세 마리의 노새와 종복 하나만 대동한 채로.

"어서 오시옵소서, 대군마마. 강진부사 한찬성이라 하옵니다. 먼 여정 오시느라 노고가 많으셨사옵니다. 탐라로 떠나시기 전 며칠 동안 이곳에 여장을 푸시고 쉬시옵소서."

강진 관아에서 내준 방 세 개가 전부였다. 안평이 그간 기대했던 휘황찬란한 환영연회도, 드넓은 정자에 아리따운 기생도, 산해진미도, 귀한 술도, 아무것도 없었다. 안평의 실망한 기색을 알아차린 강진부사가 머리를 조아리며 아뢰었다.

"주상전하께옵서 일체의 연회와 노자 지원을 금하셨사옵니다. 다만 정갈한 숙식을 제공하라는 엄명이 있으셨사옵니다."

대부분의 왕족이나 양반들이 여행을 떠날 때, 이들은 신분에 의거한 관계를 이용한다. 여정 중에 거치는 지역의 지방관들로부터 숙식과 금전적인 지원을 받는 게 일반적이었다. 그런데 왕이 발 빠르게 이를 막은 것이다. 기근을 당한 탐라나 강진의 상황이 크게 다르지 않을 것을 알았기 때문이다. 그래도 오로지 연회를 즐길 희망으로 달려온 안평에게는 너무 가혹한 처사였다.

"언제 즈음 이곳을 떠나 탐라로 들어갈 수 있겠습니까?"

탐라에 펼쳐져 있을 약초가 궁금했던지 전 의관이 다짜고짜 물었다.

"그것은…… 소신도 잘 모릅니다. 다만 뱃사공들이 떠날 수 있다고 결정하는 날을 기다리는 수밖에요. 이곳에선 그들이 바다와 뱃일에 대한 모든 사항을 결정합니다. 그전까지는 도회지에서 기다리셔야 합니다."

강진과 해남, 영남은 탐라로 들어가는 길목으로 중요한 기능을 해왔다. 이 세 고을에는 도회지가 있었다. 도회지는 어느 한 지역에서 특정한 행사를 주최하도록 조정에서 지정한 곳이다. 개국 이래 탐라로 왕래하는 관리나 사신을 접대하는 일을 도회지가 맡았다. 매년 윤번을 정하여 신구영송의 지지, 월령진상의 수운 및 공엽의 왕래를 담당하였던 것이다. 그런데 이 세 도회지에는 후풍처(候風處)가 있었다. 탐라로 가기 위해서는 북풍이나 북동풍이 불어야 했기 때문에 후풍처에서 적당한 바람이 불 때까지 기다려야 했던 것이다.

부왕의 처사로 골이 나 있던 안평은 쉬이 기분이 풀리지 않았다. 보다 못한 청지기가 차를 권해도 시큰둥했고, 샐쭉하니 앉아 있기만 했다. 골똘히 궁리하던 강진부사는 종복들에게 강진에서 가장 맛있다는 음식을 준비시켰다.

강진은 산과 바다, 들, 강에서 나는 음식들이 두루 풍부하여 먹거리가 많았는데, 특히 맑고 깨끗한 계곡물에만 사는 토하로 담은 것이

유명했다. 강진부사는 이 음식이면 토라진 안평의 마음도 사로잡을 수 있을 거라 확신했다.

그리고 저녁 밥상에 오른 토하젓.

싱싱한 토하젓의 맛을 제대로 느낀 안평의 입꼬리가 슬쩍 올라갔다.

"마마, 토하젓이 입맛에 잘 맞으시옵니까?"

은수가 자상하게 물었다.

"음…… 짠맛 속에 시원하고 깔끔한 단맛이 있어. 아주 맛깔스럽네."

행복한 표정으로 안평이 대답했다.

"하온데 마마. 토하젓은 왕실에 올리는 귀한 진상품이기도 하지만, 체증을 치료하는 효험이 있어 민가에서는 상비약처럼 두고 쓴다고 하옵니다."

은수가 급히 먹는 안평을 염려하며 슬쩍 이야기를 꺼냈다.

눈치 빠른 안평의 수저질이 조금씩 늦어지는 반면, 밥을 싹싹 긁어 먹던 전 의관은 두 번째 밥그릇에 눈을 돌리고 있었다.

며칠 동안 강진의 맛으로 안평을 달래보던 강진부사는 이제 슬슬 진땀이 나기 시작했다. 한양에서 내려온 어느 누구보다 까다로운 입맛을 가졌고, 높은 안목을 지닌 왕자를 모시는 일이 너무 버거워 아침에 눈을 뜰 때마다, '제발 오늘은 순풍이 불어라'고 고사라도 지내고 싶은 심정이었다.

"오늘이옵니다. 떠날 채비를 서둘러주시옵소서."

강진부사의 다급한 외침 소리가 들렸다. 그동안 안평의 불편한 심기에 노심초사했던 그는 마음속에서 느껴지는 후련함을 한껏 즐기고 있었다.

"도착하기까지 얼마의 시일이 걸리겠느냐?"

탐라로 간다는 말에 비단옷부터 챙겨 입은 안평이 물었다.

"본디 좋은 바람을 만나 아침에 출항을 하면 저녁나절에 탐라에 도착하옵니다. 그러나 이는 일 년에 몇 차례 없는 경우이옵고, 보통 육지에서 탐라로 들어가는 데에는 이틀 정도가 소요되옵니다."

"그럼 몇 대의 배가 출항하느냐? 어떤 크기의 배가 출항하느냐?"

"조정에서 파견된 관리들이 타는 배는 보통 중선(中船)이옵니다. 격군을 포함해서 오십여 명의 사람들을 실을 수 있는 배이옵니다. 이번에는 강진에서 세 척의 중선이 대열을 이루어 출항할 것이옵니다."

"그렇게나 많이? 아바마마께서 다른 것은 지독히 아끼시더니, 어찌 그리 많은 배를 내주셨을꼬."

배알이 뒤틀린 안평이 얼굴을 씰룩거리며 뇌까렸다.

"망망대해를 건너는 데는 배가 대열을 이루고 가는 것이 안전하옵니다. 배에 사고가 발생할 경우 다른 배들이 신속히 대처할 수 있기 때문이옵니다. 다만 구토증이 심할 수 있사오니 대비하심이 좋을 듯하옵니다."

"대군마마, 그 점은 심려치 마시옵소서. 구토증에 대비할 감국, 천마, 송진, 산해박뿌리, 솔잎 등을 이미 챙겼사옵니다."

건장한 체격과 달리 꼼꼼해 보이는 전 의관을 보며 안평은 처음 타는 바다 배의 두려움을 없앨 수 있었다.

뱃길 여정

급하게 행장을 꾸리고 바닷가로 나온 세 사람은 구름처럼 몰린 인파에 잠시 당황했다. 한양에서 내려온 왕족을 보려고 몰린 사람들이겠거니 생각했던 안평은 한껏 인자한 미소로 기품 있게 걸었다. 그러나 아무리 왕자 티를 내도 아무도 주목하지 않자, '사람들이 등이 굽은 꼽추대감이 더 신기한가 보다'라고 마음을 다독이고 있었다.

그런데 눈앞에 펼쳐진 기괴한 광경을 보고서야 사람들이 자신을 외면한 이유를 알 수 있었다. 이들은 생사를 넘나드는 출항을 앞두고 결코 경거망동하지 않는다는 것을. 커다란 배들에는 각양각색의 오방기와 풍어기 등이 매달려 있었고, 배가 정박한 곳 앞에는 큰 제사상이 차려져 있었던 것이다.

"이게 다 무엇인가?"

난생처음 보는 광경에 눈이 휘둥그레진 안평이 물었다.

"배선왕굿을 치르려고 하옵니다."

이미 바다 관습에 익숙해진 강진부사가 아뢰었다.

"배선왕굿?"

"그러하옵니다. 바다에서 배를 부리는 사람들은 출항을 하기 전에 뱃사람들의 불안을 없애고, 풍어와 무사 안전을 위해 이러한 의식을 치르옵니다. 선사시대부터 이어져 온 오랜 바다 관습이라 들었사옵니다."

"그래서 다들 저렇게 심각한 거로군."

모든 의례가 끝나고 나서야 백성들은 흘끔흘끔 안평 일행을 쳐다보기 시작했다. 세련된 외양의 안평은 백성들의 시선을 한껏 즐기며 난생처음 바닷길에 올랐다.

"하아. 참으로 좋구나. 망망대해라는 말이 딱 맞아."

"그러하옵니다. 소신도 바닷길은 처음이라 기대가 크옵니다."

흔들리는 배 위에서 균형을 잡느라 진땀을 빼며 은수가 말했다.

세 대의 배가 앞서거니 뒤서거니 대열을 이루어 출항하는 모습은 장엄하기 그지없었다. 끝없이 펼쳐진 바다 앞에서 넋이 나가 있던 안평은 한쪽 구석에 처박혀 있는 전 의관을 발견했다.

"자네는 왜 그 비좁은 곳에 몸을 틀어박고 있는 겐가? 이쪽으로 와서 경관을 즐겨보시게. 답답했던 마음이 뻥 뚫린다네."

"우웩! 소신은 속이 별로 좋지가 않사옵…… 우웨웩!"

"구토증에 좋다는 약재를 챙겼다고 뻐기던 모습은 어디로 간 겐가? 사내가 그리 엄살을 피워서야, 쯧쯧."

"으으윽! 황공하오나, 대군마마. 소신에게 말 걸지 마시옵소서."

"제일 건장하게 생긴 자네가 이렇게 약골일 줄이야. 내 청지기를 시켜 약재를 내오라 하겠네."

"마마, 소신이 조금 꺼내왔사옵니다."

은수가 급히 솔잎을 꺼내 전 의관의 입에 대주었다.

"솔향이 구토증을 조금 덜어줄 것이네."

"자네는 솔잎이 어디서 난 겐가?"

안평이 의아해서 물었다.

"정원에서 키우는 소나무에서 조금 따왔사옵니다. 대군마마께서도 들고 계시옵소서. 바람의 방향이 갑자기 바뀌고 거세져서, 밤에는 배가 더 흔들릴 것 같다고 하옵니다."

은수의 말대로 저녁 어슴푸레해질 무렵 바다는 본색을 드러내기 시작했다.

탐라의 진입로인 사서도 앞바다를 지날 즈음이었다. 여기서부터 바다는 더욱 넓고, 물결도 더 높아 배가 솟았다 가라앉았다를 반복하기 시작했다. 아마도 이곳이 물마루[水宗]인 듯했다.

멀리서 청지기가 다 죽어가는 목소리로 안평을 찾기 시작했다.

"대군마마, 어디 계시옵니까?"

이리저리 눈을 굴리던 청지기는 기둥 하나를 부여잡고 있는 안평을 발견했다. 평소 손이 빠르던 청지기는 새끼줄을 끌어와 안평의 몸을 기둥에 묶기 시작했다.

"마마, 조금만 견디시옵소서."

배 안에 있는 사람들 모두가 정신없이 쓰러져 있었고, 안평도 의식을 잃어가고 있었다.

"그냥 몸을 주물러드리는 게 나을 거요. 그래도 이 정도면 오늘은 바다 건너는 게 쉬운 편이오. 곧 안정될 것이니 걱정 마시오."

뱃사람 가운데 나이가 지긋한 노인이 말했다.

처음부터 구토증에 기진맥진했던 전 의관은 거의 죽은 듯이 뻗어 있었고, 이 와중에 은수는 두 사람을 오가며 살피느라 쉴 틈이 없었다. 어떤 이들은 곳곳에서 기도를 올리고 있었고, 어떤 이들은 뱃머리를 두드리며 짐승을 모는 듯한 소리를 질러댔다. 아마도 풍랑을 일으킨 바다 괴물을 쫓아내는 의식인 것 같았다. 탐라 큰 바다를 건너기가 어렵다는 말이 헛말이 아님을 절감했다.

노인의 말대로 두 식경 정도가 지나자, 물결이 거짓말처럼 잠잠해지기 시작했다. 자신도 모르는 새 몸이 묶여 있었던 안평이 중얼거렸다.

"내 어려서 여인들이 단옷날 그네를 타는 모습이 그토록 부러웠었네. 왜 그네는 여인들만 탈 수 있는 건지 늘 궁금했고, 불만이었다네. 내 오늘 풍랑 속에서 실컷 그네를 탄 듯하네. 이토록 어지러운 그네를 그들은 무슨 연유로 그리들 즐겼을꼬."

'실없는 소리를 하는 거 보니, 살아나신 게로군.'

청지기는 변덕스러운 풍랑에 놀아난 듯하여 실없이 웃어댔다.

탐라에 도착한 일행은 바다 내음을 깊이 들이마시며 무사 도착을 안도했다.

"마침내 탐라로군. 죽을 고비를 넘겨서인지 감회가 새롭네. 조선의 땅 끝에 오게 될 줄이야. 그런데 허 제조는 탐라가 어떤 곳인 줄 아는가?"

탐라로 오는 여장을 사러 다니느라 눈코 뜰 새 없이 바빴던 안평은 이제야 탐라가 궁금해지기 시작했다.

"소신이 서책에서 읽은 바로는, 탐라는 고려 왕조 때까지만 해도 성주 체제를 갖춘 타국이었사옵니다. 고려조의 정종께서 새로 즉위하셨을 때, 탐라국에서 사신을 보내 즉위를 축하했다는 기록이 있사옵고, 탐라국 사람들은 배를 만드는 특별한 기술이 있어 고려 왕조에 큰 배를 선물했다는 기록도 보았사옵니다. 조선 개국 이래 탐라는 우리의 땅이 되었사옵고, 선왕께서 체계적인 통치를 위해 탐라에 제주목, 대정현, 정의현을 신설하고 관리를 파견하셨사옵니다. 제주목에는 정3품의 목사, 목사를 보좌하는 종5품 판관, 그리고 대정현과 정의현에는 종6품의 현감이 파견되어 있사옵니다."

"휴…… 자네는 언제 그런 걸 다 줄줄 외우고 있었는가? 아바마마께서 그대를 편애하신다는 말이 뜬소문은 아닌 것 같네."

'대군마마께서 신이 나셔서 시전 바닥을 훑으시는 동안, 허 대감은 책을 파신 게지요'라는 말이 목구멍까지 차올랐지만, 청지기는 꾹 눌렀다.

산 아래 외딴 초가에서 밥 짓는 연기가 오르며 개 짖는 소리가 들렸고, 터덜터덜 걸어가는 이들의 앞엔 흰모래로 뒤덮인 해안가를 따라 푸른 소나무가 빼곡한 절경이 펼쳐져 있었다.

안평은 백사장에 펼쳐진 소나무를 오래도록 눈에 담았다. 바다를 향해 있으면서 고스란히 해풍을 견뎌내는 소나무는 늘 봐왔던 소나무와 사뭇 다른 느낌이었다.

잠녀

제주목사 박찬형은 관아의 노비들을 시켜 연회를 준비하느라 아침부터 분주했다. 평생토록 중앙으로 진출하지 못했던 설움을 안평을 만나면서 풀 기세였다. 관기들의 맵시 하나하나까지 챙기던 그에게 갑자기 청천벽력 같은 전갈이 왔다.

"송구스럽지만, 대군마마께서 거창한 연회보다는 백사장에 나가시어 조촐하게 다회(茶會)를 열고 싶어 하십니다요."

안평은 어제 제주목 관아로 들어오면서 빠져들었던 백사장과 소나무를 다시 보고 싶었다. 굳이 멀리까지 와서 종일토록 관아에 머무는 것은 그에게 너무도 따분한 일이었다. 그는 너른 들판을 달리는 말들도 보고 싶었고, 바닷바람을 맞으며 소나무도 그려보고 싶었다. 무엇보다도 바다의 흥취를 실컷 느껴보고 싶었다.

"대군의 뜻이 정 그러하시다면 곧 행차를 준비하겠네."

조용한 곳에서 이런저런 속내를 토로하고 슬쩍 청탁을 넣어볼 궁리를 하던 박찬형은 실망한 기색이 역력했다.

달랑 노새 한 마리에 간단한 짚자리와 다기들을 챙겨 나온 백사장은 의외로 눈이 부시게 빛났다.

"참으로 절경이로세. 햇빛이 비치는 백사장은 마치 보석이 빛나는 듯하군. 그뿐인가. 절벽 끝에 서 있는 소나무가 한 폭의 그림 같으이."

지겹도록 봐왔던 백사장에 감탄하는 안평을 보며 제주목사는 의아했다.

그토록 많은 관리가 한양에서 내려왔지만, 모두들 험한 뱃길에 진저리를 치며 한동안은 바닷가엔 얼씬도 하지 않았다. 그러기에 그는 늘 관아에서 그들을 접대하느라 바빴고, 현지를 살피러 온 그들 역시 대충 문서로 내용을 확인할 뿐, 더럽고 저주받은 이 땅에 오래 머물고 싶어 하지 않았다.

탐라는 그런 곳이었다. 육지에서 나지 않는 진귀한 물건들이 많아 귀히 여겨질 만도 하건만, 수많은 노역으로 백성들이 줄줄이 죽어나가는 버림받은 땅.

이런 땅에 보내졌을 때 그는 차라리 죽고 싶었다. 대과에 급제해 당당하게 조정에 출사했을 때, 온 가문은 그를 자랑스러워했다. 그로 인해 한미했던 가문이 다시 옛 영광을 되찾을 수 있을 듯 여겼었다. 그러나 연줄이 없는 조정에서 그의 입신양명을 이끌어줄 이는 아무도 없었다. 그렇게 등 떠밀려 오게 된 제주목.

그는 이곳의 모든 것이 지긋지긋했다. 임기를 마칠 날을 손꼽아 기다렸으나 세월은 그저 멈춘 듯했다. 그런 상황에 갑작스레 찾아온 안평대군은 그에게 동아줄 같은 존재였다. 그런데 정치에는 관심도 없고, 오로지 풍광에만 정신이 팔린 대군을 보며 그는 또다시 낙담했다.

'그림을 잘 그리신다더니, 관기들보다 절경에 더 빠지시는구나.'

탐라로 오는 여정에 대해 담소를 나누는 동안, 바닷가로 한 떼의 검은 그림자들이 모여들고 있었다. 햇빛에 눈을 가늘게 뜬 안평이 소리쳤다.

"저건…… 여인들이 아닌가?"

태연히 뒤를 돌아보던 박찬형이 말을 이어갔다.

"그러하옵니다, 대군마마. 저들은 잠녀(潛女, 해녀)들이옵니다."

"잠녀? 저들은 백주 대낮에 그것도 아녀자들이 장옷은커녕, 치마쪼가리도 걸치지 않고 거의 벗은 몸으로 버젓이 다닌다는 겐가?"

"저들은 마실 다니러 나온 것이 아니옵니다, 마마. 노역을 하러 나온 것이니 저리 입는 것이 맞사옵니다."

"그 무슨 얼토당토않은 말인가?"

난생처음 잠녀들을 본 안평이 다그쳐 되물었다.

"탐라에서 조정에 바치는 공물 가운데 전복, 해삼, 미역, 옥돔 등이 있사옵니다. 본디 어물 종류는 어부들이 배를 몰고 멀리 나가 잡았사오나, 거센 풍랑에 많은 이들이 목숨을 잃었습니다. 하여 제주목에는 여인들의 수가 훨씬 많사옵니다. 생계를 꾸려야 하기에 저렇게 물속으로 들어가 미역을 따고, 전복을 캐는 이들을 잠녀라고 하옵니다."

"여인들이 물속에 직접 들어가서 자맥질을 한다는 것인가?"

"그러하옵니다. 장정의 수는 줄어도 부역은 줄지 않으니까요."

"허참……."

"그뿐만 아니라 이들은 쉴 새 없이 불어 닥치는 바람과 싸우며 척박한 땅을 일구다가도, 물때가 되면 어김없이 손에 든 호미를 내던지고 빗창을 들고 바다로 뛰어듭니다."

"웬만한 사내들의 삶을 저들이 오롯이 살아내는구나. 이곳에는 잠녀의 수가 얼마나 되느냐?"

"팔백 명이 조금 넘사옵니다. 어미가 잠녀이면 딸들도 잠녀가 되기에 그 수가 제법 많사옵니다."

"그런데 저들이 품고 있는 저 둥그런 것은 무엇이냐?"

"저것은 테왁망사리이옵니다."

"이름이 특이하구나."

"제주목에서는 둥근 박이 열리면 바가지로 사용하지 않고, 이처럼 테왁을 만드옵니다. 잘 여문 박을 따서 둥그런 구멍을 뚫고 씨를 뺀 다음, 물이 들어가지 못하도록 구멍을 막아 만드는 것이옵니다."

"저것만 있으면 물 위에 쉽게 뜰 수 있는 겐가?"

"그러하옵니다. 부력을 이용해서 잠녀들이 물 위에 머물 수 있도록 하는 도구이옵니다. 다만 이 테왁이 거친 물살에 떠내려가지 않도록 망사리(그물망)를 연결하고, 그 안에 돌추를 달아야 하옵니다."

"참으로 잠녀들에게 긴요한 도구이겠구나. 그런데 저들은 왜 까마귀 떼들처럼 모여 있는 것이냐?"

"지아비들을 잃은 잠녀들은 서로 간의 보살핌이 남다르옵니다. 제주목엔 예부터 '벗이 있어야 물질을 한다'는 말이 있사옵니다. 이들이 벗을 생각하는 마음은 사대부들과 크게 다르지 않사옵니다."

찻물이 식어 가는데도, 안평은 마시는 걸 잊은 채 생각에 잠겼다. 삶을 짓누르는 무게에도 결코 가라앉지 않고 떠오르는 저들의 생명력이 경이로웠다.

병신 아들

다회에 같이 가자는 안평의 요구에도 불구하고 관아에 남아 있던 은수는 뒤늦게 밖으로 나갈 채비를 했다. 그저 이곳 사람들의 삶을 바라보고 싶었다. 왕이 그러했듯이.

동복(童僕) 하나가 쪼르르 달려와 말을 걸었다.

"대감마님, 밖으로 행차하십니까?"

"그래. 산책을 좀 하고 싶구나."

"제가 길잡이를 해드릴까요? 초행길이시니……. 게다가 탐라에는 길마다 돌멩이들이 많아서 넘어지실 수도 있고……."

말끝을 흐리며 자신을 걱정하는 아이가 정겨워 은수는 흔쾌히 승낙했다.

마을 이곳저곳을 걷던 은수의 눈에 탐라의 집들이 들어왔다.

"얘야! 왜 탐라의 집들 앞에는 싸리문이 없느냐? 한양에서는 집들마다 모두 문이 있거든."

"에이 참, 대감마님도! 저것이 문이옵니다."

또랑또랑한 목소리로 가리키는 곳에는 덜렁 막대기 세 개가 양쪽 돌 사이에 걸쳐져 있었다.

"저것이 문이라고?"

"예. 저것은 정낭이라고 하옵니다. 처음엔 마을 사람들이 길가를 어슬렁거리면서 마당에 널어놓은 곡식을 망치는 소나 말들을 막으려고 만든 것이지요. 그런데 이제는 정낭으로 마을 사람들은 서로 소통을 하옵니다."

"막대기로 어떻게 소통을 하느냐? 그러고 보니 집집마다 막대기가 걸쳐진 모양이 조금씩 다르구나."

그것도 모르냐는 얼굴로 아이가 대답했다.

"막대기가 한 개 걸쳐져 있으면 집주인이 가까운 곳에 있다는 뜻이고, 두 개 걸쳐져 있으면 돌아오기까지 시간이 걸린다는 뜻이옵니다."

"그럼 세 개가 걸쳐 있으면 먼 길을 떠난 게로구나."

"맞사옵니다!"

아이가 박수를 치며 기뻐했다. 길잡이를 하던 아이가 멈춘 곳은 자신의 집 앞이었다.

"할망(할머니)! 나 왔어요."

'관아에서 종살이하던 이 아이는 가족이 보고 싶었구나. 그래서 길잡이를 자처했던 거구나.'

"오라방(오라버니)!"

마당 한구석에서 그물을 손질하고 있던 꾀죄죄한 여자아이가 달려 나왔다.

"어찌 나왔어? 관아에서 뭔 일 있었냐?"

잔뜩 허리가 굽은 노파가 은수를 발견하고 주춤했다.

"할망, 한양에서 내려오신 대감마님 길잡이 해드리는 중이었어. 걱정 말어."

"누추하지만 물 한 사발 들이키고 쉬어 가십시오."

"그럼 잠시 목 좀 축이겠네."

물허벅(물동이)에서 물을 뜨는 할망의 눈은 은수의 등에 오래 머물러 있었다.

할망의 시선을 느낀 은수가 편안히 얘기를 꺼냈다.

"태어나면서부터 이렇게 등이 굽었었네."

"송구합니다요, 나으리."

너무 빤히 쳐다보다 들킨 게 죄스러워 할망이 머리를 조아렸다.

"괜찮네. 야멸찬 눈초리로 쳐다보는 이들도 많았다네. 괘념치 말게."

"소인은 그저 제 아들놈이 생각나서……."

할망의 눈초리는 다른 이들과 달랐다. 호기심이나 멸시를 담은 시선이 아닌 처연하고 애틋한 시선이었다. 오래전 어머니가 자신을 바라보던 그 시선이었다.

"소인에게 아픈 아들이 있습니다. 다리를 심하게 절어 배를 타지 못합니다."

"몸이 불편하니 노역에서 제외되었겠군."

"무슨 말씀을요……. 첨엔 관아에서 그놈이 아픈 줄 모르고 진상품을 운반하는 선격역(船格役)에 배정했지요. 배에는 늘 젊은 놈들이 많이 필요하니까요. 그런데 한양으로 떠난 배가 풍랑을 만나자 사람들이 부정한 기운이 있어서 그렇다고, 아들놈을 죽도록 패서 반병신을 만들어놨지요. 그때 머리를 많이 맞아서 제구실을 못 합니다. 요즘은 목자역(牧子役)을 살고 있습니다. 바다보다는 목장이 안전하니, 그나마 낫지요. 평생 뛰어본 적이 없는 놈이니 들판을 내달리는 말들을 보면서 속이라도 시원할 테고, 말이나 돌보고, 똥이나 치우고 그런 일이니 쉽지요. 병신인지라 목숨은 건졌습니다."

미안했다. 그리고 죄스러웠다. 똑같이 병신으로 태어났지만, 자신은 가문의 덕을 톡톡히 본 셈이었다. 장원급제로 왕 앞에 서기까지 순탄치 않은 삶을 살면서 멸시를 견뎌냈지만, 그래도 남들에게 꼽추라서 맞은 적은 없었다. 조부가, 어미가, 그리고 왕이 그를 그렇게 지켜내고 있었던 것이다.

"그런데 말을 하면서 숨이 많이 차 보이는데 괜찮은가?"

"평생을 물속에서 자맥질하고 나니, 이제 남은 건 흉통과 두통뿐입니다. 다 죽은 나이가 돼보니, 이것도 괜찮습니다."

괜찮다고 나지막이 말하던 노인의 눈길이 먼 산에 가 닿았다. 오늘도 성치 못한 몸으로 일하는 아들이 무사히 귀가하기만을 바라는 어미의 마음이 담긴 시선이었다.

귤 도둑

한양에서 온 관리들이 과원(果園)을 방문한다는 소식은 이 판관의 신경을 곤두서게 했다. 상림원과 전의감에서 파견된 관리들이 탐라 과원 귤의 상태와 공납 현황을 보러 온 것이라고 생각해서다. 더 많은 귤을 창고에 보관하기 위해 이 판관은 아침부터 노역꾼들을 들들 볶아댔다.

"귤의 수량을 기록한 장부를 가져오너라."

이 판관의 서슬 퍼런 명령에 노복 하나가 장부를 대령했다. 그는 손수 붓을 들어 귤의 수량을 거짓으로 늘려 적기 시작했다.

"판관 나리, 그 정도의 수량을 내일 오전까지 맞추기는 어렵습니다요. 이번 기근에 말라비틀어진 귤도 많고, 바람에 떨어진 것도 부지기수입니다요."

"닥쳐라! 한양에서 온 관리들이 언제 그런 사정을 봐준 적이 있더냐? 과원에서 그 수량을 맞출 수 없다면, 종복들의 집 안에 있는 나무에서라도 따와야 할 것이다. 서둘러라."

작년 이맘때 즈음 찾아왔던 한양의 관리들에게 탐라 실상을 곧이곧대로 고했다가 혼쭐이 난 이 판관은 이제 더 이상 백성을 위한답시고 그들을 두둔하는 일을 그만두었다. 그저 임기나 채우고 돌아가면 그뿐, 그 어떤 측은지심도 이곳에서는 사치였다. 관리들의 부정을 성토해 봐야 남는 것은 모진 매질에 감봉임을 톡톡히 겪었다.

과원으로 돌아온 노복이 종복들에게 지시했다.

"내일까지 맞춰야 할 귤의 수량이 350개요. 알다시피 지금 창고에 저장되어 있는 것은 290여 개뿐이오. 각자들 집으로 돌아가서 최대한의 귤을 따 오시게들."

"제기랄! 도대체 우리보고 어찌 살란 말씀이오? 도둑질이라도 하고 싶지만, 하루 사이에 맺히지도 않은 귤을 어디서 훔친단 말이오?"

젊은 종복이 답답한 마음에 소리를 내질렀다.

아까부터 어슬렁거리며 몰래 과원 주변을 살피던 전 의관은 이들의 대화를 귀담아들었다. 이전에도 전의감에서 약재를 몰래 빼내던 도둑을 잡아본 터라, 그는 이곳에서도 부정한 낌새를 금세 눈치챌 수 있었다. 방문하기로 한 날짜는 내일로 예정되어 있었지만, 내일이 되면 모든 준비가 일사천리로 끝날 게 뻔해서 미리 와본 것이다. 종복의 차림으로.

노복에게 거침없이 대들었던 젊은 사내는 해 질 녘 주막에 들러 막

걸리 한 동이를 들이켰다. 마치 오늘 기어이 죽으려는 듯 술을 몸에 들이붓고 있었다. 큰일을 치를 듯이 거침없는 그의 행동이 미심쩍어, 전 의관은 과원을 나서는 그의 뒤를 밟았었다.

고주망태가 된 사내는 비틀대며 집에 들어가, 정지에서 펄펄 끓는 물을 가져와 나무에 뿌려댔다.

"풍수 아방(아버지)! 그만해요. 이러다가 모두 관아에 끌려가 개죽음을 당한다구요."

"죽이라고 해! 이참에 우리 모두 죽자, 죽어. 이 저주받을 나무 때문이야!"

패악을 부리며 날뛰는 그를 부인이 부둥켜안고 울었다.

정낭 밖 돌담에서 이를 지켜보던 전 의관은 경악했다. 그가 끓는 물을 부어댄 것은 바로 귤나무였다.

감귤은 종묘에 제사 지내고, 중국 사신을 접대할 때 사용되는 귀하디귀한 과일이었다. 그런데 이 귤은 오로지 탐라에서만 재배되었다. 탐라의 백성들은 조정에 보낼 감귤의 수량보다 더 많은 귤을 준비해야 했다. 한양에서 온 관리들을 접대해야 했고, 혹여 풍랑을 만나 진상품을 실은 배가 침몰할 경우를 대비해 세네 척의 배에 더 실어야 했기 때문이다.

한양에서 청탁을 넣으며, 진피며 청피가 좋다고 떠들어대던 사대부들의 웃음소리가 귓가에 맴돌았다.

'이렇게 처참하게 바쳐지는 과일이라니……. 주상전하께서 상림원

에 온실을 만들고자 하신 연유를 이제야 알겠군.'

무거운 마음을 떨치고자 은수의 방에 든 전 의관은 아무 말 없이 탁주만 들이켰다.

"전 의관, 천천히 들어요."

심상치 않은 분위기에 무슨 일이냐, 물을 법도 하건만 은수는 잠자코 기다렸다.

그리고 듣게 된 귤나무의 사연에 은수는 할 말을 잃고 말았다. 향기로운 귤 내음 속에 감춰진 탐라의 민낯을 적나라하게 본 듯했다. 은수의 마음에 뜨거운 열기가 치솟고 있었다.

이튿날 아침, 뜬눈으로 밤을 지샌 은수와 전 의관이 관아에 당도했을 때, 찢어질 듯한 비명이 들려왔다.

"바른대로 고하지 못하겠느냐! 집에서 따서라도 수량을 맞추라는 명을 못 들은 게냐!"

"들었습니다요. 하지만 맺히지도 않은 열매를 어찌 딴단 말입니까?"

"네 집 나무에서 오십 알 이상의 귤이 열렸다고 장부에 이미 기록되어 있다. 발뺌을 할 셈이냐? 필시 저놈의 입속에 들어갔을 게다. 인두로 저놈의 입을 지져라. 그러고도 불지 않으면 곤장 오십 대를 쳐라!"

"그만들 두시오! 이 무슨 패악이오?"

은수의 쩌렁쩌렁한 목소리가 관아를 뒤흔들 듯했다.

은수를 발견한 제주목사는 화들짝 놀랐다.

"대감께서 이 시간에 어인 일로……. 연회는 오시(午時)이온데."

"연회는 개뿔! 비명이 들리는 걸 보니, 귤 도둑이라도 잡은 모양이오?"

껄렁대며 전 의관이 비꼬았다.

"그러합니다. 이놈이 증거가 뻔히 있는데도 발뺌을 하는 모양새가 수상하여 조사 중이었습니다."

"아아, 조사를 이렇게 하는구나. 막 잡아다가 인두로 지지고, 죽기 전까지 패고. 저들이 하는 말은 무시한 채."

여전히 전 의관이 비꼬자 제주목사는 심기가 불편해졌다.

'결국 백성들을 쪼는 건 다 그대들 때문이 아닌가. 이렇게라도 조처하지 않으면 결국 우리를 잡을 터이니. 한 번 속지, 두 번 속겠는가?'라는 말이 목구멍까지 나오는 걸 참았다.

"이들이 수량을 맞추지 못한 이유가 타당하거늘, 어찌 그들의 말을 참작하지 않는 것이오?"

은수의 채근에 박찬형은 그간의 일을 고하였다.

"결국은 조정과 관리 새끼들이 도둑이라는 거네."

전 의관이 입을 씰룩거리며 내뱉었다.

"주상전하께서 탐라 백성들의 실태를 명확히 알고자 하시오. 그러니 이제부터는 있는 그대로의 실상을 기록하시오."

은수가 말을 마치자, 관아 마당에 널브러져 있던 사내가 일어나 절을 올렸다.

연회가 시작되기 전에 깔끔하게 일 처리를 해보겠다고 용을 썼던 제주목사는 당황스러웠다. 문서로 입증하고, 확인받았던 그간의 일들에 쩍, 하고 균열이 생겨버렸다. 어디서부터 손을 대야 할지 일의 시작과 끝이 가늠조차 되지 않았다.

은수가 과원을 돌아보며 귤나무의 생태와 재배 조건에 대해 배우는 사이, 전 의관은 약초를 캐러 망태기를 둘러메고 산을 오르고 있었다.

전 의관은 천출이기에 그들이 견뎌내는 모진 매가 더 가슴에 맺혔다. 매를 치는 자와 매를 맞는 자의 간극이 천지 차이보다 큰 조선 땅이기에 그는 왕이 고마웠다. 늘 변함없이 백성을 사람으로 생각해주는 그 마음이.

말 목장

이른 아침부터 비쳐오는 산뜻한 햇살에 안평은 창을 열어젖히고, 기지개를 쫘악 폈다.

"으아함! 날씨 한번 기가 막히구나."

그리고 딱 멈춰버린 동작.

놀란 눈으로 쳐다보는 청지기에게 안평이 급히 재촉했다.

"당장 나갈 채비를 하게."

문을 나서자 청지기는 안평이 오늘을 기다린 이유를 알 것 같았다. 희뿌연 안개가 걷힌 청량하기만 한 날씨는 탐라에서 얼마 되지 않았다. 그리고 이런 날씨는 드넓은 초원을 달리는 말을 마음껏 볼 수 있다는 뜻이었다.

행여라도 날씨가 변덕을 부릴까 봐 불안한 안평은 청지기의 뒤를 따라 부지런히 걷고 있었다.

"헉헉! 조금만 천천히 가게."

오르막길을 오르며 안평이 숨을 거칠게 몰아쉬었다.

"마마, 그러게 소인이 뭐라 했습니까요? 노새를 끌고 와야 한다고 하지 않았습니까요?"

"탐라의 명마(名馬)들을 보러 가는 마당에 모양새 빠지게 노새가 웬 말인가? 차라리 이 자리에서 혀를 콱 깨물고 죽는 게 낫네."

아름답고 귀한 것을 애지중지하는 안평의 성미를 알기에 청지기는 한숨만 쉬었다.

"황서랑미필에 설화죽청지는 잘 챙겨 넣었는가? 오늘은 달리는 말들을 꼭 그려보고 싶으이."

"예예, 족제비 붓이랑 허연 종이를 가득 챙겼습니다요."

"아! 저기 우물이 있는 듯한데. 저기에서 잠시 목이나 축이고 쉬어가세."

"그런데 마마. 이곳의 우물가는 한양과 많이 다른 듯합니다요."

"그러게. 여기 편히 앉으라고 평상도 있고. 하하! 언덕길 오르는 나그네의 갈증을 한 방에 날려줄 듯하네. 아이구, 편하다."

평상 위에서 다리를 쭉 뻗고 앉은 안평에게 청지기가 손사래를 쳤다.

"마마, 체통을 지키시옵소서. 아무리 먼 탐라 땅이지만, 전하께서 아시는 날엔……."

"걱정 말게. 자네만 입 다물면 되네."

평상 위에 누워서 시원한 바람을 쐬고 싶었지만, 그저 다리나 뻗는 걸로 체면을 차리던 안평은 급기야 꾸벅꾸벅 졸기 시작했다.

멀리서 열두셋 즈음 되어 보이는 여자아이가 커다란 등짐을 지고 다가왔다.

"나으리!"

양손을 허리에 얹은 채 소리를 질러대는 통에 깜짝 놀란 안평은 평상에서 떨어질 뻔했다.

"무슨 일이냐? 어찌 그리 큰 소리로 잠을 깨우는 게야?"

"아무리 곤하셔도 그렇지, 어찌 물팡 위에 앉아 계십니까?"

"물팡?"

"앉으라고 만들어놓은 평상에 앉은 것이 그리도 잘못된 것이냐?"

"그것은 평상이 아니옵니다. 물허벅을 놓는 곳이옵니다."

"물허벅은 또 무엇이냐?"

"나리께선 도대체 아시는 것이 무엇입니까?"

대차게 따지고 드는 여자아이의 모습에 기함을 한 청지기가 나무 그늘에서 달려왔다.

"아니, 이 천한 것이! 이분이 대체 뉘신 줄 알고?"

"이 나리께서 뉘신지는 제 알 바가 아닙니다!"

황당했던 안평의 눈에 웃음기가 스몄다.

"그래, 네 말이 맞다. 내가 누구인지는 신경 쓰지 말고, 물허벅이랑 물팡이 뭔지 이야기해보거라."

"제가 지금 등에 지고 있는 것이 물허벅이옵니다. 그리고 물허벅과 구덕을 올려놓는 곳이 바로 물팡이옵니다."

"아! 탐라 여인들은 물 항아리를 머리에 이지 않고 저렇게 대바구니 속에 담아서 어깨에 메나 보옵니다, 마마."

"굉장히 효율적이구나. 위험해 보이지도 않고. 한양에서 여인들은 머리 위에 물 항아리를 이고 눈을 내리깐 채 걷지 않느냐. 말을 달리다가 제일 조심해야 될 것이 바로 그들이니라."

"이제 그만 물팡에서 비켜주십시오. 나리께서 계속 앉아 계시면 다들 허탕 치고 돌아가야 합니다."

그제야 눈을 들어보니, 주변 곳곳에 탐라 여인들이 다가오지 못한 채 머뭇거리고 있었다. 자맥질로 전복을 캐다가 물을 길으러 온 모양이다. 그들은 낯선 이 앞에서 거의 벗은 거나 다름없는 차림새로 물을 길을 수가 없어 선뜻 나서지 못하고 있었다.

"미안하게 되었다. 내가 이곳이 처음이라 모르는 게 많구나."

"앞으로는 물팡 주변에는 얼씬도 하지 마십시오."

딱 잘라 말하는 태도가 당돌하면서도 어이없어서 안평이 대꾸했다.

"그런데 얘야! 나는 지나는 길에 잠시 쉬는 거였다. 그러니 너무 성내지는 말아라."

"그 말이 아니오라, 우물가 물팡은 여인들의 공간이란 말씀을 드리는 겁니다."

"한양에서도 우물가에는 여인들이 많단다. 하나 한양 여인들은 목마른 과객(過客)에게 물을 나누어주는 인심이 후하단다."

"이곳 여인들의 인심이 박해서가 아닙니다. 잠녀들은 늘 촌각을 다

투는 삶을 삽니다. 밭을 갈다가도 물때가 되면 바다로 뛰어들고, 또 우물에 물이 차면 물을 길으러 가야 하는 것이 하루에도 수없이 반복되옵니다. 그 와중에 아픈 벗들을 위해서 물을 퍼다 주는 게 우리네 인심이옵니다. 그러니 목마른 과객의 갈증은 그가 스스로 알아서 풀면 그만이옵니다."

맞는 말이었다. 그동안 안평이 지내면서 본 대로 이들은 몸이 열 개라도 부족한 삶을 살아내고 있었다.

"그래, 그렇게 하마. 이곳 실정을 몰라 무례를 범하였으니 미안하다는 말을 저들에게 꼭 전해주거라. 그리고…… 앞으로 누굴 만나든 너는 지금처럼 당당하게 말하면서 살거라. 너는 마치 왕을 꾸짖었던 사마귀 같구나."

허심탄회하게 잘못을 인정하던 안평이 잠시나마 멋져 보였던 청지기는 갑자기 그가 사마귀 이야기를 꺼내자 낯빛이 시커멓게 변했다.

"참으로 이상한 나리십니다. 어찌하여 소녀더러 사마귀라 하십니까?"

"네게 선물을 주고 싶은데 지금 내 수중에 마땅한 것이 없구나. 대신 이 이야기를 오래도록 기억하거라. 옛날 중국 제나라 왕이 수레를 타고 가던 중이었다. 그런데 사마귀 한 마리가 수레 앞에 나타나 앞발을 들고 물러서지 않았지. 왕이 신기하여 수레를 세우고 마부에게 물었다. 마부는 '저 사마귀란 놈은 제 앞에 무엇이 있든 날카로운 앞발을 들고 공격하옵니다. 도무지 옆이나 뒤로 물러서거나 도망치는 법이 없사옵니다'라고 했단다. 그 용맹에 감탄한 왕이 '저것이 미물이나, 사람으로 태어났다면 필시 용감한 무사가 되었을 것이다'라면서 수레에서 내려 사마귀에게 경의를 표하고, 수레를 돌려 궁으로 돌아갔지. 너도 그렇게 당당하게 너를 지키고, 저들을 지켜내거라."

인정할 수밖에 없었다. 물러설 수밖에 없었다. 그동안 그가 탐라에 있으면서 마음껏 그림을 그리지 못한 것도 이 때문이었다. 생선 가시가 목에 걸린 듯, 자꾸 이들의 삶이 눈에 밟히고 마음에 걸렸다. 소풍 나온 마음으로 온 자신에 대한 자괴감이 그를 옭아매고 있었다.

또다시 오르막.

당돌한 여자아이와의 만남이 자못 유쾌했던 안평은 양손을 높이 하늘로 뻗어 빙글빙글 돌며 산을 올랐다. 그의 기괴한 행동에 놀란 청지기가 속삭였다.

"마마, 어찌 이러십니까? 하늘에 기도라도 올리시는 것이옵니까? 보는 눈들이 많으니 제발 팔을 조금만 내리시옵소서."

"너는 모를 것이다. 내가 얼마나 이 순간을 기다렸는지."

말을 마치기도 전에 안평의 턱이 툭 떨어졌다.

사방이 탁 트인 초원.

청록 비단을 깔아놓은 듯 가지런한 초원의 풀들. 그리고 그 위를 내달리는 명마들.

"어서 저 나무 그늘 아래에 자리를 깔거라."

자리를 깔던 청지기는 안평의 성화에 못 이겨 서둘러 봇짐에서 종이와 먹을 꺼냈다. 시야에서 멀어지는 말들을 바라보며 안평은 슥슥 그림을 그리기 시작했다. 붓이 움직일 때마다 그려지는 먹선은 분명 초원을 내달리는 말이었다. 옆에서 지켜보던 청지기는 제 눈으로 보고도 믿기지 않았다. 그저 먹선이 그려내는 기적에 놀랄 뿐이었다.

"세상에……. 소인은 물을 좀 떠오겠습니다요."

옆에서 열심히 먹을 갈아주던 청지기는 그제야 자신의 주인이 얼마나 대단한지 알 것 같았다. 그림을 그릴 때만큼은 진지한 모습. 잠시도 가만히 있지 못하던 평소와는 달리 그림에 빠지면 오줌 누는 것도, 배고픔도 잊은 채 집중하는 모습. 참으로 간만에 보는 멋진 모습이었다. 그러나 한나절이 지나도 움직이지 않는 안평을 보며 청지기는 조금씩 걱정이 되었다.

"마마, 외람되오나 측간이라도 다녀오심이……."

돌아오는 답이 없자, 이번엔 부스럭부스럭 봇짐에서 먹을거리를 조금 꺼냈다.

"마마, 시장하실 텐데 요기라도 조금 하심이……."

이번에도 답이 없자 체념한 청지기는 앉아서 꾸벅꾸벅 졸기 시작했다. 삭신이 쑤셔 눈을 떴을 때, 안평이 다식으로 싸 온 흑임자 강정을 오도독오도독 씹으며 시장기를 채우고 있었다.

"이제 슬슬 내려가볼까? 오늘 밤엔 쏟아지는 별빛 아래서 잠드는 꿈을 꾸고 싶구나."

안평의 마음에 작은 불씨가 타오르고 있었다. 새로운 삶을 향한 작은 준비가 그렇게 시작되고 있었다.

노인잔치

탐라에 도착한 지 근 두 달이 지나고 있었다. 길다면 길고, 짧다면 짧은 시간 동안 세 사람은 탐라 생활에 조금씩 적응해가며, 각자의 임무에 전념하고 있었다. 모든 일을 슬슬 마무리해야 할 시간이 다가오고 있었다.

오늘은 제주목 관아에 큰 잔치가 있는 날이다. 여든 이상 장수한 노인들을 모시고 베푸는 연회로, 탐라 사람들이 모처럼 실컷 먹을 수 있는 날이기도 하다. 제주목사 박찬형은 안평대군에게 축사를 해주십사 요청했다. 자신의 치세 동안 안평과의 인연을 어떻게든 드러내고 싶어서였다. 자신이 떠난 후에 자신의 치세를 기리는 송덕비(頌德碑)에 안평의 이름을 새겨 넣어야 덜 억울할 듯했다.

그동안 편안히 먹고 마시며, 탐라 곳곳의 풍경을 즐겼던 안평으로서는 마다할 이유가 없었다.

"탐라는 참으로 강복(降福)한 땅이다. 아름다운 자연경관에 진귀한 음식들과 바다 생선, 약초들이 넘쳐나는 이 땅이 사람의 생명까지 천수를 누리게 하니, 참으로 대견한 일이 아닐 수 없다. 너희들이 올리는 많은 진상품은 종묘제례와 국가의 중요한 사신 접대에 귀하게 쓰이고 있으니, 이 또한 그대들의 노고 덕택이다. 다만 오랜 기근으로 피폐해진 너희들의 힘든 상황을 조정에서 잘 알고 있다. 이에 주상전하께옵서 나를 보내시어 그 노고를 치하하시고자 하니, 오늘은 실컷 연회를 즐기라. 또한 주상전하께서 각 집마다 쌀 두 되와 보리 서 말, 면필 한 필씩을 하사하셨으니 연회가 파한 후 가지고 가도록 하라."

자못 엄숙한 목소리로 백성을 위무하는 안평은 아주 오랜만에 왕자의 기품을 내비쳤다. 안평의 말에 사색이 된 제주목사는 아뢰었다.

"마마, 한양에서 도착한 곡식이 한 톨도 없사온데, 그 많은 양을 어디서 구하려 하십니까?"

안평이 지긋이 웃으며 은수에게 눈짓했다.

한 달 전, 그동안 암행어사임을 철저히 숨긴 채 제주 관아의 창고를 조사했던 은수는 제주목사 박찬형과 이 판관의 집에 수많은 곡식과 면포가 쌓여가고 있음을 알아냈다. 그리고 관아 창고 한켠에서 먼지에 쌓여 있던 유척(鍮尺, 암행어사들이 검시에 사용하던 놋쇠 자)을 발견했다.

'곡식과 면포를 거둘 때마다 사용되어야 할 유척이 버려져 있다니……. 이는 필시 다른 유척을 사용하고 있다는 거겠지.'

은수는 이 일을 전 의관과 상의했다. 전 의관은 이런 일에 적격이었다. 천출인 그는 아무하고나 썩썩 잘 어울렸고, 사람들도 그의 소탈함에 쉬이 마음을 내보이곤 했다.

그사이 전 의관은 제주 관아의 종으로 있는 덕보 아범과 호형호제하는 사이가 되었다. 덕보 아범이 급체를 해서 숨이 꼴랑 넘어가는 걸 그가 침을 놓아 살려놨기 때문이다. 이후 전 의관은 종들 사이에서 신묘한 침술을 지닌 침의로 소문이 나 있었다.

아픈 사람들이 찾아올 때마다 침을 놓고 뜸을 떠주며 전 의관은 그들의 이야기를 듣게 되었다. 제주목사와 판관이 백성들을 착취하는 증좌는 어디에나 있었고, 모두가 아는 이야기였다.

"박 목사, 그 일은 걱정하지 않아도 될 것이오. 지금쯤 곡식과 면포가 관아로 도착했을 거요."

"그게 무슨 말씀이신지……."

때맞춰 시끌벅적한 수레 소리가 들려왔다. 은수의 명으로 박찬형과 이 판관의 집을 들이닥친 역졸들이 곡식과 면포를 가득 싣고 왔기 때문이다.

"짐을 나르느라 고생이 많았다. 마당 한켠에 잔칫상이 준비되어 있으니 마음껏 즐기도록 하라."

역졸들에게 노고를 치하하는 안평의 뒤에서 제주목사와 이 판관의 얼굴이 사색이 되었다.

"박 목사와 이 판관의 죄는 이 연회가 파한 뒤 물을 것이오. 그러나 그대들의 죄의 진상을 밝힌 장계는 이미 어제 주상전하께로 출발하였소. 그대들에게 허락된 마지막 연회를 실컷 즐기도록 하시오."

말은 유했지만, 그들을 바라보는 은수의 눈빛은 서릿발처럼 차가웠다. 마당 한가운데서 연회를 즐기던 백성들의 얼굴에 아주 오랜만에 화색이 돌았다.

"그럼 이제 우리도 연회를 즐겨보세나."

안평대군의 말에 은수와 전 의관은 흘가분한 마음으로 잔칫상을 마주했다.

"와! 이것이 다 무슨 음식입니까? 한양에서 보지 못한 음식들이 많습니다."

약초나 음식에 관심이 많은 전 의관이 물었다.

흙빛으로 얼굴이 변한 제주목사가 기어들어가는 목소리로 대답했다.

"그 음식은 관장(灌腸, 순대)이라고 하옵니다."

"관장이라면…… 내장 종류인 게요?"

전 의관이 필기구를 꺼내며 받아 적을 준비를 했다.

"그렇습니다. 고려조에 원나라 사람들이 이곳 목장에서 말과 양, 소 등을 놓아길렀지요. 그들이 이곳에 살면서 자연스레 많은 음식이 유입되었습니다. 그중 하나가 바로 이 관장입니다."

"그럼 돼지의 내장에 여러 재료를 넣어서 쪄낸 모양이군요."

"그렇게들 말로만 떠들지 말고 먹어보면 될 것이 아니냐?"

궁금증이 치솟던 안평이 하나를 집어 냉큼 입에 넣었다.

"맛있구나! 고기와는 다른 맛이야."

부왕을 닮아 육식을 즐기던 안평은 관장의 색다른 맛에 푹 빠졌다.

"그렇사옵니다. 소신은 음식에 대해 문외한이오나, 돼지고기의 잡내를 없애려고 탐라 특유의 약초를 넣은 것 같사옵니다."

처음 먹어보는 맛에 은수의 입도 즐거웠다.

"뭐니 뭐니 해도 소신은 이 소주가 최고인 듯하옵니다. 소신 출신이 미천하여 평소엔 늘 탁주로 목을 축였사온데, 이 맑은 술이 혀끝에 살살 녹으니 지금 죽어도 여한이 없사옵니다, 흐흐흐."

이미 여러 잔을 들이켜 불콰해진 얼굴로 히죽거리며 전 의관이 아뢰었다.

"그리 한꺼번에 쏟아부으면 속 버리네. 안주 삼아 자네 앞의 전도 한입 먹어보게."

안평이 장난스러운 얼굴로 권했다. 아까부터 먹어보고 싶었으나, 무슨 맛인지 확신이 서지 않아 전 의관을 먼저 먹게 할 심산이었다.

"네네, 마마의 명이시니 제가 먼저 맛보겠사옵니다. 소신이 무례하여 먼저 먹는 것이 아니옵고, 혹여라도 독이 있을지 모르니 대군마마를 위해 기미하는 것이옵니다!"

전 의관의 농지거리에 박 목사와 이 판사는 펄쩍 뛰었다.

"음! 마마, 이것은 처음 맛보는 육전이옵니다."

"그, 그것은 말고기 육전이옵고, 탐라에서는 상애떡이라고 부르옵니다."

더듬거리며 이 판사가 아뢰었다.

"말고기도 식용을 합니까?"

"그러하옵니다. 원나라 사람들이 목마장에서 작업하던 중 휴식시간 동안 먹던 음식이라고 하옵니다."

우물거리며 음식을 씹어대던 전 의관의 손은 관장과 상애떡의 맛과 재료, 만드는 방법을 기록하느라 더 빨라졌다.

"전 의관은 입도 바쁘고, 손도 바쁘니 허 제조와 나만 건배를 하세!"

안평의 농에 세 사람 모두 시원스레 웃었다.

"대군마마, 아까 참으로 멋지셨사옵니다."

끄적거리며 기록을 하던 전 의관이 갑자기 말을 꺼냈다.

"나야 늘 멋지거늘!"

슬슬 장난기가 발동하던 안평과 달리 전 의관의 감격 어린 목소리가 계속되었다.

"소신, 출신이 천하여 마음에 맺힌 게 많은 삶을 살았사옵니다. 억울해서 미친 듯이 하늘에 대고 삿대질도 해봤고, 제 신세를 한탄하며 자포자기하는 심정으로 살던 때도 있었사옵니다. 조선 땅에 태어나 단 한 번도 윗분들 덕에 살 만하다는 생각을 해본 적이 없었사옵니다. 죽지 못해 산 날들이었으니까요. 요즘같이 살맛 난 적이 없었사옵니다. 탐라 백성들에게 오늘 하루는 평생 잊히지 않는 날이 될 것이옵니다. 감사드리옵니다, 대군마마."

전 의관의 고백 아닌 고백에 안평과 은수는 잠시 동안 숙연해졌다.

"소신 역시 그동안 바라본 탐라 백성들의 지난한 삶에 촉목상심(觸目傷心)이었사옵니다. 이들의 삶이 조금이라도 편안해질 수 있도록 소신, 한양에서 무슨 일이 있어도 꼭 귤나무를 키워내고 말 것이옵니다."

은수가 결연한 빛으로 말을 쏟아냈다.

안평은 그대들의 말이 맞다, 내 생각도 그러하다, 그대들과 함께 일할 수 있어서 좋았다, 소리높여 맞장구치고 싶었지만, 대군이라는 신분으로 결코 입 밖에 내뱉을 수 없는 말들이었다.

그는 차오르는 격정을 억지로 참아내고, 고개를 끄덕이며 두 사람을 오래도록 바라봤다.

삼총사의 귀환

시끌벅적하게 한양을 떠났던 그들이 돌아왔다는 소식에 왕의 얼굴엔 간만에 짓궂은 웃음이 피어났다.

'드디어 왔군. 과연 무엇을 보고 듣고 왔을꼬.'

당장이라도 불러들이고 싶은 마음이 굴뚝같았지만, 박 내관의 만류로 마음을 접었다. 그런데 부왕만큼이나 성질 급한 안평이 늦은 시각에도 불구하고 궐에 들이닥쳤다.

"아바마마! 소자이옵니다."

먼지를 뒤집어쓴 꼴이 필시 집에 들러 씻지도 않고 온 것이리라. 박 내관이 아뢰기를 주저하자, 안평은 급기야 문을 벌컥 열고 들어갔다.

"먼 길 다녀오느라 고생이 많았구나. 비해당에 들르지 않고 바로 온 것이더냐?"

"그러하옵니다. 소자, 보고 듣고 깨달은 바가 많아 아바마마께 아되고자 바로 왔사옵니다."

그저 탁 트인 바다나 구경하고, 말 그림이나 실컷 그리라고 보낸 것이었기에 안평에 대한 왕의 기대감은 지지리 낮았다.

안평은 그동안의 일들을 소상히 고하였다. 신하들이 격식을 갖추고 예를 따져가며 아뢰는 말들은 지극히 절제되어 있고, 듣기 좋게 정리되어 있지만, 거침없는 안평의 말들은 오히려 진솔했고, 들으면서 마음이 쓰렸다.

"허 제조와 전 의관의 고생도 컸겠구나. 너는 말과 바다 구경은 실컷 하였느냐? 바리바리 싸 들고 간 그림 도구도 유용하게 썼고?"

"아바마마께서 조치해두신 덕에 소자가 풍류를 전혀 즐기지 못했다는 것도 아시지요?"

왕은 느물대는 안평의 말에 할 말을 잃었다. 나가려다 말고 안평이 다시 물었다.

"아바마마, 살아가는 데 반드시 한 가지 답만 있는 것은 아니지요?"

"무엇을 묻고자 함이냐?"

장난기 많은 아들이 이런 걸 물어올 때는 바짝 긴장해야 한다. 풀리지 않는 의문을 가지고 씨름을 하는 모습이 자신과 닮아 있는 아들. 그 의혹을 풀어주지 못한다면 또다시 엉뚱한 장난으로 싸움을 걸어올 것이다.

"소자, 탐라의 명마들을 실컷 보았사옵니다. 바람을 가르며 달리는 모습에 가슴이 시원했습니다. 그리고 결심하였습니다. 소자는 사람들의 기대와는 다른 삶을 살 것이옵니다."

'아아! 이 또 무슨 소린가?'

조마조마해진 왕이 입을 열었다.

"네가 살려는 삶은 어떤 것이냐?"

"소자, 오늘부터 공맹이 지향하는 삶을 버릴 것이옵니다."

"무얼 버린다고?"

놀란 왕이 되물었다.

조선이 어떤 나라인가. 공맹의 유학을 바탕으로 세워진 나라에서 지금 이 철없는 아들이 공맹을 버리겠다는 말에 왕의 눈이 튀어나올 뻔했다. 누구도 들어선 안 되는 위험한 발언이었다.

"어지러운 세상을 구하고자 했던 옛 성현의 뜻은 숭고하옵니다. 소자, 그것을 부정하지는 않겠나이다. 그러나 조정 대신들을 한번 돌아보시옵소서. 입신양명이라는 평생의 꿈을 안고 출사 길에 나온 그들에게는 현실은 없고, 공맹의 도리와 이상만 가득하옵니다. 그들의 마음 어디에도 백성 따윈 없사옵니다. 백성이 들어서야 할 마음 밭엔 하나의 사상만이 똬리를 틀고 있사옵니다. 소자 버려진 땅 탐라에서 새로운 생명력으로 빛나는 백성들을 똑똑히 보고 왔사옵니다. 사대부들에겐 공맹이 목숨같이 귀할지 몰라도, 백성들에겐 '밥'이 곧 공맹이옵고, 서로를 돌보며 지난한 삶을 견뎌내는 것이 공맹의 신념보다 더 빛났사옵니다."

왕의 속이 뻥 뚫렸다. 이 말이었다. 그토록 듣고 싶었던 것이.

"그러면 공맹을 버리고 네가 택한 것은 무엇이냐?"

"소자, 차라리 노장(老莊)을 따를 것이옵니다. 이전투구의 싸움에서 벗어나 마음껏 자유로이 살 것이옵니다. 마음껏 보고, 느끼고, 그리면서 보이지 않는 힘으로 세상을 바꿀 것이옵니다. 누구든 자신의 생각을 거리낌 없이 표현해도, 받아들여질 수 있는 사고의 유연함이 이 조선 땅에 자리 잡도록 할 것입니다. 꽉 막힌 사람들의 생각과 마음을 그림과 글로써 바꾸어갈 것입니다. 비해당에서."

확신에 찬 목소리로 말하는 안평은 훌쩍 자라 있었다.

"내 아들이 새로운 삶을 결심하였구나. 피 튀기는 정사에서 벗어나 유유자적하며 너만의 세상을 살아가는 것도 좋은 삶이다. 너만 즐거운 것이 아니라, 아울러 다른 이들의 마음도 유연하게 바꾸는 것 역시 왕재만이 할 수 있는 숭고한 일이다."

안평은 정확히 알고 있었다. 세자에게 위협이 될 수 있는 왕자군들의 삶을. 평생을 숨죽이며, 보이지 않는 끈에 손발이 묶인 채 옴짝달싹할 수 없는 삶을. 그리하여 그는 택했다. 만천하에 자신의 독특한 삶을 드러내 보임으로써 자신의 능력과 재능을 숨기기로.

이후로 그는 그저 비해당에 문사들을 불러 모아 놓고, 시를 짓거나 화회를 열고 풍류를 즐기는 한량 왕자로 기억될 것이다. 그러나 그가 그 안에서 새로운 일을 시작하고 있다는 걸 알아차리는 이는 없을 것이다.

"참! 아바마마."

문을 나서다 말고 안평이 빙그레 웃으며 말했다.

"아바마마는 좋은 백락(伯樂)이시옵니다. 아바마마의 천리마들은 너무도 충직한 자들이옵니다. 소자가 탐이 날 정도로 말입니다."

"알아봤다니 다행이구나."

천리마와 백락. 하루에 천 리를 달릴 수 있는 천리마. 세상에 몇 되지 않는 귀한 명마지만, 말 기르는 자들이 천리마를 알아보지 못해 천리마는 점점 죽어갔다. 하루에 천 리를 달리려면 엄청난 양의 음식을 먹이고 훈련시켜야 하지만, 이를 몰라 일반 말처럼 기른 것이다. 천리마는 그렇게 세상에서 사라져가고 있었다. 백락을 만나기 전에는.

꼽추 허 제조와 천출 전 의관의 능력을 알아보고, 숱한 대신들의 반대에도 불구하고 그들을 곁에 두는 부왕에게 안평은 '백락'이라고, 아버지는 좋은 백락이시라고 넌지시 칭찬한 것이다.

나무 이야기 12
과감한 포기

봄이 되면 잠들어 있던 새싹이 가지마다 터져 나오고, 여름이 되면 나무들은 더 크게, 더 짙은 초록으로, 더 두껍게 자란다. 가을로 접어들면서 엄청난 양의 열매가 익어가고, 몸에서 씨들을 흩어 보내며, 겨울을 맞이하기 위해 나무는 찬란했던 여름의 영광을 모두 떨어뜨린다.

사람들은 항상 위를 쳐다본다. 나무의 찬란함이 가지 끝 위에만 존재한다는 듯이. 그들은 발아래 세상에 무관심하다. 자신들이 딛고 서 있는 그곳에 얼마나 많은 씨앗이 떨어져 있고, 새로운 생명이 꿈틀대고 있는지 모른다. 하지만 땅에 떨어진 낙엽들을 보면, 나무가 위로 뻗을 수 있는 진정한 이유를 알게 된다.

겨울의 문턱에서 나무는 한 해 동안 이루어왔던 모든 찬란함을 과감히 버린다. 나무는 잎사귀의 물을 조금씩 빼면서 낙하시킬 준비를 시작한다. 그리고 정해진 날이 되면, 말라가던 잎사귀들은 약하고 바삭바삭해져서 제 무게조차 견딜 수 없는 지경에 이른다. 그러고는 홀연히 나무에서 떨어져 나간다. 이렇게 나무가 모든 것을 버리는 데는 단 일주일밖에 걸리지 않는다.

그리고 버려진 잎들은 땅에서 썩고 분해되어 다음 해를 위한 양분이 된다. 이제부터 나무를 살리는 것은 땅속 터줏대감들의 몫이다. 나무가 내던져버린 마른 잎사귀를 한껏 먹고 새로운 기적을 만들어내는 그들은 다름 아닌 토룡(土龍, 지렁이)들이다. 다음 해에 소생할 수 있다는 확신을 안겨주는 그들은 땅속의 충직한 일꾼들이다. 이제 나무가 할 수 있는 일은 그 자리에 가만히 서서 기다리는 것뿐이다.

땅속 일꾼

오랜만에 내린 단비에 온 궐 안이 기쁨으로 술렁였다. 그러나 상림원 처마 밑에 앉아 있는 은수의 얼굴은 웬일인지 시름에 잠겨 있었다.

투두둑!

처마 끝으로 떨어진 빗방울이 은수의 진신(비 오는 날 신는 신발) 끝을 적신다. 큰 탁상에 종이를 펼치고 약초를 그리던 아영이 슬며시 다가왔다.

"허 제조 대감! 무슨 근심거리라도 있으신지요?"

아영은 상림원에서 꼬박꼬박 은수를 허 제조라 부른다.

"생각을 하고 있었소. 요즘 탐라에서 들여온 귤나무가 영 시원찮아서요."

"제가 보기에도 열매를 맺는 나무가 3할 정도밖에 안 되는 듯합니다. 어렵게 들여오신 건데……. 저와 같이 조금 걸으시겠어요?"

도롱이를 걸친 부부는 주렁주렁 열매를 맺은 귤나무 앞으로 다가섰다.

"어! 이게 뭐지?"

땅에 시선을 고정시킨 채 은수가 중얼거렸다.

"토룡들이에요. 정말 많이 땅 밖으로 나왔네요."

꿈틀거리는 토룡들이 징그러울 법도 한데, 아영은 신기하다는 듯 쭈그리고 앉아 구경하느라 여념이 없었다. 방해하기가 미안해서 주변을 둘러보던 은수는 이상한 점을 발견했다.

"그런데 부인, 왜 다른 귤나무들 주변엔 토룡들이 전혀 없을까요?"

나머지 시들시들한 귤나무들을 돌아봐도 토룡을 찾기 힘든 건 매한가지였다. 문득 생각이 떠오른 은수는 연장을 두는 창고로 뛰기 시작했다.

"허 제조님! 조심하세요. 빗길이라 미끄럽습니다."

다른 이들에 비해 눈높이가 낮은 탓에 이 토룡도 쉽게 발견했던 은수다. 그런데 자신의 몸 상태를 잊고 저렇게 물불 가리지 않고 뛸 때는 종종 큰 부상으로 이어지기도 했다. 곡괭이를 들고 오는 은수의 걸음이 조급해 보였다.

턱, 턱, 턱!

귤나무 주변을 파대던 은수는 파헤친 땅을 보고 환하게 웃었다.

"내 생각이 맞다면, 이 토룡이 문제를 해결해줄 수 있을 듯하오."

"갑자기 무슨 뜬금없는 말씀이세요?"

아영은 땀과 빗물에 흠뻑 젖은 은수의 얼굴을 닦아주며 의아해했다.

"이제부터 토룡을 잡읍시다!"

아영은 영문도 모른 채, 은수를 따라 맨손으로 토룡들을 잡아 나무통에 집어넣었다. 그리고 은수는 한참 동안 토룡들이 기어 나온 땅을 깊이 파서 들여다보기 시작했다.

"허 제조님! 고뿔이라도 들면 어쩌시려고요."

말해봐야 소용없을 게 뻔해 아영은 서둘러 상림원으로 들어가 뜨거운 차를 우려냈다.

퇴청하는 길에도 은수는 정신을 어디다 두었는지 발을 자꾸 헛디뎠다. 빗길이라 더욱 걱정스러웠던 아영은 가만히 은수의 팔을 부축하며 따라 걸었다.

"에취!"

"그것 보시어요. 제가 고뿔 든다고 하였지요?"

집에 돌아와 요를 둘둘 말고 있는 은수에게 아영이 눈을 흘겼다.

"오랫동안 고민하던 문제가 풀리는 듯해서 중간에 그만둘 수가 없었소. 그러니 너무 나무라지 마시오. 반성하고 있소, 콜록콜록."

"서방님! 그런데 왜 토룡을 잡으셨어요? 원래 토룡은 말려서 약재로 사용하는 것이온데…… 그것이 귤나무랑 무슨 상관이 있다고……."

"그동안 모든 귤나무에 똑같이 거름을 주고 물을 주었는데, 왜 3할 정도의 나무만 건강한지 늘 궁금했었소. 그런데 아까 보니 토룡들이 건강한 귤나무 주변에만 득실거리는 게 아니겠소? 아직은 모든 게 불확실하여 섣불리 말할 수는 없지만, 아마도 이 토룡들이 흙을 비옥하게 만드는 데 중요한 역할을 하는 듯하오. 그래서 나는 이 토룡들을 기르고 번식시켜서 다른 귤나무 주변 땅에도 놓아볼 것이오. 시간이 지나면 그 차이점이 확연하게 보이겠지요."

오래도록 빗속에 쭈그리고 앉아 있던 은수는 이제야 삭신이 쿡쿡 쑤셔오는 걸 느꼈다. 아영의 따가운 눈초리에 큰 소리를 못 내던 은수의 입에서 가느다란 한숨이 새어 나왔다.

"아이고, 다리야……."

왕의 특별한 휴가

어제 하향대제(夏享大祭, 여름의 시작을 알리는 제사)를 마친 왕은 슬슬 여름 준비를 하느라 마음이 분주했다. 여느 때 같으면 타는 듯한 더위 생각을 하면 암담했지만, 이번 여름은 달랐다.

후덥지근한 열기가 정전을 가득 메웠다. 조여오는 옷 사이로 다들 땀이 뚝뚝 흘러내리고 있었다.

"모두들 종묘제례를 치르느라 고생이 많았소. 그대들의 덕에 이 나라 종묘사직이 굳건해지니, 짐의 마음이 참으로 든든하오. 이번 여름 나기에 보탬이 되도록 단오선(단오에 왕이 신료들에게 선물했던 부채)과 제호탕(오매육, 사인, 백단향, 초과 등을 빻아 꿀에 버무려 냉수에 마시는 탕약)을 준비하였으니, 가지고 가도록 하오."

"성은이 망극하옵니다."

"신 공조판서 조명신 아뢰옵니다. 이번 여름 온양행궁 행차 시 타시게 될 어가를 완성하였나이다. 하명하신 대로 기존의 어가보다 작고 가볍게 제작되었사옵니다."

"그 문제는 더 이상 거론할 필요가 없게 되었소. 짐은 이번 여름에 온양이 아닌 궁에서 피서를 할 생각이오."

"전하, 갑작스러운 하명을 거두어주옵소서. 이미 결정된 온행을 번복할 수는 없나이다."

예조판서가 다급히 아뢰었다.

"전하, 쉬시면서 질병을 다스릴 수 있는 온행은 나라의 중대한 일이옵니다. 전하의 강녕하심이 조선의 굳건함이 됨을 헤아려주시옵소서."

영의정의 차분한 설득에 모두들 소리높여 외쳤다.

"통촉하여 주시옵소서!"

"오랫동안 지속되어온 가뭄에 백성들의 삶이 피폐해진 지 오래요. 내 몸 편하겠다고 그 많은 행렬을 출발시킬 필요는 없소. 이번 여름 온행은 없던 일로 하겠소."

"그럼 특별히 생각해놓으신 곳이 있으시옵니까?"

눈치 빠른 공조판서가 아뢰었다. 온양까지는 아니어도 한양 근교라면 자신이 추진했던 어가를 내보임으로써 공(功)을 높여볼 요량이었다.

"짐은 이번에 궐 안 상림원에서 쉴 것이오."

"전하! 아니 되실 말씀이옵니다. 선대왕들께서 쉬셨던 경회루나 창덕궁 후원도 아닌, 상림원이라니요? 어찌 그런 천한 곳에서 쉬실 수 있겠나이까? 명을 거두어주옵소서."

"허허허, 천하다니요? 왕실에 필요한 꽃과 나무를 정성스럽게 가꾸고, 종묘제례에 필요한 과실을 길러내는 곳이 어찌 천합니까? 경회루 주변엔 모기떼가 기승을 부리니 오히려 번거롭고, 궐의 후원은 늘상 쉬는 곳이니 따분하기 그지없소. 새로운 쉼터로 상림원만 한 곳이 없을 듯하오."

여유 있는 왕의 대응에 정전을 나서는 신료들의 표정은 떨떠름해졌다. 결국엔 유례에 없었던 기괴한 왕의 휴가가 시작될 것이기 때문이다.

아침부터 내리쬐던 햇살은 정오가 되자 급기야 온 땅을 삼켜버릴 듯 이글거렸다. 더위에 약해 늘 오수를 즐기던 왕은 오늘만큼은 기운이 팔팔해 보였다.

"박 내관, 밖에 있느냐?"

"예, 전하. 하명하시옵소서."

"당장 나가서 삿갓과 잠방이, 미투리를 구해오도록 하라."

"전하, 아뢰옵기 황공하오나 잠행을 나가시기에 적합하지 않은 복장이옵니다. 평소처럼 도포와 갓을 준비하겠나이다."

"내가 삿. 갓. 과 잠. 방. 이. 그리고 미. 투. 리. 라고 했을 텐데."

"그것들을 어디에 쓰시려고……."

"우리 만수, 참 말 많다. 곤장이라도 쳐야 다녀오려나."

박 내관은 슬슬 장난을 걸어오는 왕 때문에 바짝 긴장했다.

'이번에는 넘어가지 말아야지.'

꿈쩍도 하지 않는 박 내관에게 왕의 옥음이 들려왔다.

"만수야! 우리 수박 서리 하러 가자. 상림원으로."

"예?"

"수박 서리하러 가면서 이 옷으로 갈 수는 없지 않느냐? 상림원에 가장 잘 어울리는 옷으로 갈아입고 출발하자꾸나."

이번엔 또 뭔 요상한 일인가 싶으면서도 박 내관은 늘 그렇듯 왕이 요구한 물건들을 냉큼 대령했다.

잠방이를 걷어 올리고, 삿갓을 쓴 왕은 하얀 두부 같았다.

쿡, 박 내관은 삐져나오는 웃음을 참고 상림원으로 향했다.

기괴한 차림을 한 왕의 등장에, 전 의관은 들고 있던 호미를 떨어뜨렸다.

"아얏!"

"괜찮은 것이냐, 전 의관?"

뭘 저렇게까지 놀라나 싶어 왕이 눈을 흘기며 물었다.

"황공하옵니다, 전하. 그런데 어인 일로 이곳에……."

"내 수박 서리하러 왔느니, 하하하!"

"전하, 수박이 어디에 있는지는 아시옵니까? 그리고 수박 서리는 그야말로 몰래 하는 도둑질이온데, 그렇게 요란하게 나타나시면……."

"아…… 그런가?"

진지하게 수긍하는 왕에게 전 의관이 귓속말로 아뢰었다.

"수박은 저쪽 허 제조가 있는 곳이옵니다. 거기가 과실을 다루는 곳이옵니다. 수박 말고도 많은 과실이 있사오니, 양껏 훔치셔도 될 듯합니다. 들키지 마시옵소서. 허 제조는 아무도 봐주지 않사옵니다, 흐흐흐."

잠방이를 입고도 느긋하게 뒷짐 지고 팔자로 걷는 왕 때문에 전 의관은 한참을 미친놈처럼 큭큭대며 웃었다.

"쯧쯧, 안 그래도 굽은 사람이 저렇게 쭈그리고 앉아 있으면 온몸이 저릴 터인데……. 도대체 뭘 보느라 저러고 있는고."

은수에게 다가가던 왕은 자신을 향해 까딱거리는 손짓에 멈춰 섰다.

"내 급히 기록할 것이 있으니, 너는 붓과 종이를 좀 가지고 오너라."

박 내관이 나서려던 걸 저지한 왕은 냉큼 뛰어가 필기구를 대령했다.

한쪽 구석에 빼곡하게 들어찬 나무통에 토룡들이 득실대자, 박 내관은 급기야 소리를 꽥 질렀다.

"아이고, 어무니!"

그제야 뒤를 돌아본 은수는 털썩 주저앉아 엉덩방아를 찧었다. 아무렇지 않게 심부름을 시킨 이가 왕이었기 때문이다. 미투리 신발만 보고 당연히 종복인 줄 알았던 것이다.

"전하, 신의 무례를 용서하시옵소서."

"그래그래, 너그러이 용서할 터이니……. 그나저나 그것들은 다 무엇이냐? 토룡들을 죄다 나무통에 넣어놓은 것이냐?"

"예, 그러하옵니다. 요즘 소신은 토룡들을 기르고 있사옵니다."

"땅속에 사는 토룡들을 잡아놓은 것도 기이한데, 그것들을 길러서 무엇에 쓰려고?"

은수는 그간 귤나무의 근황을 설명했다.

"전하께옵서 지난해 간행하셨던 『농사직설』의 규정대로 분뇨를 만들어서 동일하게 귤나무에 주었는데도, 3할의 나무만 건강하였습니다. 이는 필시 귤나무 생장에 영향을 미치는 다른 요인이 있을 것이라 생각되어 토룡을 시험 삼아 길러보는 것이옵니다."

"옥토를 좋아해서 옥토에만 몰려 있는 게 아니라, 이 토룡들이 박토를 옥토로 바꾼다는 생각이로구나. 이 토룡들을 길러서 박토에 넣어주면 옥토로 바뀔 수 있다는 말이지?"

"소신이 지금까지 시험해본 결과, 토룡들은 서늘한 가을 날씨에 활발하게 움직이옵니다. 볕이 잘 드는 창가 나무통에서는 움직임이 적었사옵니다. 또한 토룡들은 물기가 있는 곳을 좋아하옵고, 좁은 공간에서는 무한정 번식을 하지 않사옵니다. 나무통의 크기를 넓혀주었을 때 토룡의 수가 늘어났사옵니다. 스스로 자신의 서식 장소를 조절하는 것 같았사옵니다."

"토룡들을 기르려면 적당한 물과 공간이 필요하다는 얘기구나. 그럼 무엇을 먹여 기르느냐?"

"원래 토룡들은 나무 주변의 낙엽을 먹고 사는 듯하온데, 소신은 낙엽 이외에도 채소 잎이나 과일 껍질 등을 놓아주옵니다. 토룡들은 음식들을 깊숙한 땅속으로 가지고 들어가서 먹사옵니다. 그리고 토룡들이 배출하는 변이 바로 흙을 기름지게 만드는 요인인 듯하옵니다. 지난번 소신이 토룡들을 잡아내고, 땅을 깊숙하게 파보았는데, 건강한 귤나무가 자라는 흙에서는 이 분변토가 많이 발견되었사옵니다."

"토룡들이 땅속의 농부들이구나! 스스로 몸을 움직여 땅을 비옥하게 만들다니, 참으로 기막힌 농부일세. 이 미물이 하는 일이 참으로 대견하구나."

당시 사람들은 토룡을 그저 흉측한 몰골로 땅속을 기어 다니는 미물로 여겼다. 그런데 은수의 발견으로 토룡은 농사일에 꼭 필요한 새로운 존재로 탈바꿈되고 있었다.

상림원 곳곳을 돌아보던 왕은 온실 속에서 약초들을 가꾸고 그림을 그리는 아영을 발견했다. 탁상 위에 널려 있는 종이 뭉치들을 바라보던 왕이 말을 걸었다.

"꽃 그리는 것을 좋아하는 그대가 요즘엔 종일 풀들만 그리니 지루하겠구나."

우스꽝스러운 왕의 복장에 아영이 다소곳이 아뢰었다.

"전하, 오늘 참으로 멋지시옵니다."

"이걸 걸치고 멋지다는 소리는 오늘 처음 들었다. 다들 웃음을 참느라 배꼽이 근질근질해 하던 걸?"

"아니옵니다. 썩 잘 어울리십니다."

'꼽추 남편도 멋지다고 여기며 사는 여인이니, 보는 눈이 참으로

특이할 수밖에.'

박 내관이 알 수 없는 표정으로 고개를 주억거렸다.

"이것은…… 약초가 자라는 과정을 날짜별로 그린 것이구나."

"그렇사옵니다. 어떤 약초들은 시간이 오래되면 쓴맛이 강해져 독성이 생기고 효능이 떨어지기에, 가장 적합한 시기를 그림으로 알리고자 그렸사옵니다."

아영은 왕의 속내를 정확히 알고 있었다. 글을 읽을 수 없는 백성들까지 알 수 있는 생생한 그림을 그려야 한다는 것을.

"이것들은 또 무엇이냐? 꽃이라고 하기엔 단순해 보이고, 씨앗이라고 하기엔 기이하게 생겼구나."

탁상 위에 놓인 얇은 나뭇가지를 빙빙 돌리며 왕이 물었다.

"연분홍색은 마치 꽃과 비슷하오나, 그것은 단풍나무 씨앗이옵니다."

"언뜻 보기에 날개를 편 나비와도 비슷하구나."

"단풍나무는 유비무환을 참 잘하는 나무인 듯하옵니다. 한번 뿌리를 내리면 죽을 때까지 움직이지 못하는 것이 나무의 삶이옵니다. 세찬 바람과 모진 풍파에도 그 자리에 서서 견뎌낼 수밖에 없지요. 그런 나무가 여리디여린 열매를 멀리까지 보낼 방법을 궁리하다가, 이렇듯 예쁜 날개를 달아준 것 같사옵니다. 하여 저는 이 씨앗을 그려 넣고 싶었사옵니다. 많은 사대부들 사이에서 사시사철 변하지 않는 소나무는 '충절'의 상징으로 높여지는 반면, 계절마다 색이 변하는 이 단풍나무는 '변절'의 상징이 되었다지요? 하오나 제가 보기에 단풍나무처럼 유비무환의 이치를 잘 아는 나무는 없는 듯하옵니다."

"하하하! 그대의 식견이 탁월하다. 그대는 화가이기 전에 멋진 이야기꾼인 듯하구나. 이 씨앗을 내가 하나 가져가도 되겠느냐? 중전께 그 이야기를 들려주면 아주 좋아하실 듯하구나."

온실 밖으로 나와 사방을 두리번거리던 왕이 목소리를 잔뜩 낮추고 속삭였다.

"박 내관, 따르거라."

살금살금 왕은 수박밭으로 향했다. 종복들은 주변 채마밭에 있는 듯했다. 잠방이를 무릎까지 걷어붙인 왕은 수박통에 귀를 대고 통통 두드렸다.

"이게 제일 잘 익은 것 같구나."

"전하, 어느새 농부가 다 되셨사옵니다."

잔망스러운 왕의 장난질에 박 내관이 맞장구쳤다.

이런 왕을 모시지 않았다면 얼마나 단조로운 궁 생활을 견뎠어야 할까 생각하면서. 낑낑대며 수박을 나르던 박 내관은 심장이 멎을 뻔했다. 건너편에서 해맑게 웃으며 안평대군이 들어오고 있었기 때문이다.

이 왕자까지 합류했다간 자신의 머리가 '핑' 돌 생각에 등에서 식은땀이 흘렀다.

"아바마마! 이제 삿갓은 벗으셔도 될 듯하옵니다. 해가 뉘엿뉘엿 지고 있사옵니다."

삿갓 속에서 입을 삐죽거리던 왕이 아는 척을 했다.

"안평이 이 시간에 여긴 웬일이냐?"

"아버님의 천리마들에게 시원한 얼음을 먹여주려고 왔사옵니다."

'얼음은 핑계겠지. 내 빙고의 얼음들을 제 것인 양 마구 퍼 와서, 선심 한번 크게 쓰고 토룡들을 얻어갈 심산인 게지.'

속마음과 달리 왕은 얼음을 쓸 생각에 선뜻 제안했다.

"마침 잘되었구나. 내가 수박 서리를 했으니, 시원하게 얼음을 띄워 화채나 먹자꾸나."

왕이 불쑥 내민 수박을 잘라 얼음까지 동동 띄운 화채가 평상 위에 차려졌다. 은수가 아영과 함께 평상으로 오고, 상림원 곳곳의 일들을 마무리하던 전 의관이 마지막으로 합류하자 모두들 화채를 맛보기 시작했다.

"흐흐흡!"

그런데 전 의관은 제대로 숨을 쉴 수가 없었다. 왕과 안평이 얼떨결에 자리를 잡고 앉은 평상이 하필 잿간(거름으로 쓰일 인분을 쌓아두던 곳) 옆이었기 때문이다.

모두가 맡아지는 구린 똥 냄새를 왕과 안평도 분명 맡았을 터인데, 웬일인지 자리를 옮길 생각은 없어 보였다. 안평은 어떻게 하면 부왕 모르게 은수에게 토룡을 얻어갈지 고민하느라 냄새를 맡지 못했고, 왕은 논과 밭에서 거름을 뿌리고 그 옆에서 음식을 먹는 백성들이 떠올라서 기쁜 맘으로 구린내를 참고 있었다. 냄새에 점점 미쳐가는 것은 전 의관뿐이었다.

죽어가는 소나무

늦은 오후가 되자 평소 한산하던 거리에 분주한 움직임이 일었다.

"훠이! 물렀거라. 우의정 대감 행차시다."

"물렀거라! 병판 대감 행차시다."

곳곳에서 들려오는 벽제 소리에 머리 숙인 백성들이 웅성거렸다.

"오메, 다들 급히 행차하시는가 보네."

"뭔 큰일이 일어났남?"

"아이구, 무슨요. 좌의정 대감 댁 떡보가 오늘이 대감 생신연이라고 하던걸요. 아마 연회에 모두 참석하나 보죠."

"맞아요. 그 댁 하인들이 며칠 전부터 음식 마련하느라 일손이 부족하다고 들었어요."

"오늘은 그 댁 담장 너머로 전 지지는 기름 냄새가 진동을 하겠구먼. 쩝! 상에서 떨어진 부스러기라도 좋으니, 한번 맛이나 볼 수 있으면 여한이 없겠네."

사람들의 주린 배에선 꼬르륵 소리가 끊임없이 삐져나왔다.

조선의 실세답게 좌의정 김한기 집의 솟을대문은 하늘을 향해 치솟아 있었다. 대문 양옆에 붙은 행랑채나 담장보다 솟을대문을 높게 짓는 이유는 종2품 이상의 벼슬아치들이 초헌(軺軒)을 탄 채로 출입할 수 있도록 하기 위해서다. 그렇기에 솟을대문은 사대부의 권위와 세력을 상징하는 것이기도 했다. 솟을대문 안으로 손님들이 속속 모여들기 시작했다.

"대감마님! 청하신 객들이 모두 사랑채에 드셨습니다."

"오냐, 곧 나가마."

당상관에 육조의 수장들까지 모두 불러 모으기에 더없이 좋은 기회였다. 그저 생일잔치에 초대하는 모양새지만, 긴급한 일을 상의하기에 더욱 자연스러울 터였다.

"경하드립니다. 좌상 대감."

단순한 생신연으로 알고 온 우의정이 담박한 축하의 말을 건넸다.

"늘 강건하십시오. 대감께서 든든히 버텨주셔야 저희도 안심이 됩니다."

"고맙소. 오늘은 맘껏 연회를 즐겨주시오."

풍악 소리와 기녀들의 춤사위에 흠뻑 빠져들었던 몇몇 사람들은 사랑채 마당으로 내려서서 덩실덩실 어깨춤을 추기도 했다.

신명 나던 분위기가 수그러질 즈음, 좌상이 입을 열었다.

"잠시 술이 깨도록 방으로 들어 차나 한잔씩 하시는 게 어떻겠소? 이번에 덖은 작설차가 맛이 꽤나 정갈하오."

갑작스러운 그의 제안에 한 사람씩 옷매무새를 고치고 방으로 향했다.

"이해해주시니 고맙소. 사실 오늘 생일연은 우리 대감들을 뵙고 싶어 마련한 미흡한 핑계요. 논의해야 할 사항이 있어 급히 뵙고자 청하였소."

좌상의 심각한 분위기에 모두들 긴장한 기색이 역력했다.

"근 5년째 지속되던 기근은 모두가 다 아는 사실이옵고, 이 외에 또 다른 사안이 있사옵니까?"

예조판서가 물었다.

"얼마 전 한양 인근의 산에 자라는 소나무들이 말라 죽고 있다는 보고를 받았소."

"저도 그 소문은 들었사옵니다, 대감. 송충이의 피해를 입었다고 하더이다. 그런데 소나무의 고사(枯死)가 그리도 시급한 사안이옵니까?"

예조판서는 별일도 아닌 일에 잔치의 흥이 깨진 듯해 심드렁하게 말했다.

"예판께서는 말씀을 삼가시오. 소나무의 고사는 우리 조선의 사대부들에게 치명적인 일이 될 수도 있음을 어찌 모르시오?"

이조판서가 눈을 부릅뜨고 예판을 노려봤다.

"그러니까…… 뭐가 그리 치명적이라는 건지……."

꽝!

좌상이 탁상을 두드리는 소리에 두 사람의 언쟁이 뚝 그쳤다.

"참으로 안타까운 일이오, 예판 대감. 일국의 예조를 관장하시는 대감께서 소나무의 의미를 진정 모르시는 게요?"

조용하지만 차갑게 내뱉는 좌상의 말에 예조판서는 술이 확 깼다.

"고래로 천자는 소나무를 심고, 제후는 잣나무를 심고, 대부는 밤나무를, 사는 느티나무를 심는다고 하였소. 그리고 서인(庶人)은 감히 나무를 심을 신분이 못 된다고 하였소. 소나무는 천자의 나무인 게요. 이 나라 조선은 국왕 한 사람의 나라가 아니라, 우리 사대부들이 세운 나라요. 왕을 견제하면서 나라를 이끌어갈 수 있는 유일한 신분이 바로 사대부란 말이요."

좌의정이 소나무의 상징성을 거듭 강조하며 말했다.

"지당하신 말씀이십니다. 그러니 소나무가 고사하면 무지한 백성들이 무슨 생각을 하겠습니까? 몸이 아파도 의원을 찾기보다 굿을 하는 백성들이 아닙니까? 필시 소나무의 신령이 사대부들에게 저주를 내렸다고 수군댈 것입니다."

사간원의 수장이 목소리를 높였다.

"안 그래도 지속되는 기근에 민심이 흉흉한데, 이런 일까지 겹치면 민심을 되돌리기 더더욱 어려워질 것입니다. 우선은 소나무의 고사부터 막을 방안이 시급한 듯하옵니다."

사헌부 수장이 염려스러운 낯빛으로 말했다.

"반드시 살려내야 하오. 이제 생각하고 있으신 방안들을 내놓아보시오. 우리끼리 먼저 논의한 사항을 정전 회의 때 공표해야 하오. 전하께서 미리 이 일을 아신다면, 죽은 소나무들을 살리기는커녕, 이마저도 백성들에게 또다시 먹을거리로 내어주실 것이오."

좌의정이 대신들 하나하나를 뚫어지게 쳐다보며 답을 채근했다.

"번식이 급격하게 이루어지기 전에 송충이를 박멸하는 게 지금으로서는 가장 시급한 일인 듯합니다. 백성들로 하여금 하루에 세 되씩 송충이를 잡아 관아에 바치게 하면 어떨까요?"

평소 철저하리만큼 현실적인 호조판서가 대안을 냈다.

우의정이 느긋하게 입을 뗐다.

"소나무는 사대부의 정신적 지주이기 이전에, 궁궐과 병선(兵船), 조운선(漕運船) 축조의 기반이 되는 나무요. 그러나 병선 한 척을 축조할 때는 적어도 100년 이상이 된 나무를 사용할 수 있소. 그러니 장기적으로 계획을 세우는 것이 중요할 듯하오. 이미 고사한 나무와 아직 피해가 덜한 나무를 가려내어, 살릴 수 있는 것은 최대한 살려내고, 묘목을 심어 건강한 나무로 길러내는 일도 병행되어야 하오. 이 일에는 상림원 제조 허은수가 제격일 듯하오. 지난번 탐라에서 들여온 귤나무도 오랜 시험과 연구 끝에 살려냈다고 들었소."

평소 왕과 대신들 사이에서 어느 편에도 치우치지 않고, 중립을 지키던 우의정은 신중한 사람이었다. 그러나 좌의정은 지금 이 시점에서 사대부들끼리 똘똘 뭉쳐도 시원찮은 판에, 그가 은근슬쩍 왕이 아끼는 허은수를 지지하는 모양새가 마뜩잖았다.

"대감! 무엇보다 한양 주변 소나무의 벌목을 금지하는 영을 시급히 내리셔야 합니다. 함부로 벌목하는 자들에게 곤장 100대를 치도록 하고, 소나무를 지키는 관리를 파견해야 합니다. 아예 천한 것들이 산 근처에 얼씬거리지 못하도록 금산령(禁山令)을 내리셔야 할 것입니다."

형조판서가 확신에 찬 목소리로 말했다. 무지한 백성은 때려야 말을 듣는다고 늘 입버릇처럼 뇌까리던 그는 간만에 손이 근질근질했다.

"그럼 오늘 이 자리에서 논의된 내용들을 정전회의 때 밀어붙이도록 합시다. 이번엔 주상께 밀려서는 아니 될 것이오."

좌의정이 못 박듯 확고한 어조로 말했다.

병조판서 최시형은 논의가 진행될 동안 노심초사 마음을 졸였다. 무남독녀 외동딸의 혼사에 번듯하게 집을 지어 데릴사위를 들일 생각이었는데, 소나무 벌목이 갑자기 결정되어버리면 모든 일이 물거품이 될 것이었다. 명문세가들을 제쳐놓고 굳이 한미한 집안 출신 성균관 유생을 혼처로 정한 것은 오로지 딸을 데리고 살고픈 마음 때문이었다.

'이를 어쩌나……. 내일 새벽부터 종놈들을 올려보내 최대한 빨리 벌목을 진행해야겠군. 어차피 정전 회의 때 그리 쉽게 결정이 나지 않을 테니.'

병판은 왕이 대신들의 결정에 사사건건 발목 잡는 일이 이번처럼 고마운 적이 없었다.

일찍부터 근정전에 모여든 대신들은 누가 뭐랄 것도 없이 모두 한 곳에 시선이 멈춰 있었다. 바로 일월오봉도 병풍이었다.

해와 달, 다섯 개의 산봉우리가 그려진 병풍에 또렷하게 그려져 있는 나무는 소나무다. 이 병풍은 항상 왕의 뒤에 놓여 있다가, 왕이 붕어했을 때 같이 묻히는 왕의 물건이었다. 그러나 왕의 전유물이라 할 수 없었던 건 그 안에 그려진 그림들의 의미 때문이다. 소나무를 향한 그들의 시선이 자못 비장했다.

왕이 일월오봉도 병풍 앞에 착석하자, 대신들은 머리를 조아려 예를 표했다.

"이 나라의 근간이 되는 소나무를 지키고자 하는 경들의 뜻을 잘 알았소. 한 나라를 다스릴 큰 정책 가운데 송정(松政, 소나무를 보호하는 정책) 또한 중요한 일이 아닐 수 없소. 경들의 생각대로 한양 인근의 산들을 금산(禁山)으로 지정하고, 함부로 소나무를 벌목하는 자들을 처벌할 수 있는 제도를 마련하여 법전에 명시하도록 하시오. 또한 금산에는 감독관과 산지기들을 파견하여, 함부로 벌목을 자행하는 자들의 소행을 감시토록 하시오. 아울러 궁궐 보수와 병선, 조운선 축조에 쓰일 소나무들을 관리하고, 길러내는 일은 앞으로 상림원 제조 허은수에게 맡길 것이니, 그리들 아시오."

"성은이 망극하옵니다."

'송정을 법제화하고, 장기적으로 관리하겠다는 결정은 너무나도 타당한 것이다. 그런데 왜 이번에도 또 허은수일까? 궐에 진상할 나무만 가꾸어도 되는 상림원이 왜 자꾸 중대한 일에 어김없이 끼어드는 걸까?'

원하는 답을 얻고도, 대신들은 자꾸 뭔가가 마음에 걸렸다.

왕의 속전속결에 얼굴이 하얗게 질린 건 병조판서 최시형이었다. 오늘 새벽에 이미 종들을 시켜 인왕산 주변 소나무 벌목을 지시했기 때문이다. 한달음에 집으로 온 최시형은 행랑아범부터 찾았다.

"새벽에 지시한 일은 어찌 되었느냐? 몇 그루나 베어 온 게야?"

"대감마님, 그게 말입죠. 새벽에 비가 많이 내려 작업이 수월치 않았습니다요. 나무를 베는 것도 일이지만, 미끄러워서 나무를 옮기는 일이 어렵습니다요. 그런데 어찌 작업을 일찍 마무리하라고 하셨습니까요?"

"알 것 없다. 내일부터는 잠시 중단하고 내 명을 기다리도록 해라."

행여라도 남의 눈에 띌까 봐 새벽부터 올려 보낸 종들이 비 때문에 몇 그루 베어 오지도 못한 것이다.

'내일부터 감독관과 산지기들이 지킬 터인데 이를 어쩌나. 가만있자…… 감독관으로 내정된 자가 누구였더라?'

감독관의 이름을 기억해낸 병판은 지그시 웃었다. 더 이상 속을 끓일 필요가 없어졌기 때문이다.

정전 회의를 마치고 돌아온 왕은 주위를 모두 물렸다.

두 식경(대략 1시간)이 지난 후, 주수라(왕의 점심식사) 상이 차려지고, 기미상궁이 기미를 끝마쳤는데도 왕은 전혀 음식을 입에 대지 않고 있었다. 왕의 시름이 깊어졌다.

대신들의 요구가 딱히 지나친 것도 아니다. 요즘 사대부가에서도 집을 짓겠다고 병선이나 조운선 축조에 쓰여야 할 소나무를 마구 베는 일이 비일비재했고, 이를 규제할 대책 마련이 시급한 시점이었다. 그러나 왕은 그들이 지켜내려는 것이 나라를 위해 쓰여야 할 소나무가 아니라, 그저 그들의 신분적 권위와 그것을 뒷받침하는 나무의 상징성임을 모르지 않았다. 정작 이 법령 시행으로 고난을 겪게 될 것은 백성일 터였다. 인왕산 자락에서 약초나 산삼을 캐며 연명하는 이들, 또는 장작을 패서 시장에 내다 파는 수많은 이들의 생업이 하루아침에 끊긴 것이다. 이들을 구제할 방법에는 어느 누구도 관심이 없었다. 그러니 이제는 본인이 나설 차례라고 왕은 조용히 다짐했다.

"잠시 누울 것이니 자리를 펴라."

오수를 즐기려는 것이겠거니 하고 박 내관은 말없이 이불을 깔았다. 그런데 한참이 지나도 왕은 일어날 기미가 보이지 않았다.

"전하, 두 식경 뒤에 경연에 임하셔야 하옵니다."

"……."

"전하, 탕약을 대령하오리까? 어디가 불편하시옵니까?"

이불 속에서 죽은 듯이 누워만 있는 왕을 보며 박 내관이 발을 동동거렸다.

“승정원에 명하여 낮과 저녁에 있을 경연을 모두 파하라고 알려라.”

“예? 그 정도로 몸이 편찮으시옵니까? 아이고, 이를 어째…….”

징징거리며 나가는 박 내관의 뒷모습에 왕이 이불 밖으로 빼꼼히 얼굴을 내밀며 웃었다.

“저리도 나를 모르다니. 어찌 매번 속는 것이냐, 만수야.”

헐레벌떡 탕약을 들고 들어온 박 내관은 눈이 휘둥그레졌다.

“전하. 벌써 다 나으셨사옵니까?”

밥상마저 물린 왕이 자리를 깔고 누워 있던 터라 박 내관은 의아했다.

“처음부터 아프지 않았느니라.”

“그럼 어찌하여 경연을 모두 파하셨사옵니까?”

공부라면 자신이 열심히 하다못해, 남들까지 닦달해야 직성이 풀리는 왕이었다. 세상의 책을 모두 읽었다는 왕이 경연을 취소한 일은 처음이라 박 내관은 눈만 끔뻑거렸다.

“이제 궐에 내가 몸져누웠다는 소문을 충분히 냈으니, 나는 내 일을 해야지. 나가자, 만수야.”

‘아이구. 내 팔자야. 그럼 그렇지. 고뿔 한번 안 드신 분이 누워계신다고 덜컥 믿어버리다니.’

“전하, 이번엔 어떤 옷을 준비해 올릴까요?”

“오늘 궐에 진상품을 바치러 온 상단들이 많을 것이니, 그들의 복장으로 준비해보거라.”

요즘 잠행을 나갈 때마다 새로운 옷을 골라 입는 재미에 푹 빠진 왕은 오늘 보부상들의 옷과 패랭이를 준비시켰다.

"지게는 어찌할까요? 보부상의 핵심은 그것이온지라……."

한술 더 떠서 박 내관이 짓궂게 아뢰었다.

"그것도 준비하거라. 다만 네가 짊어지거라."

그렇게 출궁하는 상단들의 틈에 섞여 한양 저잣거리에 나선 왕은 간만에 기분이 들떴다. 낮에 잠행을 나온 것이 오랜만이기도 했지만, 생기 넘치는 저잣거리의 풍경이 정겨웠기 때문이다.

소를 몰고 오는 사내, 닭을 품에 안고 오는 소년, 굴비를 묶어서 오는 노인, 광주리를 이고 걷는 여인들, 표주박에 두부를 담아서 나르는 아이, 달걀 꾸러미를 들고 가는 아이, 동이에 술을 담아서 조심스럽게 들고 가는 이들이 저잣거리를 가득 메우고 있었다.

"만수야!"

"예, 전하."

"쉿! 지금 우리는 보부상임을 잊었느냐? 저잣거리에서 모든 소식을 들을 수 있되, 너무 티 나지는 않는 곳이 어디냐?"

"당연히 주막입지요. 그리로 뫼실까요?"

써금써금 내려앉을 듯한 지붕 밑으로 '주(酒)'를 써 붙인 주막에는 삶은 소머리와 돼지머리가 좌판 위에 늘어져 있었고, 빈대떡과 산적을 굽는 냄새가 사방에 진동했다.

패랭이를 쓴 두 사람의 출현에 주모의 입이 찢어졌다. 펑퍼짐한 엉덩이를 흔들며 다가와 물었다.

"아이고! 어서 오시구랴! 오늘은 뭘로 모실까요?"

"이 집은 뭐가 맛있소?"

행색은 분명 보부상인데, 흰 살결이며 점잖은 말투가 이상스러워 주모는 의아했다.

"아이고. 우리 집이야 탁주에 녹두전이랑 돼지국밥이 일품입지요. 이 마을엔 처음이신가 보네. 우리 집 음식 맛난 건 이 시장 바닥에 다 퍼진 사실인데."

"맞소. 오늘 궐에 물건을 대느라 지방에서 올라왔소. 그럼 그것으로 주시오. 양 넉넉히."

왕은 마당 한쪽 평상에 자리를 잡고, 느긋하게 전을 집어 먹고 있었다.

옆자리엔 사내들이 모여 앉아 두런두런 이야기를 나누고 있었다. 덥수룩한 수염의 사내가 입을 열었다.

"아니, 그게 말이 되냐고. 진짜 도둑놈은 저리 눈을 시퍼렇게 뜨고 떵떵거리고 사는데, 어찌 우리들만 족치는 거야?"

"그러게 말이야. 우돌 애비는 우돌이가 많이 아파서 솔잎을 정말 조금만 딴 것뿐이래. 비싼 약재를 살 형편이 안 되니, 솔잎에 물이라도 묻혀 방에 뿌리면서 비는 거밖에 도리가 없잖아. 그거라도 안 하고 애가 저세상으로 가면 그 부모의 한은 누가 풀어줘?"

"아이고, 우돌 애비도 잡혀갔어요? 영이 어멈도 끌려갔잖아요."

주모가 다듬던 나물 바구니를 신경질적으로 팽개치고 그들의 대화에 합류했다.

"무슨 일인데, 평소 말 없고 조신한 영이 어멈이 끌려가?"

"요즘 장 담그는 철이잖아요. 그래도 일 년 음식 농사인데, 장 담고 장독에 두를 금줄에 필요해서 아주 조금 솔잎을 딴 거지. 그런데 치마 속에 감춰 내려오는 길에 몸수색에 걸린 거예요. 그 집 시어머니가 산에 오르는 걸 꺼려 하는 영이 어멈 등을 떠밀었잖어. 그느무 금줄이 뭐 그리 대단하다고. 하여간 우리 같은 천것들은 뒤로 넘어져도 코가 깨진다니까."

"으이구, 속 터져. 솔잎 몇 개 딴 걸로 저 지랄들인데, 어찌 병판 대감은 가만히 놔두는지."

"그러게요. 얼마 전 그 댁 영애 혼인시킨다고 집도 짓고, 조상님들 묏자리에 소나무도 엄청 옮겨 심느라 난리였는데……. 어디 그뿐인 줄 알아요? 그 댁 외거노비 옥분 애미가 송엽주(솔잎으로 만든 술) 담근다고 우리 주막에서 이것저것 빌려갔어요. 오늘 오시(午時, 오전 11시~오후 1시 사이)에 관아에서 곤장을 친대요. 곤장이 60대래. 나는 영이 어멈 줄 꿀물이나 먼저 타놔야겠어요. 집구석에 들어가 봐야 늙은 시어미가 눈을 치켜뜰 텐데……. 장독(杖毒)에는 똥물을 마셔야 한다지만, 어찌 여인이 그 역한 걸 넘기겠수. 영양이라도 채우기엔 꿀물이 낫지."

앞치마를 탈탈 털며 일어난 주모는 꿀단지를 찾기 시작했다.

"박 내관, 가자."

마지막 남은 탁주를 깨끗이 비운 왕이 결심이 선 듯 주막을 나섰다.

역시 우려했던 일이 벌어지고야 말았다. 권력과 지위를 이용해서 벌목한 이는 버젓이 법망을 피해가고, 기껏해야 솔잎을 주운 백성들은 엉덩이 살이 터져 곤죽이 되도록 맞았다.

서둘러 환궁한 왕은 승정원 도승지 표진석과 좌승지 옥중현을 불러들였다.

왕명을 기다리던 그들에게 급박한 어명이 떨어졌다.

"승정원 도승지는 들으라. 지금 당장 병조판서 최시형을 삭탈관직하고, 강진 땅으로 유배 보낼 것을 명하노라."

"죄목을 소상히 밝혀주옵소서, 전하."

도승지의 목소리가 떨리고 있었다.

"얼마 전 죽어가는 소나무를 살리기 위해 송정을 시행하고자 공포하고, 법전에 명시해놓았다. 만백성 앞에 마땅히 모본을 보여야 할 병조판서 최시형은 버젓이 이를 어기고, 벌목을 자행하였다. 새로운 법 시행에 있어 가장 중요한 것이 선례이기에, 병조판서 최시형에게 엄중한 처벌을 명하노라."

왕의 목소리가 그 어느 때보다 단호했다.

"좌승지는 들으라. 갑작스러운 금산령의 시행으로 생업과 터전을 하루아침에 잃은 백성들에게 새집을 지어주게 하고, 관아에 배속시켜 소일거리를 하며 생계를 꾸려가도록 조처하라."

파죽지세로 몰아치는 왕명을 받드느라 이들은 진땀이 났다.

"박 내관, 밖에 있느냐? 당장 상림원 제조 허은수를 들라 하라."

'이제 제대로 시작해야 할 때가 되었군. 더 이상 물러서지 않을 것이다.'

다짐하는 왕의 주먹에 서서히 힘이 들어갔다.

새로운 은신처
비해당

조복(朝服)도 갈아입지 못하고 다들 좌의정 김한기의 사랑채로 찾아들었다.

흔들리는 촛불 앞에 모여 있는 이들의 얼굴이 침통하다 못해 붉으락푸르락했다.

"이럴 수가! 이렇게 뒤통수를 치다니!"

쾅, 좌의정 김한기가 씩씩대며 탁상을 내리치는 소리에 대신들의 어깨가 움찔했다. 병조판서 최시형에 대한 처벌이 엉뚱한 방향으로 결정이 났기 때문이다. 아무리 금산령이 내려졌다고 해도, 사대부가 이런 꼴로 귀양을 간 경우는 없었기 때문이다. 그저 몇 달 동안 감봉을 당하거나 근신을 하는 정도의 처벌을 생각했다가 호되게 당한 것이다. 그런데 강진이라니……. 겨우 소나무 몇 그루 벤 것으로 대역죄를 지은 죄인들의 유배지인 강진까지 보내다니!

"어쩐지. 너무 순순히 우리의 제안을 받아들인다 싶더니……. 도대체 무슨 꿍꿍이인지."

예조판서가 수염을 쓸어내리며 생각에 잠겼다.

"금산령을 핑계로 주상께서는 죽어가는 소나무를 살리고, 백성뿐 아니라 사대부들의 벌목까지도 완전히 차단시키고자 함이오. 분명 백성들에게 소나무를 내줄 수 있는 다른 방안을 찾고 계실 것이오. 그것을 알아내야 하오."

좌의정이 중얼거리는 말에 이조판서가 입을 뗐다.

"소나무를 관리하는 일 일체를 상림원 허은수에게 맡기셨으니, 그 자의 일거수일투족을 살펴야 할 듯합니다. 밀명이라도 내리셨을지 어찌 압니까?"

"일리 있는 지적이오. 이판께서 사람을 써서 살피도록 하시오. 개미 새끼 한 마리도 빠져나갈 수 없을 만큼 면밀히 살펴 보고하도록 하시오."

금산령으로 맥이 빠진 한 사람이 또 있었으니, 바로 안평대군이었다.

평소 벗들을 초대해 시를 짓고 그림을 감상하는 비해당에서 가장 칭송이 자자한 음식은 바로 송엽주와 송엽차(솔잎으로 만든 차) 그리고 송홧가루로 만든 다식이었다. 신선들이 즐겨 마셨다는 송엽주와 송엽차는 유유자적과 안분지족을 꿈꾸는 비해당에서 결코 포기할 수 없는 음식이었다. 그러나 한양 인근의 산에 내려진 금산령 때문에 더 이상 종들이 솔잎을 딸 수가 없었다.

봄에서 초여름 사이에 딴 솔잎이 향도 좋고, 효능도 좋은데 속절없이 시간만 흘러가 안평의 근심이 깊어갔다.

급기야 부왕을 찾아온 안평의 눈에 불꽃이 일었다. 평소의 곰살맞은 모습은 어디에도 없었다.

"전하, 안평대군께서 드셨사옵니다."

안에서 아무런 기척이 없자, 안평이 또다시 문을 벌컥 열고 들어가 버렸다. 뒤를 따르는 박 내관의 한숨이 깊어졌다. 두 사람의 걸음이 순간 멈칫했다. 방 한가득 솔방울이 널려 있었기 때문이다.

'또 솔방울을…….'

여러 차례 경험이 있는 박 내관은 서둘러 솔방울들을 소맷자락에 주워 담기 시작했다.

"아바마마, 이게 다 무엇이옵니까?"

"어! 우리 셋째가 왔구나. 안 그래도 기다리고 있었느니."

"제가 찾아올 줄 이미 아셨다는 거지요? 그럼 왜 찾아뵈었는지도 아시겠습니다."

"허허허. 그 녀석 말본새하고는. 네 녀석이 늙은 애비를 희롱하는구나. 우선 앉거라."

주위를 물린 왕이 그윽한 눈으로 안평을 바라봤다.

"그런 눈빛으로 소자를 보실 때는 뭔가 큰 부탁을 하실 때인 것으로 아옵니다만."

"역시, 눈치가 제법이구나."

"그 전에 소자 먼저 청할 것이 있사옵니다. 갑작스러운 금산령으로 송엽주와 송엽차를 만들 수 없게 되었으니, 어찌 책임지실 것이옵니까?"

"쯧쯧, 일국의 대군이라는 녀석이 겨우 네 집의 그깟 음식 때문에 일국의 왕인 나를 추궁하러 온 것이냐?"

"소자 그 점을 부인하지 않겠사옵니다. 요즘 아바마마께서는 무슨 일을 시작하신 것이옵니까? 이제는 소자도 알아야겠습니다. 지난번 탐라에서 들여온 귤나무도 허 제조 덕에 상림원에서 잘 길러내고 있지 않사옵니까? 그것으로 탐라의 조세를 줄여 주시고자 함을 소자는 진즉에 알고 있었사옵니다. 그런데 이번엔 왜 소나무이옵니까? 소나무는 조세 품목에 있는 나무도 아니잖습니까?"

"백성의 나무이니…… 그들에게 돌려주려는 것이다."

"백성의 나무라니요? 『예기』에 따르면, 소나무는 천자의 나무이온데, 어찌 백성의 나무라 하십니까?"

"『예기』가 우리 조선의 책이더냐? 어찌 중국의 고문헌을 들이대며 우리 백성의 것을 천자의 것입네, 사대부의 것입네 외치냐는 말이다."

"그럼 아바마마께서는 무엇을 근거로 소나무가 백성의 나무라고 여기십니까?"

역시 안평이다. 신하들과 팽팽한 의견 대립을 할 때, 늘 역사적 전례를 찾아오라고 지시하던 왕이었다. 안 된다는 전례가 없거늘 왜 사사건건 반대하느냐고 호소하던 왕이었다. 그런데 이번엔 안평이 야무지게 되묻고 있는 것이다.

"서책에만 근거가 있다고 누가 그러더냐? 궐 밖을 나가 하루 종일 백성들의 삶을 눈여겨보거라. 그들 주변에 항상 있는 것이 바로 소나무다. 내 백성은 낮잠을 잘 때도, 쉬면서 담배 한 대를 피울 때도 소나무 아래로 모인다. 글 읽는 자들은 붓을 들어 시를 쓰거나 벗들과 교유할 때에도 소나무 아래에서 한다. 어디 그뿐이더냐. 낚시하며 계곡물에 발을 담그며 쉬는 것도, 바둑이나 장기를 둘 때도 소나무 아래 그늘에서 하느니라. 한 생명의 탄생을 알리는 금줄에도 솔잎은 늘 당연스레 달려 있고, 한 생명의 죽음을 애도하는 관도 소나무로 짠다. 백성의 생사고락을 함께하는 나무이니, 어찌 백성의 나무가 아니겠느냐?"

왕의 말대로 조선 땅 어디에나 있는 소나무는 백성들 곁에도 늘 있어왔다. 사대부들의 전유물이 되기 훨씬 이전부터 소나무는 그들의 곁을 지켜온 것이다. 때론 편안한 위로로, 때론 새로운 희망으로.

왕의 갑작스런 발언에 놀라면서도, 안평은 숙연해져서 인정할 수밖에 없었다.

"힘에 부치는 삶을 살면서도 내 백성은 천 년을 살아내는 소나무의 생명력을 보며 새 힘을 얻는다. 오랜 세월 동안 백성의 것이었던 것을 이제 와 사대부만의 전유물로 여기는 것이 오히려 어불성설이 아니더냐? 백성의 나무이거늘 개뿔, 무슨 천자의 나무!"

왕의 말이 험해지고 있었다.

"그럼 왜 아바마마께서는 금산령을 그리 쉽게 내리신 것이옵니까? 백성의 나무라고 끝까지 우기시면서 양보하지 않으셨어야지요."

"그렇게 하기엔 조선 팔도의 소나무가 많이 잘려나갔고, 심지어 송충이 피해로 말라 죽고 있었다. 우선은 시급히 나무를 살려야 하니 금산령을 내린 것이고, 벌목 금지는 백성뿐 아니라 사대부들까지 포함시킨 것이니 합당한 처사라 여겼다. 그 때문에 신료들이 화가 단단히 났을 터이고. 병든 소나무가 회복되고, 새로 심는 소나무가 자라기까지 시간이 걸리겠지만 내가 해야 후대가 편하지 않겠느냐?"

"그럼 아바마마께서는 어떻게 백성들에게 그 나무를 돌려주실 것이옵니까? 혹시…… 이번에도 상림원 허은수에게 일을 맡기실 것이옵니까? 지난번 귤나무도 그가 토룡을 발견해서 길러낸 덕에 잘 자라고 있으니까요."

"맞다. 그러나 정확히는 허은수와 전 의관 그리고 네가 도와줘야겠다."

"소자가요? 아바마마, 소자가 지금껏 소나무를 아껴온 이유는 아바마마의 원대하신 뜻과는 전혀 달랐사옵니다. 그저 바라보며 운치를 즐기고 그려왔을 뿐이옵니다. 여느 사대부들의 뜻과 다르지 않았사옵니다. 그런 제가 무엇을 할 수 있겠사옵니까? 더구나 소자는 나무를 그릴 수는 있어도, 형님 세자처럼 키워본 적은 없사옵니다."

안평은 왕의 의중을 명확히 헤아릴 수 없어 답답한 마음으로 푸념을 했다.

"네가 지금껏이라고 하지 않았느냐? 그럼 이제부턴 소나무를 전혀 다르게 볼 수도 있다는 말이 아니냐?"

왕은 안평의 말 한마디조차 놓치지 않고 설득하기 시작했다.

"아바마마의 말씀을 듣고 보니, 정녕 백성의 나무가 맞사옵니다. 부끄럽지만 그것을…… 소자는 이제야 알았사옵니다."

답하는 안평의 얼굴이 더없이 진지했다.

"그러니 이제 내 청을 들어줘야겠다."

또다시 시작된 협상.

"들어보고 결정하겠사옵니다."

안평 역시 물러서지 않았다.

"박 내관! 우리 셋째가 돌아가고 싶다는구나. 배웅하거라."

"으으으으! 알겠습니다. 네! 아바마마 말씀을 따르겠사옵니다."

부왕이 물러설 기미를 보이지 않자 안평이 체념하며 말했다.

"며칠 전 상림원 허은수를 불러 밀명을 내렸다."

"밀명이요? 암행어사로 내보내셨사옵니까? 참으로 매정하시옵니다. 몸도 성치 않은 사람을요."

"아니다. 뒤틀린 소나무를 심고 키울 방법을 찾으라 명하였다."

"예? 그게 막 그렇게 명하신다고 덜컥 되는 일이옵니까? 사람도 제게 주어진 천수를 누리듯, 나무도 처음부터 그리 태어나 자라는 것이지요. 어찌 뒤틀린 소나무를 만들어낼 수 있다고 믿으십니까?"

"허은수라면 알아낼 것이다."

"그러니까요. 어찌 허은수가 조물주도 아닌데, 나무를 막 구부렸다

폈다, 원하는 모양으로 만들 수 있답니까?"

그간 조선의 시간을 만들겠다고 혼천의며, 자격루, 앙부일구 등 놀라운 물건들을 만들어낸 왕이었다. 그것도 천하디천한 관노비의 손을 빌려서 말이다. 그 어느 누구도 생각지 못했던 일이었다. 그저 대국인 명나라 옆에서 세상의 중심은 명나라니, 무조건 받들고 따르는 것을 숙명처럼 받아들이던 대신들에겐 놀라운 충격이었다. 하늘의 이치를 믿는 것만이 살길이라고 여기던 사람들에게 왕은 조선에 맞는 것을 만들어냄으로써 하늘의 이치를 거스르고 있었다.

그러더니 급기야 오늘은 나무를 원하는 모양으로 만들겠다고 저렇듯 당당하게 선언하고 있는 것이다.

"휴…… 그럼 소자가 무엇을 도와드려야 합니까?"

"비해당을 빌려다오."

"네?"

잠시 잘못 들은 줄 알고 안평은 다시 물었다.

"무엇을 빌리신다고요?"

"비해당!"

귀먹은 사람도 들릴 정도로 큰 소리를 내지른 왕의 목소리에 안평의 얼굴이 하얗게 질렸다.

"아바마마께서 세자 저하 잘 보필하라고 제게 지어주셔놓고, 왜 이제 와서 다시 빼앗아가려 하십니까?"

급기야 안평이 넙죽 엎드려 왕에게 통사정을 하기 시작했다.

"네가 비해당을 사랑함이 지극하다더니, 헛말은 아닌 게로구나."

"사랑하다 뿐이옵니까? 얼마나 공들여 가꾸고 돌보았는데요. 아니 되옵니다."

"빼앗아가려는 것이 아니다. 잠시 허은수가 비해당에서 뒤틀린 소나무를 심고 가꿀 수 있도록 해달라는 것이다. 상림원은 그 일을 하기에 너무도 위험한 곳이다. 지난번 병조판서 최시형의 처벌로 대신들이 심기가 불편해진 마당에, 상림원에서 뒤틀린 소나무를 몰래 키운다는 게 들통나면 어찌 되겠느냐? 그러니 비해당을 빌려줘야겠다."

사정을 하던 안평의 머리가 재빠르게 굴러갔다.

"그럼 허 제조와 전 의관이 제 비해당에서 기른 나무는 소자가 가져도 되는 것이옵니까?"

"여러 가지 시험을 할 것이니, 아마도 여러 형태의 소나무가 자라나겠지. 그중 뒤틀린 소나무만 나중에 인근 야산에 옮겨 심어 대신들의 의심을 피할 것이다. 그리고 그 뒤틀린 소나무는 오래도록 백성의 나무로 자라게 될 것이다. 기근이 닥치면 백성들을 먹일 수 있는 식량이 될 것이니. 그리고 번듯하게 자란 나무 역시 숲으로 옮겨 심어 건강한 소나무를 더 많이 길러낼 것이다. 다만 곧게 뻗어 자라는 소나무의 1할은 네가 가져도 좋다."

"정말이시옵니까? 그럼 이제 소자는 비해당에서 소나무를 그릴 수 있는 것이옵니까?"

안평이 눈을 반짝이며 물었다.

"소나무는 오랜 시간에 걸쳐 자라는 법이니, 야트막한 솔숲으로 조성하여 운치 있게 그림을 그리거라. 다만 이 모든 것은 철저히 비밀에 부치되, 만일 발각되더라도 그들이 너의 부탁으로 비해당 정원을 가꿔준 것으로 둘러대면 그만이다. 부디 네가 그들의 방패막이 되어다오."

처음부터 썩 내킨 결정은 아니었다. 모두가 위험해질 수 있는 일이었다. 자신의 아들마저도.

그래도 왕은 포기할 수 없었다. 그간 만들어온 많은 기구들은 언제 어떻게 명나라에 빼앗길지 모를 일이었다. 새로운 천측 기구와 시계들을 반기는 신하도 있었지만, 대부분이 명나라의 눈치를 보느라 급급했기 때문이다. 그래서 뒤틀린 소나무를 길러내는 일은 더 조심스러웠다. '천자'의 소나무를 훼손했다는 죄명이 덧씌워지면, 자신의 천리마들을 살려낼 방법이 없을 것이기에 왕은 고심하고 또 고심했다. 그리고 안평을 앞으로 내세웠다. 아직 이 조선에서는 대군의 신변을 위협할 정도로 간악한 자들은 없다고 믿었기에. 혹여 일이 잘못되어도 그저 조선에서 자라는 조금 기형적인 소나무로 믿게 하면 그만일 것이다.

"아바마마, 심려 놓으시옵소서. 소자, 무슨 일이 있어도 아바마마의 천리마들을 끝까지 지켜내겠나이다."

안평이 비장한 각오로 왕을 안심시켰다.

그는 지난 탐라 여정에서 부왕의 천리마들과 함께했던 기억을 떠올렸다.

숱한 어려움과 멸시를 이겨내고 왕 앞에 나와, 모두가 천하게 여기는 일조차도 묵묵히 해내는 허 제조. 백성의 마음을 구구절절 꿰차고 있으면서 오직 그들을 위한 일에 전념하는 전 의관. 충직한 이들 덕에 왕은 늘 새로운 꿈을 꿀 수 있다는 걸 안평은 너무나도 잘 알고 있었다.

왕의 마음도 다르지 않았다.

'너이기에 마음이 놓인다. 문사들을 불러 시회(詩會)나 화회(畵會)를 열더라도 멋스럽게 꾸며진 비해당을 의심할 이는 없을 것이다. 혹여 의심하는 이가 있더라도 너는 충분히 해결할 도량과 기품이 있는 내 아들이니까.'

아들을 바라보는 왕의 눈에 감격과 신뢰가 가득 담겨 있었다.

이로써 비해당은 왕의 밀명이 이루어지는 천리마들의 새로운 은신처가 되었다.

희망

박 내관의 머리가 자꾸 갸우뚱거렸다.

하루도 빠짐없이 정해진 시간에는 꼭 서책을 읽던 왕이 갑자기 그 시간에 산책을 가겠다고 한 것이다. 지난번에도 뜬금없는 산책 제안에 경회루 옆에 초가까지 지은 터라 박 내관은 힘껏 버텨보고 있었다.

"전하, 지금은 서책을 읽으실 시각이옵니다. 소신은 따끈한 국화차를 내오겠나이다."

눈치 빠른 박 내관의 조처에 왕은 오도 가도 못하고 발을 동동 굴렀다.

차를 내오겠다던 박 내관의 목소리가 문밖에서 들렸다.

"전하, 허 제조 대감과 전 의관께서 드셨나이다."

'그럼 그렇지. 어디쯤 오나 궁금해서 견디실 수 없었던 게지.'

박 내관이 머리를 절레절레 흔들어댔다.

"어서들 오너라. 내 너희들을 기다리느라 목이 빠질 뻔했다."

허은수와 전순의가 들어오자 하마터면 뛰어가서 안을 뻔한 왕을 잡고 있느라 박 내관의 얼굴이 벌게졌다.

"그간 옥체 강녕하셨나이까, 전하."

"그래. 나야 뭐 그저 매일 대신들과 진땀을 뺀 것 외에는 별일이 있었겠느냐? 그나저나 전 의관의 얼굴은 더 그을려서 건강해 뵈는데, 허 제조는 힘들었던 모양이구나."

"아니옵니다, 전하. 전 의관이 워낙 산길에 밝고 잘 이끌어주어 소신은 편하게 다녀왔나이다."

"그래, 다녀온 일은 어찌 되었느냐?"

'또 저놈의 몹쓸 습성.'

박 내관이 두 사람에게 안쓰러운 표정을 지었다.

궁금한 걸 못 참아 다과상의 차도 권하지 않는 왕을 대신해 박 내관이 아뢰었다.

"전하, 두 분께 먼저 차라도 권하심이……."

"그래그래, 차를 마시며 천천히 이야기해도 되겠지."

말과는 달리, 빨리 알고 싶은 왕이 발가락을 꼼지락댔다. 이를 눈치챈 은수가 곧장 아뢰었다.

"전하, 소신들이 소나무가 자라는 곳들을 다니며 몇 가지 특이한 점을 발견했사옵니다. 처음엔 사람의 외양이 낳아주신 부모님을 닮듯 나무 또한 타고난 외양대로 자란다고 생각했사옵니다. 그리하여 굽은 나무 주변에 굽은 나무가 많을 거라 추측하였사온데, 딱히 그렇지는 않았사옵니다."

"소신의 생각도 허 제조 대감과 같사옵니다. 솔 씨앗은 바람을 타고 멀리까지 날아가 씨앗을 내리는데, 어느 곳에 떨어지느냐가 나무의 모양을 결정짓는 요인인 듯 보였사옵니다."

은수가 뒤이어 아뢰었다.

"가령 솔 씨앗이 옥토에 떨어지면 곧게 뻗은 나무로 자라옵고, 절벽 끝이나 박토, 산기슭 등에 떨어지면 뒤틀린 모양으로 자라는 듯하옵니다."

"그런데 그것을 어찌 증명할 수 있겠느냐? 너희들 말대로라면, 절벽엔 모두 뒤틀린 소나무가 자란다는 것이냐?"

"꼭 그렇지는 않사옵니다만, 그런 경우가 많았사옵니다. 험한 지형에서 뒤틀린 소나무가 자라는 것은 육안으로도 식별할 수 있었고, 맛으로도 알 수 있었나이다."

"맛으로 안다고?"

평소 아무거나 입에 대고 맛을 보는 악취미가 있었던 전 의관이 아뢰었다.

"소신이 두 유형의 나무가 자라는 곳 흙을 맛보았사온데, 뒤틀린 나무 흙에서는 신맛이 더 강하게 났사옵니다. 신맛이 나는 흙은 박토에 가깝사옵니다. 주변이 빽빽하게 물기가 없고, 흙도 푸석푸석하였나이다."

"전 의관 배 속은 괜찮은 게냐? 그리 막 아무거나 주워 먹어도 무탈한 것이냐?"

"염려 놓으시옵소서. 소신은 돌을 씹어 먹어도 괜찮사옵니다."

그는 차마 왕 앞에서 흙과 풀을 뜯어먹고 며칠 동안 설사를 지린 이야기를 할 수는 없었다. 설사를 지린 바지를 들고 개울로 가서 빠는 일은 순전히 은수의 몫이었다. 끝없이 이어지는 설사에 기진맥진한 그에게 차마 시킬 수 없었던 것이다.

모르쇠로 일관하는 전 의관을 보며 슬며시 미소 짓던 은수가 아뢰었다.

"소신의 집에서 기르는 소나무는 소신이 태어났을 무렵, 조부께서 인근 산에서 옮겨 심으신 것이온데, 그때 사람들이 비탈진 산기슭에서 파서 옮기느라 애를 먹었다고 들었사옵니다. 그 이야기가 생각이나 험한 산기슭을 중심으로 살폈더니, 과연 뒤틀린 소나무들이 자라고 있었사옵니다."

"한 가지 더 있사옵니다. 지난번 안평대군을 모시고 탐라에 갔을 때, 굽은 채 자라는 소나무들이 많았사옵니다. 하여 소신이 그 연유를 제주 목사에게 물었는데, 바닷바람 때문에 그렇다고 하였사옵니다. 그는 물론 무지렁이 천한 백성들이 평소 지껄이는 말이니 신경 쓰지 말라고 했으나, 소신이 이번에 허 제조 대감과 다니면서 보니 지형이나 흙, 온도, 바람, 강우량 등이 뒤틀린 소나무와 곧은 소나무의 차이에 결정적 역할을 하는 듯이 보였나이다."

"나무가 타고난 본성이 아니라, 주위의 조건에 따라 다를 수도 있겠다고 생각을 했다만, 너희들이 이토록 확실한 증거를 들고 오니 심히 기쁘도다."

"몇 가지 사항이 더 있나이다."

흥분한 왕과 달리, 은수의 목소리는 차분했다.

"소나무 숲에서 무리 지어 자라는 나무들 사이에도 외양의 차이가 있었사옵니다. 먼저 자라고 있던 소나무들 틈에서 묘목이 자랄 경우, 햇빛을 잘 받지 못하는데, 그런 경우 뒤틀린 형태를 보이기도 했사옵니다. 소나무의 외양에 햇빛의 양도 영향을 끼치는 듯하옵니다."

"그러니까 대략의 내용을 정리해보면, 뒤틀린 소나무는 척박하고 바람이 많은 곳, 산기슭이나 절벽 그리고 햇빛이 잘 들지 못하는 곳에서 자라는 것이구나. 사람들 사는 모습과 크게 다르지 않도다. 내 백성의 사는 모습이 뒤틀린 소나무 같지 않으냐. 그런 곳에서 싹을 틔우고도 천 년을 넘게 살 수 있다니. 역시 내 백성을 닮은 나무야."

"전하, 더 기쁜 소식이 있사옵니다."

전 의관의 말에 왕의 얼굴에 화색이 돌았다.

"더 있다고 하였느냐? 지금도 이리 가슴이 뛰거늘!"

"지난번 허 제조 대감이 토룡을 발견하신 것을 떠올려, 이번에도 저희가 땅을 파보았사온데, 이상하게도 소나무 주변 흙에서는 토룡이 발견되지 않았사옵니다."

"곧게 뻗은 소나무 주변에도 없더냐?"

"그러하옵니다."

"그럼 토룡은 모든 흙을 옥토로 만드는 건 아닌가 보구나. 솔향이 짙으니 그 향을 싫어할 수도 있겠고."

"토룡 대신 토룡의 역할을 하는 것이 송이버섯인 듯하였사옵니다."

"소상히 말해보아라. 소나무와 송이버섯 사이에 무슨 연관이 있느냐?"

"전하, 부디 하문을 천천히 하시옵소서. 두 분께 목을 축이실 시간도 조금 주시옵고……."

또다시 박 내관이 성급하게 구는 왕을 저지시켰다. 허은수가 찻잔을 들고는 있는데, 연달아 쏟아지는 질문에 입에 댈 시간을 자꾸 놓치고 있었기 때문이다. 차 마실 시간을 주고 싶었던 전 의관이 아뢰었다.

"소신이 땅을 파면서 희귀한 모양의 뿌리 한 덩어리를 발견하였나이다. 분명 소나무 뿌리인데, 하얀색과 흙으로 뒤덮여 있어서 주변을 살펴보았더니, 송이버섯이 자라고 있었나이다."

"전 의관, 너는 흙도 먹고 땅도 파고, 참으로 바빴겠구나!"

차 한 모금으로 목을 축인 은수가 뒤이어 입을 열었다.

"아마도 송이버섯 씨앗이 소나무 뿌리와 주변 흙에 뒤엉킨 채 소나무와 공생하는 듯하옵니다. 송이버섯이 자라는 주변 흙들은 축축하고 습기가 많으니, 분명 소나무 뿌리에 물기를 제공하였을 것이고, 송이버섯은 소나무 뿌리에 의지해 씨앗을 내려 땅 위로 솟아 자라는 듯하옵니다. 만약 소신들이 건강한 소나무를 길러내는 데 성공한다면, 각지에서 공물로 바쳐지는 송이버섯의 재배도 상림원 온실에서 가능할 듯하옵니다."

"좋구나! 일석이조가 아니냐. 기대치 못했던 수확이야. 백성의 나무도 길러내고, 그들의 조세도 줄여주고. 그럼 언제부터 시험 재배가 가능하겠느냐?"

"전하, 석 달을 넘게 먼 길을 다녀오신 분들이옵니다. 조금 쉬게 하소서."

박 내관이 또 나섰다. 그러나 그의 지청구가 들리지 않는 듯 왕은 눈을 반짝이며 두 신하를 바라보았다.

"그리고! 이번 일은 상림원에서 진행하지는 않을 것이다."

"그럼……."

"안평대군의 비해당에서 이 일들을 시작할 것이니 그리 알도록 하라."

지난번 병조판서 유배령으로 상림원을 향한 대신들의 적개심을 우려한 왕은 자신의 속내를 조심스럽게 털어놓았다.

"명 받잡겠나이다."

'비해당을 내어주시는 대가로 솔숲과 송이버섯까지 챙기시겠구먼. 비해당이 더 멋져지겠어.'

벌써부터 소나무 곁에서 자라는 송이버섯에 기뻐할 안평대군의 모습이 눈에 선했다. 어디 그뿐인가. 조선 팔도에서 자라는 각양각색의 솔숲에 둘러싸여 그림에 빠져 있을 그의 모습이 떠올라 전 의관은 킥킥거렸다.

가도 가도 끝없이 이어진 담장을 바라보며 전 의관은 턱이 빠질 뻔했다. 소문으로만 듣던 비해당의 규모가 상상을 초월할 정도였기 때문이다.

"이게…… 대군께서 사시는 집이옵니까? 대감, 전하께서 사시는 궁궐보다 크지는 않지요?"

"허허, 전 의관은 농담도 잘하시오. 그러나 전하께서 쉬시는 후원보다 비해당이 훨씬 좋은 것 같기는 하오."

"저, 정말이요?"

"밖에서 바라봐도 좋지만, 비해당 정원으로 들어가면 그야말로 무릉도원이 따로 없을 정도요."

청지기의 안내로 정원 입구에 이르렀을 때 전 의관은 숨이 멎을 것 같았다.

"대감, 대군께서는 그냥 산속에 집을 지으신 듯합니다. 세상에…… 사람이 사는 집이 이 정도라니!"

전 의관은 그저 사대부집들 정원처럼 작은 연못에 정자가 있는 뒤뜰 정도로 생각했다가 기함할 지경이었다. 처음 왕이 상림원이 아닌, 비해당에서 시험 재배를 하라고 했을 때도 이 정도일 줄은 몰랐던 것이다.

규모도 컸지만 군데군데 꽃이나 풀을 가꾼 솜씨를 보면 이 집 주인의 미적 감각을 짐작하고도 남았다. 대숲을 지나, 연못에 이르자 각양각색의 잉어들이 유유히 헤엄치고, 다리를 건너 야트막한 언덕에 이르자 환하게 웃으며 맞이하는 안평대군이 보였다.

"어서들 오시게. 오랫동안 기다렸네."

"그간 무고하셨습니까?"

은수의 인사에 전 의관은 아직 정신을 못 차린 채 쭈뼛거렸다.

"전 의관은 여기가 처음이지? 어떤가?"

"이토록 멋있을 거라곤…… 무릉도원 같고…… 사실 소인은 평생동안 누웠다가 일어나면 코앞에 문이 닿을 정도의 집에서만 살아봐서요. 남들 집도 다 거기서 거기니까…… 이렇게 멋진 집은 처음 봅니다."

넋이 나간 것처럼 전 의관이 횡설수설하며 주절댔다.

"어쨌든 비해당이 멋지단 뜻인 게지?"

"그럼요! 소신 이제 콱 죽어도 여한이 없사옵니다."

조상 대대로 가꿔 온 정원을 가진 허 제조가 방문했을 때는 내심 떨리고 긴장했었다. 그런데 이미 정신이 나간 듯한 전 의관을 보니 안평은 마냥 신났다. 그동안 자신이 공들여온 것이 빛을 발하는 순간이었다.

"이토록 저희를 청해주시고, 소나무 재배 시험을 허락해주시니 감사할 따름입니다."

은수가 굽은 등으로 조아리자, 안평은 하마터면 부왕 앞에서 떼쓰고 울 뻔했다는 얘기까지 할 뻔했다.

"아니네, 아니야. 내가 고맙지. 그대들 덕에 멋진 솔숲을 가지게 될 것이고, 때마다 자라는 송이버섯까지."

역시 발 빠른 안평이다. 어느새 송이버섯에 대한 소식까지 꿰찬 걸 보니.

"저희가 어디에서 시작하면 되는 것이옵니까?"

은수의 질문에 안평이 손사래를 쳤다.

"벌써부터 왜 이러시는가? 우리 비해당의 수칙을 잊으신 겐가?"

지긋이 웃는 은수와 달리 전 의관은 눈을 끔뻑거렸다.

"수칙이요? 이곳을 방문하려면 과거시험 같은, 뭐 그 비슷한 것을 통과해야 하옵니까? 소신은 잡과 출신이라 경문(經文)은 곤란하옵니다."

"이 사람 농이 심할세. 신선처럼 자유로이 쉬어가는 비해당에서 그 무슨 끔찍한 말인가? 당치않네! 나는 그깟 것을 아주 혐오하네. 물론 허 제조처럼 괴물같이 장원을 한 이도 있네만."

"자, 장원이요? 허 대감께서 장원급제 하셨습니까?"

오늘따라 자꾸 말을 더듬는 전 의관을 보며 겸연쩍은 듯 은수가 말했다.

"믿지 못하겠지만, 사실이긴 하네."

"그러면 어떤 수칙을 지켜야 이곳에서 차 한잔 얻어 마실 수 있사옵니까? 비해당의 송엽차가 소문이 자자하던데요."

안평대군의 눈짓에 은수가 설명했다.

"비해당에서는 조정의 일을 논의해서는 안 되오. 평소 읽고 있는 서책이나 자기 생각을 기탄없이 말할 수 있소. 굳이 공맹에 얽매일 필요가 없다는 뜻이오. 또한 청탁을 위해 방문한 자는 결코 비해당에 들어올 수 없소. 마지막으로 반드시 산책을 즐기고, 차를 한 잔 마셔야 하오."

"아……."

너무나 다행이라는 듯이 전 의관이 가슴을 쓸어내렸다.

"그러니 아무리 일을 하고 싶어도 먼저는 차 한 잔 마시고, 이 숲길을 걸어야 하네. 비해당에 걸맞게 송엽차를 준비했으니, 어서들 들게."

아주 오랜만에 다시 뭉친 이들은 편안하게 이곳의 여유로움을 만끽했다. 비해당은 그런 힘이 있었다. 신분의 굴레에 묶여 다사다난했던 과거도 잊게 하고, 조정에서의 치열한 다툼에서도 멀어진 채 오롯이 마음을 열 수 있게 하는 그런 힘. 오래도록 머물고 싶게 만드는 그런 힘이 있었다.

의문의 화재

어둑해질 무렵, 좌의정의 집 앞을 서성이며 주변을 살피는 사내가 있었다.

스르륵, 문을 열고 들어온 신 별감은 몸을 숙인 채 고개를 조아렸다.

"그간 알아낸 것이 있느냐?"

"지난번에도 말씀드렸듯이 소인은 그저 상림원에서 나무나 가꾸는 천한 일을 할 뿐이옵니다. 소인이 말씀드릴 수 있는 것은 상림원에서의……."

"서설이 길다."

좌의정 김한기는 노골적으로 눈살을 찌푸리더니 돈 꾸러미를 툭 던졌다.

"아, 예……. 실은 근래 허 제조 대감과 전 의관의 출타가 잦아졌사옵니다. 뒤를 밟아보니 안평대군의 비해당으로 향했사옵고, 두 식경 정도가 지나면 나온 것으로 보아, 안평대군께서 정원 손질을 의뢰하신 듯하옵니다."

"너는 사실만 고하면 되느니라."

"또한 상림원 온실에서 두 사람이 아주 특별한 책을 만들고 있사옵니다."

"책?"

"들춰 보니 상림원에서 기르는 약재의 모양과 효능, 재배 과정, 분뇨의 배합 방법 등을 기록하는 책이었사옵니다."

"그런 종류의 기록을 서책이라 할 수 있겠느냐? 그저 상림원의 일지 정도겠지."

"하온데 조금 이상한 점은, 각 장마다 사실적인 그림이 그려져 있는 것입니다."

"그림이라고?"

"예, 모든 종류의 약초와 나무의 모양을 생장 시기별로 꼼꼼히 실물과 똑같이 그려 넣었습니다."

"어이하여 그림을 그려 넣었을꼬. 조선 천지에 그런 책은 들어본 적이 없는데."

좌상은 별 해괴한 서책이 다 있다고 대수롭지 않게 생각했다.

"한 가지가 더 있사옵니다. 요즘 두 사람이 병든 소나무를 치료하고, 건강한 소나무를 식재(植栽)하는 일을 시작한 듯하온데, 실제적으로 소나무 묘목이 상림원에서 길러지고 있지는 않사옵니다. 아마도 산으로 직접 가서 시험 재배한다는 뜻인데, 아무리 기다려봐도 산으로 향한 적은 없었습니다. 그런데도 책에는 꼼꼼히 소나무 묘목의 생장 과정이 기록되어 있었사옵니다."

"산에는 안 가고, 자꾸 비해당을 들락거린다는 말이지……."

좌의정은 손가락으로 탁상을 툭툭 두드리며 생각에 잠겼다.

"아! 그리고 이상하게도 그림에 그려진 소나무 묘목 중 일부는 모두 뒤틀린 모양이었사옵니다."

"뒤틀린 모양? 이럴 수가!"

좌의정은 그제야 고개를 쳐들고 사시나무 떨듯 몸을 떨었다.

유례없던 소나무 벌목! 그게 처음 시작된 것은 허은수 때문이었다.

사대부들이 칭송하던 격조 높은 소나무가 한낱 백성들의 구황작물로 전락했던 것도 참아주었다. 소나무의 고사로 민심이 흉흉해질까 봐 송정(松政)을 제안하면서 한고비 넘겼다고 안심하고 있었다. 그런데 느닷없이 송정의 법망에 처참하게 걸려든 것은 다름 아닌 사대부였다. 그러더니 급기야 왕은 허은수의 손을 빌려 천자의, 아니 사대부의 나무를 백성의 나무로 탈바꿈시키려는 일에 착수했다. 교묘하고 빈틈없이.

"결국 이렇게까지…… 결국!"

생각을 곱씹던 좌의정의 얼굴이 분노로 일그러졌다.

때아닌 바람이 몰아치더니, 하늘엔 어느새 먹구름이 잔뜩 끼었다.

시커먼 까마귀 떼가 먹구름 사이로 열을 이루고 날더니, 급기야 폭풍이 불어치기 시작했다. 비바람에 잔뜩 인상을 구긴 대신들이 조심스럽게 빈청(고위관료들의 회의공간) 안으로 들어서고 있었다. 먼저 와 있던 좌의정의 얼굴을 보니, 오늘도 심각한 이야기가 시작될 모양이었다.

"그럼 전하께서 뒤틀린 소나무를 만들어내고 계신단 말입니까?"

무슨 얼토당토않은 말이냐는 얼굴로 형조판서가 되물었다.

"그게 가능한 일이긴 합니까? 어찌 하늘만이 할 수 있는 일을……."

믿기지 않는 듯 고개를 내저으며 호조판서가 외쳤다.

"천하 만물이 모두 그 타고난 기(氣)를 가지고 살아가거늘, 어찌 하늘을 거스른단 말입니까?"

"지난번 측우기를 제작하셨을 때에도, 전하께서는 하늘이 관장하는 비도 사람이 제어할 수 있다고 믿지 않으셨습니까? 큰일입니다, 큰일이에요. 자꾸 엉뚱한 일을 벌이시니."

"그깟 묘목들이야 불태워버리면 되지 않겠습니까? 요즘 도성 내에 화재가 빈번하니 의심받지도 않을 듯하고."

좌의정은 무겁게 입을 열었다.

"만일 이 일을 명나라에서 알게 된다면 가만있지 않을 것이오. 모두 을해년 상사(喪事)를 잊으셨소?"

을해년 상사라는 말에 대신들의 얼굴이 하나같이 일그러졌다. 개국 이래 조선은 명나라와 잦은 외교 마찰이 있었다. 조정은 끊임없이 대국의 눈치를 살피며 머리를 조아리는 식이었다. 명나라는 조선이 목소리를 내고 고개를 쳐들 기미가 보이면 그때마다 또 다른 빌미로

압박을 가했다. 이런 살얼음판 같은 상황에서 사신들의 목숨은 그야말로 풍전등화와 같은 신세였다. 먼 길을 떠나 돌아오지 못한 채, 타국을 떠도는 원혼이 되기도 했다. 이유는 그저 대국의 황제를 모독했다는 게 전부였다.

을해년 9월, 태조의 비 신덕왕후가 훙(薨)하자, 대국에서 소식을 들은 사신들은 신하로서의 예를 다하기 위해 상복으로 갈아입었다. 그러나 이 일이 화근이 되었다. 황제는 자신이 내려준 붉은 옷을 벗어버리고 흰 상복을 입고 왕비의 죽음을 애도했던 이들을 모두 처형시켰던 것이다.

"어찌 잊을 수가 있겠습니까? 사신들이 국상에 상복을 입었다고 그 난리를 쳤는데, 굽은 소나무가 은밀히 길러지고 있는 게 발각된다면…… 감히 천자의 나무를 훼손했다는 죄명이 덧씌워져 화를 면치 못할 것입니다."

병조판서가 심각한 어조로 말했다.

"그뿐입니까! 이번엔 사신이 아니라, 왕실의 안위조차 보장받을 수 없을 정도로 일파만파 일이 커질 것이옵니다."

사헌부 수장이 침통한 목소리로 말했다.

"그러니 이 일을 처리함에 있어 신중을 기해야 할 것이오. 갑작스러운 상림원 화재는 오히려 의심을 불러일으킬 것이니, 이번 춘등 강무 때 일을 진행하는 것이 좋겠소. 주상전하를 모신 문무백관이 모두 궁을 떠났을 때 화재가 발생한다면, 그리고 그 불길이 상림원까지 퍼지게 된다면 의심을 피할 수 있을 것이오."

"정전 회의 때 춘등 강무를 반드시 강행하도록 해야 할 것이옵니다!"

쐐기를 박듯 이조판서가 되뇌었다.

대신들은 이번에야말로 외교적 마찰을 일으킬 수 있는 자질구레한 일을 뿌리 뽑아버리겠다는 각오를 다졌다. 결코 실패하지 않으리란 오기마저 느껴졌다.

봄 내음이 상림원 곳곳에서 풍겨 나오고, 새싹들이 연둣빛 머리를 쏙 내밀고 있었다.

은수는 봄을 만끽할 새도 없이, 상림원에 콕 틀어박혀 나오질 않았다. 그는 요즘 소목 시험 재배로 여념이 없었다.

소목은 혈액순환과 복통, 종기 제거에 효험이 있을 뿐 아니라, 홍색 계통의 염료로도 사용되는 목재였다. 그러나 따듯한 남방 지역에서만 자라기 때문에 조정은 왜를 통해 교역을 하는 실정이었다. 그런데 근래 들어 왜 상인들의 교묘한 수법으로 소목의 값이 하늘처럼 치솟자, 중추원 대신들은 소목으로 옷감을 물들이는 일을 금하자는 상소를 올렸었다.

엎친 데 덮친 격으로, 붉은색을 숭상하는 명나라는 사신을 통해 공공연히 소목을 공물로 요구하기도 했다. 이에 왕이 직접 나서 소목의 시험 재배를 상림원에 명했던 것이다.

늦은 오후가 되어서야 은수는 조금 쉴 틈이 생겼다.

"휴, 아이고, 허리야."

심호흡을 하며 하늘로 고개를 젖히던 은수는 갑자기 숨이 멎는 듯했다. 눈앞에 백홍관일(白虹貫日)이 펼쳐져 있었던 것이다.

상림원 종복들도 수군대며 주위로 몰려들고 있었다. 눈앞의 광경에 모두들 불안한 기색을 감추지 못했다.

흰 무지개가 태양을 관통하듯 걸려 있는 백홍관일은 『서운관지(書雲觀志)』에 따르면 하늘이 내보이는 불길한 흉조였다. 음의 기운인 무지개가 왕을 상징하는 해를 가린 것이기에, 왕의 신상에 큰 재앙이 닥치거나, 간신이 왕을 모략하고 권력을 휘두르는 징조라고 여겨져왔다.

이는 무지렁이 백성들조차 알고 있는 일이었다. 감히 입 밖으로 내뱉을 수 없는 참담한 생각들이 사람들의 마음을 어지럽혔다,

'아, 이 무슨…….'

은수는 참담한 심정으로 하늘을 바라봤다.

춘등 강무를 떠나는 날 아침, 왕비는 손수 왕의 의복을 챙겼다. 이번 강무를 가까운 곳으로 떠나고 싶어 했던 왕이지만, 신하들의 반대에 부딪혀 강원도까지 가야 하는 먼 여정이었다.

춘등 강무는 봄에 전국의 군사를 동원하여 야외에서 사냥을 통한 군사훈련을 실시하는 것이다. 강무는 경기도, 강원도, 황해도, 충청도, 전라도 등을 순행하며 이루어졌고, 짧게는 5일에서 길게는 13일 정도 시행되었다.

조선은 강무를 통해 군권을 공고히 하려 했다. 전국의 병력 동원부터 강무장까지의 행군, 금고기치(金鼓旗幟)에 의한 군령의 습득, 짐승몰이를 위한 다양한 진법 활용, 목표물을 잡기 위한 활쏘기 연마 등 강무는 군정을 한꺼번에 시험해 볼 수 있는 기회였다.

행렬이 떠나고 난 후, 궐에 남겨진 왕비는 불현듯 떠오르는 불안감을 떨칠 수 없었다. 얼마 전 흰 무지개가 해를 가린 일로, 궐이 한바탕 들끓었다. 하필 이 와중에 대신들이 춘등 강무를 강행하는 것도 이해할 수 없는 처사였다.

뛰는 가슴을 진정시키느라 가만히 부여잡고 있을 때, 김 상궁의 목소리가 들려왔다.

"중전마마, 허 제조 대감의 부인 드셨사옵니다."

"드시게 하라."

보자기에 싼 물건을 들고 아영이 들어왔다.

"마마, 그간 강녕하셨나이까? 다음 달이 산달이시라 하여 그 전에 찾아뵙고자 하여……."

"그대의 그림을 볼 생각에 가슴이 설레는구려. 오늘은 어떤 그림이려나?"

불안한 기색을 애써 감추며 왕비가 말했다.

"소첩, 오늘은 석류 그림을 준비했사옵니다."

"태어날 아기를 위한 그림이구려."

빨간 과육이 알알이 박힌 석류를 보며 왕비는 입에 침이 고였다.

"석류는 예로부터 다산과 가족의 안녕을 기원하는 그림 소재로 많이 사용되었사옵니다. 이번에도 무탈하게 아기씨를 생산하실 수 있도록 기원하는 마음을 담았나이다."

"새콤한 맛까지 느껴지게 하는 그림이오. 늘 고맙구려."

"중전마마."

주저하는 듯 망설이는 아영의 모습에 왕비는 주위를 물렸다.

"무슨 할 말이라도 있는 게요?"

"실은…… 한 가지 청이 있사옵니다."

"무슨 일이오? 부인의 청이라면 내 기꺼이 들어줄 것이니, 편히 말해보오."

아영은 보자기에 싸인 물건을 조심스럽게 꺼냈다.

"이것은 서책이 아닌가?"

"맞사옵니다."

"그런데 무슨 연유로?"

"이 서책은 주상전하께서 명하시어 상림원에서 기르는 꽃과 약초, 나무들을 기록하고 그림으로 그려 넣은 것이옵니다."

한 장씩 넘기던 왕비는 의아해서 물었다.

"서책이라고 하기엔 그림이 많구려. 오히려 화첩이라고 해도 될 듯하오."

"모든 종류의 식물의 생장 과정을 그려 넣었기 때문에 서책의 분량이 상당히 많사옵니다."

"그런데 내가 무엇을 도와야 하오?"

"실은 이 서책의 내용은 허 제조 대감과 전 의관 그리고 저 세 사람만 알고 있사옵니다. 조심스럽게 기록하고 있사온데, 얼마 전부터 상림원의 신 별감이 온실 속에 두었던 이 책을 몰래 보는 것을 목격하였나이다. 소첩은 아둔하여 정사는 잘 모르옵니다. 하오나 신 별감이 자주 허 제조 대감과 전 의관의 동태를 살피는 것도 여러 번 보았나이다."

아영 역시 근래의 일들로 심란하여 일이 손에 잡히지 않았다. 설상가상으로 도성 내에 화재가 빈발하던 터라 문무백관이 모두 궁을 비운 이 시점에 서책을 상림원에 둘 수가 없었다.

"하여 내가 좀 맡아달라는 뜻이구려."

"송구하옵니다."

"염려 마시오. 전하께서 비밀리에 진행하시는 일이니, 사특한 무리들이 호시탐탐 훼방할 기회를 노리고 있을게요. 나를 찾아올 생각을 하다니, 잘하였소."

왕이 궁을 떠나면 궁을 책임지는 총책임자는 왕비였다. 이번 춘등강무에 왕비는 만삭의 몸이라 불참했으니, 이 책을 지켜낼 수 있는 건 오직 왕비뿐이었다. 평소 그림을 그려 왕비를 찾는 일이 자연스러운 아영은 별 의심을 받지 않고 서책을 빼 올 수 있었다.

산달을 코앞에 둔 왕비는 요즘 막바지 태교에 심혈을 기울이고 있었다. 왕실의 법도에 따라 낮에는 궐 후원을 거닐며 산책을 해야 하고, 잠시 쉴 동안에는 소나무 아래에 앉아 솔바람 소리를 재현한 아악 풍입송(風入松)을 듣는다.

어디 그뿐인가. 정자에 앉아 차를 마실 때도 송홧가루를 꿀에 버무려 다식판에 찍어낸 송화다식을 즐겨 먹고, 목이 마르면 송홧가루를 꿀물에 탄 송화수를 마셔야 한다. 태어날 왕손을 위한 태교에 올려지는 음식과 활동은 온통 소나무와 관련된 것들뿐이다. 목(木)의 기운을 가진 소나무가 몸의 기능을 높여주고 눈을 밝게 해줄 뿐만 아니라, 왕재로서의 지기(志氣)를 생성시킨다고 생각해서다.

봄인데도 몸이 무거워 자주 땀을 흘리는 왕비는 후원에서 송화수를 마시며 쉬고 있었다.

"김 상궁, 이제 돌아가야겠구나."

"예, 마마."

김 상궁이 왕비의 몸을 조심스럽게 일으켜 세웠다.

"오늘 저녁은 죽 수라로 대신할 것이니, 요란스럽게 갖춰 올릴 필요 없다."

왕비가 담박한 어조로 말했다.

"하오나 중전마마. 복중 아기씨를 위해 더 챙겨 드셔야 하옵니다. 기를 보할 수 있는 순무씨죽을 올리겠나이다."

"그러자꾸나."

늦은 나이에 출산을 앞둔 왕비이기에 김 상궁은 더없이 정성을 다하고 있었다.

강무를 떠나 왕이 찾아오지 않는 중궁전은 썰렁함마저 느껴졌다.

요즘 왕은 초가로 들기 전, 중전의 몸 상태를 살피기 위해 자주 중궁전을 찾았다. 두런두런 이야기를 나누며 함께 먹던 석수라 대신 왕비는 단출하게 죽 수라를 끝내고, 일찍 잠자리에 들었다. 초저녁잠이 쏟아져 내렸기 때문이다.

땡! 땡! 둥둥둥!

"불이야, 불이야!"

매캐한 연기가 사방에서 피어오르고 있었다. 금군들과 종복들이 물 항아리를 들고 뛰어다니며 불과 사투를 벌이고 있었다. 민가에서 옮겨붙은 불이 맹렬한 기세로 타올랐다. 자욱한 연기 속에 쓰러져가는 사람들이 속출했고, 타오르던 불길은 지붕과 기둥을 모조리 태우고도 모자라 먹잇감을 찾는 맹수처럼 사납게 번지고 있었다.

불을 끄다 지붕 위에서 미끄러져 다치는 이들이 즐비했고, 번지는 불길이 옷에 옮겨붙어 화상을 입은 금군들도 부지기수였다. 불에 덴 자들의 비명이 하늘을 찌를 듯했다.

강무를 떠나고 남겨진 최소한의 금군으로 화재를 진압하는 데는 무리가 있었다.

"중전마마, 빨리 피하셔야 하옵니다. 불길이 점점 번지고 있사옵니다."

한밤중에 일어난 소란으로 내명부의 후궁들과 궁인들도 모두 중궁전으로 모여들었다. 초조한 심정으로 어린 대군들과 옹주들을 부둥켜안고 왕비의 명을 기다렸다.

김 상궁의 재촉에 왕비는 침착하게 명했다.

"지금 치솟은 불길로부터 모든 것을 지켜낼 수는 없다. 한성부윤 김소에게 명하여 오직 종묘와 사직을 힘써 지켜내고, 도성 내 백성을 구휼할 곳간을 지켜내도록 하라. 또한 말 잘 타는 녹사 고상충을 보내어 전하께 화재가 난 것을 고하도록 하라."

왕비는 다급한 일을 먼저 명한 후, 주변을 둘러보며 말했다.

"각 처소의 궁인들은 지금 즉시 비빈들과 왕손들을 보호하여 속히 동궐로 향하라."

왕비의 말이 끝나기가 무섭게 모두들 궐을 빠져나가기 시작했다.

녹사 고상충을 보냈으니 내일 안으로는 왕에게 소식이 전해질 것이고, 평소 충직하기로 이름난 한성부윤 김소에게 맡겼으니, 파죽지세로 화재를 진압할 수 있을 터였다. 또한 왕족들까지 모두 대피시켰으니, 급한 일은 모두 처리한 셈이다.

"마마, 마음을 굳건히 하소서. 태중 아기씨 보존에만 힘쓰소서. 이제라도 늦지 않았사오니 처소를 옮기도록 명하여 주소서."

김 상궁의 간청에도 왕비는 뜻을 굽히지 않았다.

"밖에서는 목숨을 걸고 싸우는 이들이 있거늘, 어찌 일국의 국모로 내 한 몸 보전코자 도망칠 수 있겠느냐? 김 상궁은 더 이상 말하지 말라."

떨리는 손을 당의 속에 가린 채, 왕비는 의연하게 처소를 지켰다. 김 상궁을 통해 화재 진압 상황을 수시로 보고받으며 뜬눈으로 밤을 지셨다. 화마로부터 조선을 지켜주십사 마음속으로 빌고 또 빌었다.

새벽녘이 되어서야 불길이 잡히고, 왕비는 비로소 보료 위에 몸을 뉘었다.

급보를 받은 왕은 행렬을 돌려 서둘러 환궁했다. 문무백관들도 행장을 풀지 못한 채, 급히 정전으로 들었다. 밤새 타오른 불길에 도성 곳곳에 매캐한 연기가 남아 있었고, 화상을 입은 금군들의 비명이 궐내에서 들려왔다.

침통한 얼굴로 왕이 명했다.

"피해 규모가 어느 정도인지 소상히 고하라."

"한성부 부윤 김소 아뢰옵니다. 경시서 및 북쪽의 행랑이 106간, 중부의 인가가 무려 1630호, 남부가 350호, 동부 190호의 가옥이 불에 탔사옵고, 장정 9명과 부녀자 23명이 사망하였사옵니다."

"화재의 원인은 밝혀냈느냐?"

"의심스러운 무리들이 있어 의금부에서 조사를 진행하고 있사옵니다."

"의심스러운 무리라니?"

되묻는 왕의 목소리에 분노가 녹아 있었다.

"근래 도성 안에 화재가 잦아져 하룻밤에도 두세 곳씩 일어나옵니다. 이는 민가에서 불을 조심하지 않아 발생한 것도 있사오나, 어제의 화재는 재물을 갈취하기 위한 좀도둑들의 소행으로 사료되옵니다. 특히 화재 발생 직후 도망치는 무리들이 있었사온데, 장원만이라는 자가 무리의 우두머리인 것으로 밝혀졌나이다. 이들은 모두 북청,

길주, 영흥 출신인데 기근이 극심해진 후 화적 떼로 살아온 것으로 보입니다. 의금부의 국문이 끝나는 대로 법에 따라 엄중히 처벌할 것이옵니다."

한 치의 거짓도, 과장도 없는 깔끔한 상황 보고였다. 그 정도로 한성부윤 김소의 일하는 솜씨는 정평이 나 있었다. 그러기에 다급한 순간에 왕비도 그를 떠올렸으리라. 이제는 왕이 나설 차례였다.

"사망한 자에게는 각각 쌀 한 석과 종이, 거적 등의 물품을 주어 매장하게 하고, 사망자 중 친족이 없는 자는 한성부에서 사람을 시켜 장사 지내주도록 하라. 또한 화상을 입은 자들은 무상으로 치료해주며, 부모를 잃은 어린아이들이 굶주리며 곤란을 당하지 않도록 보살피도록 하라. 화재를 당해 집을 잃은 자들에게는 새집을 지을 재목으로 말라죽은 소나무들을 베어주도록 하라."

정전 회의가 끝나자 중궁전으로 달려온 왕은 왕비의 안위를 확인하고 안도했다.

미친 듯이 말을 달리면서 왕은 내내 중전을 떠올렸다. 산달을 앞두고 있는 중전이 갑작스러운 변고에 쓰러지지는 않았을까, 복중 왕손이 잘못되지는 않았을까, 오만가지 불길한 생각들에 가슴이 타들어 가는 듯했다.

"중전, 고생이 많았구려. 중전의 과단성 있는 결정 덕분에 종묘와 사직을 지켜냈소. 특히 한성부윤 김소에게 모든 일을 위임한 것은 탁월한 조치였소. 이뿐만 아니라 왕족들을 모두 동궐로 이동시키셨다

들었소. 장한 일을 하시었소. 그런데 어찌 중전만 여기에 남은 것이오? 일이 잘못되었으면……."

말을 잇지 못하는 왕의 손을 중전이 가만히 잡았다.

"고정하시옵소서. 아무 일도 없지 않았사옵니까? 궐 안까지 불이 옮겨붙었다고 들었사옵니다. 피해가 크옵니까?"

너무나도 침착한 중전의 모습에 왕이 가슴을 쓸어내렸다.

"다른 부분들이야 복구하면 되지만, 상림원의 온실과 약초, 나무들이 많이 소실되었소. 중대한 기록도 불타버렸고. 그야말로 검은 잿더미만 남았소. 수년간에 걸쳐 고민하고 진행하던 일이 물거품이 돼버렸소."

"상림원도 다시 복구하시면 되지요."

"기록이 불타버렸으니, 그 방대한 양을 허 제조와 전 의관이 기억해내지 못한다면, 손실이 너무 크오. 하기야 허 제조는 기억을 할 수도 있겠군."

왕은 이제야 실감할 수 있었다. 도성이 불길에 휩싸이면서 상림원조차 깡그리 화마에 먹혔다는 것을. 허탈하게 말을 이어가던 왕에게 왕비가 가만히 물었다.

"허 제조의 능력이 그토록 탁월하옵니까?"

"그는 이 시대의 천재요. 내가 그를 신하로 둔 것이 큰 복이오."

"이 서책이 화마로부터 보존되었나이다."

슬며시 보자기를 내밀던 왕비는 잔잔하게 웃었다.

책장을 어루만지는 왕의 손끝이 떨렸다.

"어찌 된 일이오?"

그간의 일을 설명하자, 왕은 다시 시작할 수 있다는 벅찬 마음에 눈물이 쏟아졌다. 탐라의 약초들과 귤나무도 다시 기를 수 있고, 온실도 재건할 수 있다는 씨앗만큼의 희망에, 왕은 꺾였던 마음을 다시 일으켜 세웠다.

빈청에서 대신들과 회의를 끝낸 좌의정은 남들의 눈에 띄지 않는 곳에서 예조판서와 은밀히 이야기를 주고받고 있었다.

"그래서 그자가 지금 의금부에 하옥되었다는 게요?"

"송구합니다, 좌상 대감. 내일 아침 국문이 시작된다 하옵니다. 이를 어찌하오리까?"

화적 떼로 떠돌던 장원만을 매수한 이가 바로 예조판서였다.

"상림원이 거의 불탔으니, 우리는 소기의 목적을 달성하였소. 그자의 입을 막는 것은 걱정 마시오."

초조한 예조판서와 달리 좌의정은 먼 산을 쳐다보며 담담히 말했다.

칠흑같이 어두운 밤, 은수는 폐허가 된 상림원 주변을 돌아보았다. 처참한 광경이 눈앞에 놓여 있었다. 정성 들여 가꾼 묘목들이며 약초는 자취도 없이 사라져버렸고, 오랜 연구 끝에 만든 온실은 잿더미가 되어버렸다. 온실 앞에 나뒹구는 토룡 통을 보자 은수는 털썩 땅바닥에 주저앉고 말았다.

"흑흑, 흐흐흑. 전하, 전하……."

모든 게 끝났다는 생각에 그동안 참아왔던 눈물이 봇물 터지듯 터졌다. 그 눈물 위로 백성을 향한 왕의 꿈과 기대도, 자신의 노력과 열정도 모두 사라져버리는 듯했다. 깊은 절망이 그를 덮치고 있었다.

"이제 어찌하면 좋사옵니까, 전하……."

잿더미 위에서 애절하게 울고 있는 은수의 모습을 멀리서 전 의관이 바라보고 있었다.

전 의관 역시 비슷한 시각에 상림원에 와 있었다. 화마가 훑고 간 자리에 멍하니 서서 허탈감을 감추지 못했다. 그리고 조금씩 의심이 밀려들기 시작했다.

'왜 상림원만 모조리 탔을까? 처음부터 상림원을 겨냥한 방화 사건인가? 허 제조의 부인은 무슨 낌새를 느꼈기에 책을 미리 빼냈을까? 수상한 낌새가 있긴 있었나 보구나.'

생각이 여기까지 미치자 전 의관은 가슴 속에서 분노가 치솟았다. 반드시 밝혀내리라고 다짐하고 있던 차에 흐느끼고 있는 은수를 보게 된 것이다.

꽉 다문 전 의관의 입술에서 피가 새어 나오고, 주먹에 불끈 힘이 들어갔다.

검은 그림자가 의금부 옥사 주변을 주시했다.

약속된 시각 뇌물을 받은 문지기가 슬쩍 자리를 비우자, 그림자는 자신의 할 일을 신속히 처리하고 유유히 의금부를 빠져나갔다.

다음 날 아침, 장원만의 싸늘한 시신 앞에서 한성부윤 김소와 의금부대장 오승은 망연자실했다.

"배후를 밝히는 건 차후에 해야 할 것이오. 지금은 화재의 원인을 밝히고 방화범들의 처벌이 우선이니, 이에 힘쓰도록 합시다."

석연치 않은 죽음이었다. 한성부윤 김소는 평소의 대쪽같은 성미로는 지금 당장이라도 사고의 원인을 밝히고 싶었으나, 조선 개국 이래 가장 큰 화재를 당한 이 시점에 무엇이 우선인지 판단해야 한다고 자신을 다독였다.

이번 화재의 가장 큰 피해지, 상림원을 조사하기 위해 나온 한성부윤 김소는 할 말을 잃은 채 서 있었다. 완전히 불타버린 상림원의 피해 상황을 어떻게 왕 앞에 고해야 할지 난감했다. 평소 상림원에 대한 왕의 애정을 잘 알고 있기에 더 심란했다.

"오셨습니까, 대감!"

미리 와 있던 은수가 인사를 건넸다.

"상심이…… 크시겠소. 몇 가지 여쭙고자 이리 찾아온 것이오."

한성부윤의 목소리에 안타까움이 묻어났다.

"그날 밤 상림원을 가장 나중에 떠난 이는 누구였습니까?"

"김동이라는 종복이옵니다. 그는 그 시각에 바로 귀가한 것이 확인되었사옵니다."

어느새 왔는지 전 의관이 대답했다.

전 의관은 요즘 혼자 이것저것 들쑤시며 조사하러 다니는 중이었다. 예전에 전의감 약재 도둑과 탐라 귤 도둑 사건까지 처리한 그는 누가 시키지 않았는데도, 이 일에 눈에 불을 켜고 매달리고 있었다.

"화적 떼의 우두머리인 장원만이 길주와 영흥, 북청 지역 출신입니다. 혹여 상림원 종복들 중에 이곳 출신이 있소?"

한성부윤의 질문이 이어졌다.

"없사옵니다. 제가 다 조사를 마쳤습니다."

전 의관이 종복들의 출신을 꼼꼼하게 적어놓은 기록지를 건네며 대답했다.

한성부윤은 뭐 이런 사람이 다 있나, 의아하면서도 즉각적이고 명확한 그의 답에 조금씩 믿음이 가기 시작했다.

"평소 수상쩍은 기미는 없었습니까?"

"글쎄요……."

은수가 확신이 서지 않아 말끝을 흐렸다.

"수상쩍은 기미 따위는 필요 없습니다. 이미 보셨듯이 이번 화재는 상림원을 겨냥한 방화임에 틀림없습니다."

전 의관이 답답하다는 듯 소리쳤다.

한성부윤 역시 같은 생각이었다. 그러나 평소 철두철미하게 증좌를 가지고 일해온 그는 심증만으로 선불리 일을 처리할 수 없었다.

"오늘 조사는 이 정도로 하지요. 차후 필요한 일이 있으면 다시 연통을 넣겠습니다. 우선 주상전하께는 이대로 상황을 보고할 것입니다."

등을 돌려 성큼성큼 걸어가는 그의 뒷모습에 전 의관이 씩씩대며 뇌까렸다.

"그깟 증좌, 내가 직접 찾으면 되겠군."

은수가 다가와 전 의관의 등을 쓸어내렸다.

그간 이리저리 헤매고 다니느라 그의 얼굴이 많이 상해 있었다.

화재 진압 9일 만에 왕은 금화도감(禁火都監, 화재를 진압하는 기관)을 설치하고, 화재 발생 시 행동수칙을 체계적으로 정하도록 했다. 금화도감은 원래 병조 소속이어야 하지만, 주 임무가 한성부의 화재를 막는 것이므로 믿을 수 있는 한성부윤 김소에게 전권을 부여했다.

이에 그치지 않고, 각 민가마다 일정한 간격으로 담을 쌓아 불길이 서로 번지지 못하게 하고, 지붕은 흙을 두껍게 바르고 기와를 덮게 했다. 또한 종묘와 대궐, 종루의 문루, 군인과 노비가 있는 각 관청에는 불을 끄는 데 필요한 기구들을 갖추게 했다.

아울러 금화도감에 소속된 자들은 바람이 심하게 부는 날에는 순찰을 돌며 화재를 예방하도록 했고, 야간에는 종루 위에 올라가 감시하도록 했다.

빠르고 빈틈없는 왕의 처결에 들끓었던 민심은 서서히 평온을 되찾아갔다. 상림원 역시 재건을 앞두고 조금씩 상처를 추스르고 있었다.

뜻밖의 선물

상림원이 불타버린 이후, 한동안 시름시름 앓던 은수는 보름 가까이 자리에서 일어나지 못했다.

겨우 몸을 추스른 은수는 정원을 거닐다 소나무 앞에서 발걸음을 멈추었다.

다시금 눈물이 차올랐다. 늘 이 자리를 묵묵히 지켜온 자신을 닮은 나무. 은수는 나무에 기대어 실컷 위로받고 싶었다.

'네게도 분명 힘겨웠던 시간이 있었겠지. 그러나 극한의 상황도 너를 해치지 못했구나. 아니, 그 상황 속에서도 너는 네 생을 놓지 않았구나. 나는 이다지도 쓰리고 아픈데⋯⋯ 너는 참으로 잘 견뎌냈구나.'

한참을 애틋하게 나무를 바라보던 은수는 허물어졌던 마음을 다잡았다.

힘겨웠던 그 봄이 지나고, 새로운 봄의 전령이 살포시 다가와 변함없이 만물을 소생시키고 있었다.

씨앗을 심어놓고 어떤 싹이 나오려나 기대 반, 의구심 반.

애틋한 마음과 손길로 돌보았던 소나무 묘목들이었다.

"대감! 대감!"

떨리는 목소리로 전 의관이 은수를 불렀다.

"속히 오셔서 확인해보시지요."

허우적대며 비탈진 언덕을 오르던 은수 앞에 아주 작은 묘목이 놓여 있었다.

"이쪽을 보십시오. 한쪽이 모두 굽어 있습니다."

지난번까지 곧은 나무와 별반 차이가 없던 묘목들이 오늘 보니 조금 굽어 있었다.

"저쪽 그늘에 심었던 씨앗들도 역시 굽어서 자라고 있습니다."

비해당에 올 때마다 여러 지형에 흩어 심어놓은 솔 씨앗을 관찰하고, 싹의 모양을 기록하던 은수와 전 의관은 곧게 자라는 소나무가 많아 적잖이 실망감이 컸었다. 어느 시점으로부터 묘목이 굽어 자라는지 알 수 없었기 때문이다. 그런데 상림원 재건 일로 이래저래 바빠 한동안 발길이 뜸한 사이, 꽤 많은 나무가 굽어 자라고 있었다. 그들이 예측한 대로 비탈진 곳이나, 바위 틈새, 그늘에 심었던 씨앗들 대부분이 굽은 형태를 보이기 시작했다.

"이 정도면 비해당 곳곳에 심어진 묘목들 중 7할이 굽어 자라고 있습니다. 조만간 캐어 산으로 옮겨 심어야 될 것 같습니다. 이대로 된다면 전하께서 계획하신 일에 큰 차질 없이 굽은 소나무를 길러낼 수 있을 듯합니다."

"전 의관이 정말 고생이 많았소. 이 사실을 전하께 고하고, 소나무를 옮겨 심는 날짜와 장소를 여쭙도록 하겠소."

웬만해선 속마음을 잘 내비치지 않던 은수는 아주 오랜만에 편안하게 웃었다.

"대감, 비해당을 기꺼이 내주신 안평대군께 제가 작은 선물을 준비해도 되겠습니까?"

"선물? 물론이오. 그런데 대군마마의 눈에 찰 선물이 과연 있을지 걱정이오."

"그 점은 심려치 마십시오. 제가 굽은 소나무 묘목 세 그루만 쓸 수 있게 허락해주십시오. 그것으로 대군마마께서 흡족해하실 선물을 준비해보겠습니다."

"전 의관의 마음 씀씀이가 정말 따듯하오. 그 일은 전 의관 뜻대로 하시오."

은수는 이 소식에 뛸 듯이 기뻐할 왕의 얼굴을 떠올리며, 서둘러 궁으로 향했다.

비해당 밖에서 허은수와 전 의관이 기뻐하는 사이, 사랑채에선 안평이 이것저것 궁리하느라 머리가 시끌거렸다.

"이번엔 어떤 모임으로 하면 좋을까?"

하루 종일 혼자 중얼거리며 궁리하던 안평은 마침내 결정을 내렸다.

"좋아! 이번엔 시회를 열어야겠군. 간만에 벗들을 불러 올봄에 만개한 꽃들을 구경하며 멋들어지게 시나 지어봐야겠어. 음, 그래도 뭔가 부족한데…… 더 특별한 게 없을까?"

"대군마마, 전 의관께서 드셨습니다."

"전 의관이? 어서 들라 하라."

갑작스러운 방문에 놀라 안평이 물었다.

"대군마마, 그간 강녕하셨습니까? 비해당에 들 때마다 일에 쫓겨 급히 가느라 제대로 인사도 여쭙지 못하였나이다. 송구합니다."

"그대들의 발길이 뜸한 사이, 내 마음도 헛헛했다네. 한데 이 시각에 웬일인가?"

"허 제조 대감과 비해당의 묘목들을 살피러 왔사온데, 마침내 7할 이상의 굽은 소나무가 자라기 시작했나이다. 하여 이 기쁜 소식도 알려드릴 겸, 소신이 잔재주를 부려 만든 것도 올릴 겸 찾아뵈었나이다."

"진짜로 굽은 소나무가 자랐다고? 그게 사람의 힘으로 되었다는 말이지? 역시 아바마마의 천리마들이 대단하긴 하구나. 조물주나 할 수 있는 일을 기어이 해내고야 말았어."

한참을 통쾌하게 웃어 재끼던 안평대군의 웃음이 뚝 그쳤다.

"그런데 조금 전 나에게 줄 선물이 있다고 하지 않았느냐?"

호기심에 가득 찬 안평이 물었다.

"풀어보시옵소서."

탁상 앞으로 내민 보자기는 꽤 묵직해 보였다. 보자기를 푼 안평의 눈이 번쩍 뜨였다.

"이것이 대체 무엇이기에 사람의 넋을 이리도 한순간에 빼놓을 수 있단 말이냐?"

"이것이 바로 이번에 굽어 자란 소나무 묘목이옵니다. 소신이 어렸을 적부터 뚝딱거리며 뭔가 만들어주면 동생이 아주 좋아라 하면서 놀았나이다. 이 묘목을 분(盆, 화분)에 담아서 숲속에 있는 소나무처럼 꾸며 보았나이다. 그저 편한 곳에 놓아두시면 감상하기 좋으실 것이옵니다."

나무는 작았지만 웅장하고 고목다운 운치를 풍기고 있었다. 대자연이 그려내는 오묘한 풍광이 연상되는 묘목이었다.

"전 의관의 재주가 대단하구나. 이토록 작은 분 속에 천 년을 살아낸 고송의 운치를 담아냈어. 그 어떤 선물보다도 귀하고 값지구나."

안평의 가슴이 뛰기 시작했다. 이번 시회에 이 분송(盆松)을 내보이면 벗들의 찬탄과 호기심 어린 눈빛이 넘쳐날 것을 생각하니, 벌써부터 웃음이 삐져나왔다. 간만에 재미난 시회가 될 터였다.

서거정, 신숙주, 성삼문, 노사신, 강희안, 강희맹.

당대의 내로라하는 문인들이 비해당 문턱을 넘고 있었다.

요즘 그들은 집현전에서 책 속에만 파묻혀 지내며, 시를 짓지 못한 채 반년이 훌렁 지나고 있었다. 책 냄새에 현기증이 날 지경이었다. 여흥을 즐길 시간은커녕 측간에 갈 시간조차 없어 오줌보가 터져갈 즈음, 안평의 초대장이 날아들었다. 오랜만에 봄나들이를 계획해 준 안평 덕에 오늘은 아주 가벼운 마음으로 비해당을 찾았다.

청지기를 통해 벗들이 도착했다는 소식을 들은 안평은 되물었다.

"강희안 대감도 도착했느냐?"

"예, 그러하옵니다."

"녀석 오늘 꽤나 똥줄이 타겠군."

벗들을 놀래켜 줄 생각에 신이 난 안평이 혼자 중얼거렸다.

"어서들 오시게. 그간 많이들 바쁘셨나 보오."

오늘도 어김없이 벙글거리며 안평이 환대해주었다.

"대군께서도 강녕하셨나이까? 소신들의 숨통을 터주시니 감사할 따름이옵니다. 소신들을 괜히 심심해서 부르신 건 아닐 테고, 볼 만한 물건이라도 들어왔사옵니까?"

역시 서거정은 껄렁거리면서도 눈치는 빠른 녀석이다.

딱히 부정하지 않은 채 싱글거리는 안평을 보며, 강희안이 엉덩이를 들썩이며 물었다.

"대군마마, 참으로 고약하십니다. 무얼 그리 뜸을 들이시옵니까? 소신들은 궁금하여 숨이 넘어가겠나이다."

대군에게 고약하다고 할 수 있는 유일한 사람, 강희안. 역시 똥줄이 타긴 하나 보다.

어려서부터 사촌지간으로 자란 강희안은 안평이 경계하는 최고의 경쟁자였다. 시, 서, 화 그 어느 하나도 빠지지 않는 실력이라 젊은 나이에도 삼절(三絶)이라는 칭송을 받고 있었다. 어디 그뿐인가! 부왕은 옥새에 들어갈 글씨를 강희안에게 쓰도록 할 정도로 그는 탁월한 명필가이기도 했다. 오늘 다른 사람은 몰라도 강희안만큼은 자신을 부러워하도록 만들고 싶었다.

"그저 시나 짓자고 부른 것이네."

"마마, 소신은 실망이 크옵니다. 이곳에 오면 늘 흥미진진한 것이 많사와 오늘의 모임도 내심 기대했사옵니다."

신숙주가 볼멘소리를 했다.

"시제는 이것으로 하세."

안평이 불룩한 보자기를 탁상에 올려놓자 다들 어안이 벙벙했다.

"이것이 무엇이옵니까?"

궁금해하는 성삼문에게 안평이 턱짓을 하며 말했다.

"자네가 조심스럽게 펼쳐보든가."

비단 보자기가 풀리며 나타난 분송에 다들 숨이 멎을 뻔했다.

"이것은…… 소나무가 아니옵니까?"

성삼문이 말을 더듬었다.

"소신은 이런 것을 처음 보옵니다. 굽은 소나무를 분에 옮겨 심으신 것이옵니까?"

서거정이 눈을 끔뻑이며 되물었다.

"산속에 들어와 앉아 있는 것 같사옵니다. 한 폭의 그림 같사옵니다. 어디에서 이토록 진귀한 것을 얻으셨나이까?"

역시 강희안의 안목이다.

뜨끔한 안평이 대답을 회피한 채 얼버무렸다.

"솜씨 좋은 장인이 선물한 것이네."

"대군마마, 오늘 소신은 시를 짓지 못할 듯하옵니다. 그저 이 분송을 보는 것만으로도 그동안의 시름이 날아갈 듯하옵니다."

최고 문장가인 서거정이 붓을 들려 하지 않았다.

"마마, 소신 역시 지금 시상이 전혀 떠오르지 않사옵니다."

노사신이 넋이 나간 채 중얼거렸다.

강희안은 아예 서안에 놓인 분송을 자세히 들여다보기 위해 안평대군의 턱밑까지 자리를 옮겨왔다. 그렇게 심취한 이들은 엉덩이를 조금씩 움직여, 분송을 가운데 두고 옹기종기 모여앉은 모양새가 되었다.

오늘의 시회는 그렇게 흘러가고 있었다. 서로 분송을 가운데 두고 무릉도원이니, 신선이니, 안분지족이니 고상한 단어들을 읊어대느라 시간 가는 줄도 몰랐다.

안평과 비해당에 모인 이들은 꿈에도 생각지 못했다. 작은 화분에 담긴 굽은 소나무가 이후로 사대부들 사이에서 큰 유행을 일으켜 새로운 문인 문화를 이룩하게 되리라는 것을.

기이한 나무의 출몰

장마철이 다가오자, 안면도 주변 봉산을 돌보던 산지기들의 한숨소리가 끊이지 않았다.

'이 장마를 또 어찌 견뎌내나…….'

가슴속에 체념이 켜켜이 쌓여갔다.

눈앞에서 번쩍이는 번개와 화살처럼 내리꽂히는 빗발을 바라보며 박문오와 박홍이는 망연자실했다. 이 천한 산지기 일도 뇌물이 없으면 늘상 장마철에 배정받기 십상이다. 작년에 이어 올해도 어김없이 온몸이 흠뻑 젖은 채 두 형제는 산을 돌아보고 있었다. 더 정확히는 소나무를 살피러 가는 중이었다.

우르릉 쾅! 쏴아아아!

"형님! 미끄러우니 조심하셔유. 아이고, 무슨 비가 이리도 오는 겨."

"홍이야. 이 못난 형을 용서해라이."

"그게 무슨 말씀이셔유?"

"내년엔 재물을 마련해서 장마철을 면해보자이."

"쓰잘데기 없는 걱정일랑 말구유. 형님 몸이나 챙기셔유. 고뿔 들면 큰일낭께."

도롱이를 걸치고 나란히 걷던 두 형제는 커다란 소나무 앞에 멈춰 섰다.

"아이고. 이 소나무는 윗가지가 네 개나 부러져부렀네. 이짝에 있는 묘목 다섯 그루는 토끼가 모두 파헤쳐놔서 뿌리도 다 못 내리고 죽어부렀고."

박문오가 원망스런 눈초리로 쳐다보며 말했다.

"형님! 이 소나무는 번개에 맞아 몸뚱어리가 아예 두 쪽이 났어유. 이를 어째유? 감독관 나리가 아시믄 경을 치실 텐데유."

"그래도 정확하게 기록혀야 혀. 안 그랬다가 나중에 발각되믄 더 큰일이여."

땅 밑에 떨어진 소나무 가지를 주워들고 봉산 밖으로 빠져나온 형제는 고개를 갸웃거렸다.

"형님, 여기에 원래 이렇게 생긴 나무들이 많이 있었남유?"

아우 박홍이가 가리키는 곳에는 굽은 소나무 묘목들이 늘어서 있었다.

"엇! 그러게. 굽은 소나무가 갑자기 이렇게 많아진 게 이상하네."

"이게 뭔 일이래유? 이거 그동안에도 있었는데, 못 보고 지나친 건가유? 형님, 이거 보고해야 하는 거 아녀유? 그냥 넘어갔다가 나중에 괜히 우리가 덤태기 쓰면 어쩌유?"

박홍이가 불안한 듯 묻자, 박문오가 말했다.

"우선 봉산 밖에서 자란 거니께 깊이 상관허덜 말고, 그냥 간단하게 보고만 하자고. 우리 소임은 봉산 안에 있는 소나무만 살피는 거니께."

날이면 날마다 불어치는 폭풍 때문에 충청 수영은 바짝 긴장했다. 소나무가 풍성하고, 운송이 편한 안면도는 조선 초부터 전함과 수송용 조운선의 목재 공급지로 수군이 직접 관리하고 있었다. 그런데 사람 목숨보다 귀한 소나무가 요즘 바닷바람과 수해에 상하는 일이 많아지자 감독관 서일영은 소나무의 피해 상황을 담은 보고서를 조정에 보냈다.

안면도 봉산에서 올라온 장계를 검토하던 왕의 얼굴에 설핏 미소가 서렸다.

첫째, 윗가지가 네 개 부러진 소나무 한 그루 … 산지기 박문오.

둘째, 토끼가 파헤쳐 뿌리가 상한 묘목 다섯 그루 … 산지기 박문오.

셋째, 천둥번개에 두 쪽 난 소나무 여섯 그루 … 산지기 박홍이.

별첨사항 … 봉산 밖에서 특이한 점 발견. 굽은 소나무들이 대거 출몰하였음. 심지어 굽은 소나무 묘목들은 봉산 안쪽의 곧은 소나무들보다 건강하게 자라고 있음.

'봉산 밖의 굽은 소나무가 더 건강하단 말이지. 기특하게도 뿌리를 잘 내렸군.'

지난 봄, 허은수가 굽은 소나무 묘목을 가슴에 품고 찾아왔었다. 목이 메어 말을 잇지 못하던 그가 성공을 아뢰었을 때, 그들은 부둥켜안고 소리 없는 울음을 한참 동안 울었다.

밤에 부엉이 떼만 나타나도 해괴제를 올리고, 가뭄에 비가 오지 않아도 하늘에 제사를 드리고, 비가 넘치도록 와도 소복을 입고 '내 탓이오'를 외쳐대며 하늘에 머리를 조아리던 조선의 왕과 신하들. 하늘의 처벌을 두려워하던 지금까지의 삶에 조금씩 균열이 생기기 시작했다. 왕과 그의 천리마들은 기적을 꿈꾸기 시작했고, 오직 조물주만 할 수 있다고 여기던 일을 과감히 시도했다. 그리고 마침내 이루어낸 것이다.

지금은 어린나무지만 10년 정도가 지나면 장성한 나무가 되어 백성을 지켜낼 터였다.

비해당에서 길러낸 묘목을 몰래 감춰서 심으러 다녔던 건 산에 익숙한 전 의관이었다. 상림원 화재의 진범을 밝히지 못한 채 사건이 종결되자, 전 의관은 화병이 일었었다. 그는 자다가도 불쑥 뛰쳐나가 소리를 내지르기도 하고, 기분 좋게 밥을 먹다가도 밥상을 뒤엎어버리고 하늘에 대고 주먹을 휘두르기도 했다.

은수의 끊임없는 위로와 권유로, 그는 조금씩 마음의 안정을 되찾기 시작했다. 이윽고 그는 묘목을 등에 지고 산길을 오르내리면서 치솟는 분노를 가라앉히고 있었다. 산 입구에만 도달하면 발이 보이지 않을 정도로 미친 듯이 걸어 묘목을 뚝딱 심어놓고, 또 다른 산을 향해 발걸음을 내디뎠다. 그렇게 봇짐 속에 감춰진 묘목들은 이름 모를 산들에 조금씩 심어지고 있었다.

'10년, 20년, 50년, 100년이 지나면 조선 팔도에 백성의 나무가 빽빽해지겠지. 삶에 지친 내 백성이 마음 편히 바라보며, 그 생명력을 흠모하고, 자신의 염원을 담아 빌 수 있는 그런 나무가 지천이겠지. 배고플 때 껍질을 벗겨 먹어도 곤장을 맞지 않는 시대가 오겠지.'

향후의 일을 생각하며 흐뭇해하던 왕의 몽상을 깨뜨린 건 어김없이 대신들이었다.

"전하, 상서로운 소나무가 길러지는 봉산 주변에 굽은 소나무가 출몰한 것은 참으로 불길한 징조이옵니다. 예부터 소나무 주변에서 까마귀가 울고, 먹구름만 시커멓게 끼어도 흉한 징조라고 하였나이다. 하물며 뒤틀린 소나무라니요? 당장 모두 베어버리셔야 하옵니다. 통촉하여 주시옵소서."

"통촉하여 주시옵소서."

부사 김용생의 발언에 모두들 한목소리로 외쳤다.

"부사 김용생의 발언이 참으로 해괴하구나. 봉산 안에 있는 소나무가 뒤틀어진 것도 아닌데 무얼 그리 심각하게 받아들이는가? 봉산 밖의 일이니 그냥 두어도 될 듯한데, 경들의 생각은 어떻소?"

"전하, 다른 나무도 아니옵고 소나무임을 기억하시옵소서. 이 나라가 세워지는 데 혁혁한 공을 세운 사대부들의 정신적 표상이 되는 나무이옵니다."

좌의정 김한기가 아뢰었다.

"좌상 대감은 요즘 꽤나 한가하신 모양이오. 기근을 위한 대책 마련에는 손을 뚝 떼시고, 이제 별 시답지 않은, 그것도 뒤틀린 소나무에 관심을 갖는 걸 보니."

"전하, 그런 것이 아니옵고……."

왕의 날카로운 일침에 좌의정이 귀밑까지 빨개져서 말끝을 흐렸다.

"탁상 머리에서 괴상한 잡담들은 그만 나누고, 실제적인 대안들을 모색하는 데 더욱 힘쓰도록 하시오. 이 나라 조선을 진심으로 위한다면 말이오. 나무는 그냥 나무일 뿐이오. 곧은 나무로 자라면 목재로 사용하면 될 뿐이고, 뒤틀린 나무로 자라면 그에 맞는 쓰임이 따로 있을 것이니, 한낱 나무에 그 이상의 의미를 부여하지 마시오. 혹시 아오? 뒤틀린 소나무 곁에서 자라는 송이버섯이 더 향기로울지."

"전하, 한낱 굽은 나무로만 여기시기엔 사안이 가볍지 않사옵니다. 하늘이 내보이는 징조들을 가벼이 여기지 마시옵소서."

서운감 부정이 간곡한 어조로 아뢰었다.

"더 이상 이 일을 언급하지 마시오. 우리에겐 더 많은 효용이 생긴 것이니, 좋은 일이라 아니할 수 없소. 이제부터 봉산의 산지기들로 하여금 봉산 내에 자라는 소나무뿐만 아니라, 봉산 밖의 소나무도 관리토록 하시오. 그 나무들이 적시에 요긴하게 쓰일 수 있도록 관리를 게을리하지 말아야 할 것이오."

한 방에 대신들을 제압한 왕은 너무 속이 후련해서 깨춤이라도 추고 싶었다.

여민동락의 꿈

아침 수라를 마친 왕의 입에서 뜻밖에도 흥얼대는 노랫소리가 흘러나왔다.

“전하, 기분 좋은 일이라도 있으시옵니까?”

왕이 연신 흥얼거리자 화색이 돈 박 내관이 여쭈었다.

“요즘 같으면 살맛이 나긴 하지. 요즘 같으면 왕 노릇도 할 만하구나.”

대전으로 들어가는 왕의 발걸음이 가벼웠다.

승정원에서 올린 탐라 장계를 검토하는 일이 오늘의 첫 정무였다.

두루마리를 펼쳐 읽는 왕의 입가에 웃음이 떠나질 않았다.

“참으로 오랜만에 듣는 좋은 소식이로고.”

5년 전, 허은수와 전 의관이 탐라에 다녀온 후, 상림원에서 귤나무 재배에 성공했고, 탐라의 약초들 역시 온실에서 잘 자라준 덕에 탐라 주민들의 조세와 부역이 많이 줄었다.

국가의 부역이 줄어든 덕에 자신들의 생계를 성실히 꾸릴 수 있었던 탐라 주민들은 요즘 태평성대를 누리고 있었다. 그리고 실로 엄청난 성과가 있었다. 탐라 주민의 수가 여섯 배 이상 증가한 것이다.

제주목사가 올린 장계에는 조선 초 1만 223명이었던 백성의 수가 6만 3474명으로 증가했다고 기록되어 있었다.

흐뭇한 얼굴로 장계를 검토한 왕이 이윽고 명하였다.

"이 모두 상림원의 허 제조와 전 의관의 공이 크다. 이들에게 어사주를 하사하노라. 또한 그간 왕실을 위해 존재했던 상림원의 기능을 새롭게 바꾸고자 한다. 이제부터 상림원을 오로지 백성을 지원하고 돌볼 수 있는 새로운 기관으로 탈바꿈하고, 그 운영의 모든 실권을 상림원 제조 허은수에게 부여하고자 한다."

이조판서가 아뢰었다.

"전하, 당조에 이르러 이전에 없었던 기관들이 우후죽순 격으로 생겨났나이다. 새로운 기관을 설치하시는 일은 면밀히 검토하신 후에 결정하셔도 늦지 않사옵니다. 본래 상림원의 기능은 왕실의 정원을 가꾸는 일이었음을 헤아려주시옵소서. 각 기관이 맡은 소임을 다할 수 있을 때, 이로부터 왕도가 실현될 수 있는 것으로 사료되옵니다."

새로운 기관이 우후죽순 격으로 생겨났다는 이조판서의 지적은 집현전과 상림원을 겨냥한 것이었다.

왕이 이전에 없던 집현전을 설립한다고 공표했을 때도, 대신들은 지금처럼 집현전의 세력이 증가하면서 자신들이 실세에서 밀려날 줄은 꿈에도 생각하지 못했다. 그저 책을 좋아하는 왕이 똑똑한 젊은 인재들을 곁에 두고 공부나 하려는 것인 줄 알았다. 그런데 무슨 꿍꿍이인지 왕이 집현전 젊은 학사들을 중심으로 알 수 없는 새로운 일들을 추진하는 듯 보였다.

엎친 데 덮친 격으로 평소 천한 동산바치 일이나 하던 상림원이 허은수가 가게 되면서 왕의 급격한 관심과 지원을 받는 것이었다. 천한 상림원에까지 자신들의 권력을 나누어줄 순 없었다. 이제는 굽은 소나무가 문제가 아니었다. 상림원이 중추 기관으로 자리 잡을 수 없도록 사력을 다해서 막아내야 했다.

벙글거리던 안색이 돌변하며, 왕이 차갑게 내뱉었다.

"왕도 아닌 이판이 왕도를 언급하다니 참으로 참람되구나. 이판은 답해보라. 맹자의 왕도정치가 진정 무엇이더냐?"

사서오경에 통달한 왕 앞에서 감히 문자를 쓴 이판이 하얗게 질렸다.

"인의예지가 실현된 정치이옵니다."

"이판의 말이 틀리지 않았다. 그러나 이판은 여민동락(與民同樂)의 의미를 놓쳤다. 여민동락이 무엇이냐?"

"백성과 더불어 함께 즐거워한다는 뜻이옵니다."

"『맹자』를 자세히 읽었을 테니 양혜왕 편의 문답 내용을 잘 알 것이다. 왕이 풍악을 울려 음악을 연주하고, 화려한 깃발을 앞세워 사냥을 즐길 때, 백성들이 골머리를 앓고, 이맛살을 찌푸리며 불평했던 연유가 무엇이냐? 이판은 답해보라."

"그, 그것이…… 왕이 홀로 즐기느라 백성들의 어려움을 외면했기 때문이옵니다."

자꾸 왕의 질문에 말려드는 걸 알면서도 이판은 정답만을 말하고 있었다.

"그게 바로 내가 상림원을 통해 하려고 하는 일이다. 좋은 것을 백성과 함께 나누며 즐거워하는 것이 진정한 왕도 실현의 근간임을 잊지 말도록 하라."

여민동락의 의미를 통쾌하게 설명한 왕은 속이 후련한 반면, 맹자를 들먹인 이판은 자신의 혀를 콱 깨물고 싶었다. 자신의 발언이 상림원의 중요성을 더욱 부각시킨 결과를 초래했기 때문이다.

위험한 거래

서늘한 기운이 감도는 곳에, 커다란 자루 하나가 내동댕이쳐졌다.

"풀어라!"

스르르 풀려나간 자루 속에는 신 별감이 재갈에 물린 채 떨고 있었다. 곧이어 다가온 차가운 칼날의 촉감에 신 별감은 기함을 할 지경이었다.

"어이하여 이번엔 못 하겠다는 것이냐?"

성마른 이조판서의 목소리가 신 별감을 채근했다.

"소인이 미천하여도 그것이 안 되는 일임을 아옵니다, 대감. 상림원에서 일어나는 일을 상세히 고하는 것과 이 일이 어찌 같사옵니까?"

떨리는 목소리를 애써 누르며 신 별감이 머리를 조아렸다.

"너에게 애초부터 선택권은 없었다. 이 일을 하든, 아니면 이 자리에서 죽어 나가든 둘 중 하나만이 있을 뿐이다. 이 일이 성사되면 정확히 3년 후 너는 상림원 제조의 자리를 거머쥐게 될 것이다."

"사, 살려주십시오."

목을 날카롭게 파고드는 칼날에 신 별감의 입술이 덜덜 떨렸다.

살기 위해 해야만 되는 일이었다. 이제 그야말로 발을 뺄 수 없는 지경에까지 오고야 말았다.

"기, 기한을 주십시오. 한 치의 실수도 없이 일을 거행하겠사옵니다."

칼날이 내려지자, 신 별감은 그 자리에서 혼절하고 말았다.

지루하고 꿉꿉했던 장마가 끝나고, 연일 쾌청한 날씨가 계속되고 있었다.

관상감의 일관들은 다가오는 포쇄 날짜 논의로 눈코 뜰 새 없이 바빴다.

"전하, 실록 포쇄(曝曬)를 위한 길일이 정해졌나이다."

서운감 부정이 아뢰었다.

"서운감에서 어떤 날로 정하였소?"

"다가오는 구월 초닷새가 청명할 것으로 아뢰었나이다."

"모든 대신들은 바쁜 정무가 그날과 중복되지 않도록 미리 조정하고, 이 나라 조선의 근간이 되는 선대왕들의 치세가 고스란히 담긴 책을 후대에 길이 남길 수 있도록 성심을 다하도록 하시오."

"성은이 망극하옵니다."

포쇄.

사대부들이 목숨처럼 숭상하는 공자의 유학.

공자의 유학을 내세워 책벌레들이 세운 나라 조선.

그리고 사대부들과 왕의 정무를 하루도 빠짐없이 고스란히 기록한 책, 실록.

사관들의 붓을 통해 낱낱이 묘사되는 왕의 언행. 그 어떤 지존도 사관의 엄정한 붓을 피해갈 수는 없었다. 권력조차 꺾을 수 없는 사관의 기록은 사대부들의 정신이었다.

이렇게 기록된 실록을 보관하는 방법 중 하나가 바로 포쇄였다. 포쇄는 그늘진 곳에서 바람에 책을 말리는 것으로, 습기와 벌레를 제거하여 서적을 오래 보존하기 위한 방법이다. 매 3년마다 장마철이 지난 청명한 가을 중, 길일을 택하여 포쇄를 시행하였다.

눈앞으로 성큼 다가온 포쇄 준비를 위해 상림원도 모든 다른 일정을 중단했다. 그만큼 포쇄는 나라의 큰 행사였다.

지난 화재 이후 타버린 상림원이 어느 정도 복구되었고, 1년 새 약초들과 각종 식물의 씨앗들도 싹을 올리고 있었다. 거름을 뿌리고 물을 주며 생장 과정을 지켜보고 기록하는 일은 날마다 해도 끝없는 작업이었다. 향기로운 풀 내음에 빠져 있던 상림원 종복들도 모두 목욕재계하고 천궁과 창포 잎을 채취하는 데 심혈을 기울였다.

지금부터 채취하는 천궁과 창포는 서늘한 곳에서 말려 가루로 빻아 주머니에 넣어진다. 그리고 실록을 보관하는 나무 궤 안에 집어넣게 된다. 습기와 충해로부터 실록을 지켜내는 역할을 하는 것이 바로 천궁과 창포이기 때문이다.

전 의관이 매번 우쭈쭈쭈 아껴대던 궁궁이가 바로 천궁이다. 천 년이 지나도록 향기롭다는 이 풀이 나무 궤 안에서 실록을 지켜낼 때마다 상림원 종복들은 뿌듯했다. 포쇄 작업이 이루어질 때, 나무 궤를 열어 조심스럽게 책을 말리는 동안, 상림원은 새로운 천궁가루와 창포가루를 준비해 넣어야 한다.

이토록 귀중한 실록 보관에 상림원이 큰 역할을 한다는 자부심이 그들의 가슴을 펴게 했다. 포쇄 작업이 끝나면 어김없이 내려지는 어사주가 그 증거였다.

채취하고 말린 가루들이 모두 비단 주머니에 담기자, 은수는 비로소 안도의 빛을 띠었다.

“모두들 수고했다. 포쇄 작업이 시작되면 이 주머니들을 운반해야 되니, 오늘은 다들 일찍 들어가서 쉬도록 하라.”

오랜만에 은수는 아영과 함께 퇴청했다. 부부가 나란히 걷는 길에 바람을 타고 금목서향이 실려 왔다. 가을이 깊어지는 때 멀리까지 꽃향기를 풍기며 존재를 알리는 금목서 나무는 향이 만 리까지 퍼져 만리향이라고도 불린다.

부부는 숨을 깊이 들이마시며 만리향의 내음에 흠뻑 빠져들었다.

은수와 아영까지 모두 퇴청한 후, 신 별감은 상림원을 떠나지 못한 채 고심하고 있었다. 자신이 저지른 일로 파급될 여파가 아직도 너무 두려워서였다.

분명 상림원이 폐지될 만한 일이건만, 그들은 그에게 제조 자리를 약속했다.

'눈 한번 질끈 감으면 되지. 다들 그렇게 고래 등 같은 기와집에 줄을 서고 겨우 얻어내는 관직이 아닌가. 내가 달라고 한 적 없는데 저들이 제 발로 찾아와 주겠다는 관직이 아닌가. 양심보다 중요한 게 요즘은 입신양명이 아닌가.'

결심이 선 듯 신 별감은 따로 준비한 여섯 개의 비단 주머니를 천궁과 창포가 담긴 비단 주머니와 슬쩍 바꿔 넣었다.

만리향을 가득 안고, 집으로 돌아온 은수는 이대로 잠들기 아쉬워 아영이 내온 국화차를 음미하고 있었다.

"서방님, 이제 조금 홀가분하시지요?"

"모든 것이 제자리를 찾은 듯해 한시름 놓았소. 내일 포쇄 작업만 잘 끝마치면 예전처럼……."

은수는 목이 메어 말을 잇지 못했다.

"모든 일이 잘되고 있으니…… 서방님, 부디 이제는 마음을 편히 하세요."

긴 시간 동안 아파한 은수를 제대로 위로해주지 못한 것 같아 늘 마음에 걸렸던 아영이 간곡히 말했다.

간만에 일찍 귀가한 전 의관도 따끈한 물에 몸을 담그고 쉬고 있었다.

상림원 재건이 채 끝나기도 전에 포쇄 작업을 진행하는 터라, 혹여라도 불상사가 생길까 봐 긴장한 채 지내는 중이었다. 이제 내일 포쇄만 마치면 예전처럼 허 제조와 비해당을 오가며 일하게 될 것이다.

그 생각을 하니, 가슴이 벅차올랐다.

아주 오랜만에 초가에서 회합하자는 왕의 전갈에 망연자실한 건 안평뿐이었다.

"하고많은 곳 중에 왜! 왜 하필 초가인 걸까? 초가 옆 경회루도 아름답고, 궐의 후원도 있거늘."

청지기를 대동하고 궐로 향하는 안평의 입에서 볼멘소리가 끊이지 않고 쏟아져 나왔다.

왕의 초가에 당도한 안평은 또다시 열이 뻗쳤다.

"아바마마, 정녕 이곳이어야 합니까?"

"오랜만에 얼굴을 보이면서 너는 인사도 까먹었느냐?"

미리 와서 앉아 있던 은수와 전 의관은 두 부자의 티격태격한 모습에 시원스레 웃지도 못하고 얼굴만 붉혔다. 네 명의 장정이 비집고 앉기에도 턱없이 작은 곳에 심지어 박 내관이 작은 술상까지 들여왔다.

"시원하게 한 잔씩 들이켜자꾸나."

왕이 탁주를 부으며 권했다.

"아바마마, 소자 감히 한 말씀 여쭈어도 되겠사옵니까?"

안평이 콧김을 내뿜으며 물었다.

"우리 안평의 심사가 오늘따라 배배 꼬였구나. 그래, 무엇이냐?"

아들의 불평 따위는 대수롭지 않다는 듯 왕이 물었다.

"아바마마께서 백성의 질박한 삶을 귀히 여기시어, 그들이 먹는 탁주를 즐기시는 것은 잘 아옵니다. 하오나 저희 같은 평민들은 전하의 부름에 아주 귀하고 맛난 술과 음식을 기대하고 옵니다."

'큭큭. 저희 같은 평민이라니. 여기에 왕에, 왕자에, 양반에, 모두 때깔 좋은 사람들뿐인데.'

전 의관이 웃음을 겨우 참아냈다.

"미안하구나. 그리 생각해보지는 못했느니라. 그래도 내 오늘 아주 특별한 선물이 있어 너를 불렀거늘."

선물이라는 말에 갑자기 태도를 바꾼 안평이 배시시 웃으며 술을 올렸다.

"선물이라 하셨사옵니까? 무슨……."

"하기야 내가 선물을 주지 않더라도 너는 이미 귀한 선물을 받았더구나. 전 의관에게."

탁주를 들이키던 전 의관이 사래에 들려 컥컥댔다.

"네가 받은 선물은 이미 사대부들 사이에서 화제가 되고 있더구나. 작은 화분 속에 천 년의 숲을 담았다나 뭐라나."

왕이 슬슬 장난을 걸어왔다.

"아바마마께서는 궐에 계시면서 어찌 소자의 누추한 집 사정까지 그리 속속들이 아시옵니까?"

"탓하는 게 아니다. 이쁘고 귀하게 가꾸거라. 내 천리마들에게 비해당을 빌려준 데 대한 고마움의 표시이니."

'공들여 만든 건 나인데, 마치 직접 선물을 하사하신 것처럼 말씀

하시네.'

평소엔 잘 맛볼 수 없는 육전을 우적우적 씹어대며 전 의관이 눈을 굴렸다.

"그런데 그것은 전 의관의 선물이옵고, 또 다른 것이 있사옵니까?"

역시 셈이 분명한 안평이다.

서안 위에 있던 비단 보자기가 안평 앞으로 놓였다.

"이것이 무엇이옵니까? 설마…… 책이옵니까? 아바마마, 소자는 왜 하고많은 선물 중에 사람들이 서책을 선물하는지 도통 이해할 수 없는 부류이옵니다. 화첩이라면 모를까요."

"책이자 화첩이다. 풀어보아라."

보자기를 풀자, 엄청난 분량의 책이 놓여 있었다. 한 장씩 넘기던 안평의 얼굴이 조금씩 밝아졌다.

"이것은 그간 허 제조와 전 의관이 저술한 책이 아니옵니까? 물론 이 책 중 소자가 가장 아끼는 부분은 허 제조의 내자가 그림을 그린 부분뿐이옵니다만."

"네가 소중히 여길 만한 부분이 뒤에도 있으니 살펴보거라."

다시 스르륵 책장을 넘기던 안평의 눈이 '조리법'이란 항목에 멈춰졌다. 특히 포계 조리법을 읽던 안평은 급기야 입맛을 다지기 시작했다.

"아바마마, 대체 이 책의 정체가 무엇이옵니까? 얼핏 보기엔 허 제조가 시험한 약초와 귤나무, 소나무 묘목들의 생장 과정, 토룡을 기르는 법, 분뇨 배합법 등 농법에 관련된 내용이 적혀 있는 책이라고

만 생각했나이다. 그리고 허 제조의 시험을 뒷받침할 그림을 그려 넣은 책이라고 여겼사옵니다. 하온데 뒷부분에 각종 채소와 어울리는 음식과 양념, 조리법, 술을 빚는 법 등이 기록되어 있나이다."

"그 부분은 전 의관이 맡아 기록한 것이다. 평소 먹을 것이 보약이라는 지론이 있는 전 의관이 시간 날 때마다 이것저것 꼼꼼하게 기록한 것이지. 이 기록 때문에 전 의관이 전의감에서 내쳐지기도 했지."

'잘 나가시다가 왜 저런 말씀을…….'

한껏 기분이 좋아졌던 전 의관이 마지막 말에 뜨끔했다.

"아! 그렇사옵니다, 아바마마. 의관으로서 기록할 내용은 아닌 듯하옵니다."

"그러나 먹거리가 곧 약이 될 수 있다는 그의 생각은 참으로 탁월하다. 가난해서 약 한 첩 지어 먹을 수 없는 내 백성들이 한 끼 먹는 음식만으로도 병을 예방할 수 있을 터이니, 그들에게 절실한 기록이기도 하다."

"하온데 이 서책이 제게 주시는 선물이옵니까?"

"일정 부분은 그렇다."

"그건 또 무슨 말씀이시온지?"

잠자코 있던 은수가 이 책이 어떻게 화마로부터 살아남았는지 설명하기 시작했다.

"역시 허 제조의 처는 그림 실력도 탁월하지만, 참으로 지혜롭사옵니다. 그 급박한 상황에서 이 책을 어마마마께 맡길 생각을 하다니요."

"지난번 그 화재가 상림원 일대를 중심으로 크게 난 것이 아무래도 마음에 걸리는구나. 이 책은 아무래도 상림원 밖에서 보관이 되어야 할 것 같다. 아직은 세상에 내보이기에 이른 듯하구나. 자칫하다가는 결실을 보기도 전에 꺾이게 될지도 모르지. 하여 이 책을 네가 맡아 주었으면 좋겠구나. 서화를 아끼는 너이니, 누구보다도 이 책을 안전하고 완벽하게 보관할 수 있을 것이라 생각했다."

왕이 안평의 기색을 살피며 말했다.

"예, 소자가 가져가겠나이다."

안평이 시원스럽게 대답했다.

"다만, 이 책은 네 소유가 아니다. 보관을 네게 맡겼을 뿐이다."

'고양이에게 생선을 맡기시는 격인데.'

전 의관이 걱정스러운 얼굴로 왕을 바라봤다.

"걱정 마시옵소서. 소자가 잘 해낼 수 있사옵니다."

전 의관은 이해가 되지 않았다. 왜 이 책을 저토록 반가이 맡아주는지. 귀찮은, 그리고 다소 위험할 수 있는 일이지 않은가.

"다만, 아바마마. 가끔 소자가 이 책을 읽는 것은 허락해주시옵소서."

안평의 의중을 명확히 꿰뚫은 왕이 답했다.

"그래서 그것이 선물이라는 얘기니라. 한 가지 더, 이 책은 끝없이 쓰여지고 비해당에 옮겨질 것이다. 마르지 않는 샘물처럼."

'이게 도통 뭔 소린지.'

위험한 책을 맡기고 선물이라는 아비와 귀찮지만 재미나고 방대한 책을 기쁘게 받는 아들을 바라보며 전 의관은 머리를 절레절레 흔들었다.

"하온데 아바마마, 이왕 선물로 주시는 거 이 책의 제목도 정해주시옵소서."

"그렇군. 책의 제목을 아직 정하지 못했구나. 허 제조의 생각은 어떠하냐?"

"전하. 이 책은 농서이기도 하오나, 전 의관이 쓴 부분에 의서의 성격도 있사옵니다. 하오나 종국에는 이 모두 평범한 백성들에게 필요한 내용이 들어있다고 사료되옵니다."

"구구절절 맞는 말이로다. 그럼 이 책을 산속 농가에서 필요한 기록이라는 뜻으로 『산가요록』이라고 함이 어떻겠느냐?"

"좋사옵니다, 아바마마."

가슴팍에 『산가요록』을 부둥켜안은 안평은 벌써부터 집에 돌아가고 싶어 엉덩이를 들썩거렸다.

제발 천천히 가시라는 청지기의 만류에도 불구하고, 내쳐 말을 달려 돌아온 안평은 그대로 댓돌에 신발을 벗어 재끼고 서둘러 방에 틀어박혔다. 그리고 조리법이 담긴 부분을 단숨에 읽어버렸다.

다음에 벗들을 초대하는 시회에서 선보일 새롭고도 파격적인 음식에 무엇이 좋을지 고민하는 게 신이 나서 죽을 지경이었다. 지금껏 맛보지 못한 새로운 음식으로 사람들의 부러움을 한껏 받을 수 있을 것이다. 계속해서 만들어질 이 책의 끝없는 내용이 궁금하고 설레어서 안평은 그날 한숨도 잠을 이루지 못했다.

유배

오랜만에 찾아든 풍년 소식에 도성 안은 기쁨으로 들썩였다.

가을 들판엔 머리를 잔뜩 수그린 벼 이삭이 알알이 익어갔고, 지속된 기근에 허기를 채우느라 종자까지 털어먹었던 백성들은 이제야 얼굴에 안도감이 스쳤다. 웃음마저 잊었던 아이들은 까치 떼마냥 몰려다니며 쫑알거렸다.

왕도 오래 머물렀던 초가 살이를 정리하고 강녕전으로 돌아왔다. 비단금침 위에서 팔다리를 쭉 펴고 누운 왕은 마음이 홀가분했다. 백성의 부모 된 책임을 이제야 조금 실행한 듯했다.

"전하, 그리도 좋으십니까?"

이불 위에서 팔다리를 쉬지 않고 팔랑거리는 왕을 보며 박 내관이 웃었다.

"참으로 좋구나, 만수야. 갓 태어난 새끼를 먹이는 어미 새의 심정이 이와 같겠지. 하지만 진짜 시작은 이제부터다."

"예? 또 무엇이 남아 있사옵니까?"

"난 아직 아무것도 제대로 시작하지 않았느니라. 이제 슬슬 시작해야지."

부드럽고 보송보송한 비단금침이 주는 편안함에 왕은 눈이 스르르 감겼다. 꿈속에서도 마냥 기쁜지 올라간 입꼬리에 미소가 매달려 있었다. 이불을 매만져주는 박 내관의 손길이 애틋했다.

평생 한뎃잠이라곤 자본 적 없던 자신의 주군이, 초가행을 결심했을 때 박 내관은 하늘이 무너지는 것 같았다. 그렇게 몇 해가 넘도록 한마디 불평 없이 초가에서 새우잠을 자던 왕의 모습이 떠올라 박 내관은 소리죽여 한참을 울었다.

상림원의 증축 공사가 끝났다. 이전에 비해 여섯 배 이상 커진 규모였다. 발 디딜 틈도 없이 빼곡히 늘어선 작은 상자들 속에는 새 시대의 희망이 될 씨앗들이 자라고 있었다.

상림원의 종복들은 증축 완공을 축하하러 온 왕의 등장에 또 한 번 놀랐다. 지난번 우스꽝스러운 농부 차림으로 등장했을 때와 달리 위엄이 넘치는 모습이었다.

감격에 겨워하던 왕이 마침내 입을 열었다.

"너희들의 부르트고, 거친 손이 짐에게는 참으로 소중하다. 그 손으로 가꾸고 길러내는 모든 식물과 약초들이 내 백성을 살릴 것이기 때문이다. 앞으로 이곳에서 짐은 새로운 일들을 시작할 것이다. 오롯이 백성을 위하는 일들이 상림원을 통해 시작될 것이다."

무지렁이로 자란 이들이 다 알아들을 수 없는 말이었지만, 그저 자신들이 소중하다는 거, 자신들이 중요한 일을 하고 있다는 옥음만큼은 알아들을 수 있었다. 똥지게를 지고 밭에 뿌리면서도 이제는 웃을 수 있을 것 같았다.

온실로 든 왕이 은수에게 물었다.

"그동안 고생이 많았구나. 포기하지 않고 따라와주어 고맙다."

은수를 향한 왕의 눈길이 그윽하고 애틋했다.

"황공한 말씀을 거두어주옵소서. 마땅히 할 일을 했사옵니다."

"너의 굽은 등이 나에게 복이로다. 평생 너를 무겁게 짓누르는 그 혹 때문에 내가 너를 얻었구나. 그때 계단에서 굴러떨어지지 않았다면 너는 순탄하게 정승의 자리까지 오를 수 있었을 것이다. 하지만 상림원 탄핵을 기쁘게 받아들여준 네 덕에 내 백성에게 살길이 열렸으니, 이는 조선의 복이로다. 네 불행을 딛고 싹 틔워낸 결실이 너무도 찬란하구나."

"황, 황공하옵니다, 전하."

힘든 여정이었다.

온전치 못한 몸으로 왕 앞에 서기까지 많이 망설였고, 자신을 알아주는 왕 옆에서 대신들의 멸시를 견뎌내며 있는 것도 힘에 부쳤었다. 그러나 새로운 미래를 꿈꾸는 왕을 따라 한 걸음씩 내딛는 기쁨이 충만했다. 그렇게 눈부신 도약을 앞두고 있을 때 갑작스레 모든 걸 잃었고, 오래도록 아파했었다.

그러나 왕은 여전히 굳건히 서 있었다. 세월의 풍파를 고스란히 견뎌내는 나무처럼 흔들림이 없었다. 그런 왕을 믿고, 은수는 다시 꺾였던 마음을 일으켜 세울 수 있었다.

지난 일을 떠올리자 은수의 눈에 눈물이 차올랐다.

왕의 따스한 옥음이 들려왔다.

"더 넓어진 상림원에서 짐과 함께 더 큰 뜻을 펼쳐보자꾸나. 짐은 이 상림원을 기근에 대비해 조선 팔도의 모든 씨앗을 보관하고 재배하는 보물창고로 삼을 것이다. 마르지 않는 샘물처럼 기근에도 버텨낼 씨앗과 묘목들을 이곳에서 길러낼 것이다. 또한 수확량을 증가시킬 새로운 농법을 이곳에서 개발해낼 것이다. 어떻게 하면 상림원을 마르지 않는 보물창고로 만들어낼 수 있겠느냐? 편하게 말해보거라."

'늘상 이런 식이시지. 이게 무슨 과거시험의 책문도 아니고. 사람 불러놓고 본인 할 말 다하고 나서 해결책을 말하라니. 그것도 편안하게란다.'

옆에서 듣던 박 내관은 어이가 없었다. 평생 당해온 일인데도 여태껏 적응이 되지 않는다.

은수가 목소리를 가다듬고 아뢰었다.

"전하, 소신은 비해당에서 소나무 묘목을 기르면서 많은 것을 배우고 있나이다. 마르지 않을 보물창고의 비법을 비해당에서 알 수 있을 듯하옵니다."

"상림원을 이토록 크게 증축했는데, 비해당에 답이 있다니? 자세히 설명해보아라."

"소신은 늘상 궁금했사옵니다. 아무리 극한 흉년이 지속되어도 왜 비해당은 늘 푸른 것일까. 안평대군께는 어떤 비법이 있으신 걸까 생각했사옵니다."

"안평이 신기한 비법이라도 가지고 있더냐?"

"아니옵니다. 전하께옵서 너무도 좋은 곳에 비해당을 지어주셨기 때문이옵니다. 인왕산 자락에 자리 잡은 비해당 속에는 수없이 많은 물줄기가 땅속으로 흐르고 있었나이다. 그 수맥에 의지하여 수많은 초목이 늘 푸르렀던 것이옵니다."

은수는 그동안 궁금했던 일들을 조곤조곤 설명하기 시작했다.

"그런데 상림원은 산기슭에 자리 잡지는 않았으니, 비해당만큼의 이점은 없겠구나."

"그렇지 않사옵니다, 전하. 상림원을 새로운 농법을 개발하고 시험하는 본거지로 삼아주시되, 상림원이 조선 땅 곳곳의 수원(水源)을 찾아서 천방(川防)으로 개발하고 이용할 수 있도록 윤허해주시옵소서. 그 천방에서 마르지 않는 보물을 캐보겠나이다."

은수가 눈빛을 반짝이며 확신에 찬 어조로 말했다.

천방. 보(洑)라고 불리는 수리시설로 산기슭에 흐르는 물이나, 하천의 물을 관개수로 활용할 수 있는 것이다. 원류(源流)가 있는 산기슭의 촉촉한 땅을 발견해내고, 그곳을 천방으로 개발하여 사용할 수 있다면 의심의 여지없이 놀라운 성과를 이루어낼 수 있을 것이다. 상림원에서 보관하는 씨앗들이 조선 팔도 곳곳에 심어져 헐벗은 백성들을 먹일 수 있을 터였다. 그리고 그 농지의 수확은 오로지 백성들의 몫이 될 터였다.

"당장 이 일에 필요한 물자와 인력 등 자세한 사항을 기록하여 올리도록 하라."

상림원 증축을 축하하러 왔다가 천방을 개발할 수 있다는 소식을 듣고, 왕의 목소리가 기대감으로 떨렸다. 계속 퍼내도 차오르는 깊은 우물처럼 상림원에는 백성을 위한 끝없는 계책들이 넘쳐나고 있었다.

그리고 밖에서는 신 별감이 이들의 대화를 은밀히 엿듣고 있었다.

무슨 바람이 불었는지 좌의정 김한기는 오랜만에 대신들과 기방에서 회합을 가졌다. 어여쁜 기녀들이 따르는 술이 몇 순배 돌고, 청아한 거문고 가락이 농익을 즈음 이조판서가 기녀들에게 그만 나가보라는 눈짓을 했다.

"대감, 이를 어찌하면 좋겠사옵니까? 신 별감의 말에 따르면 상림원이 조선 팔도 곳곳에 천방을 개발한다고 하옵니다. 만일 천방이 개발된다면 농지로 사용할 수 있을 테고, 곡식의 생산량이 크게 향상될 것이옵니다."

이토록 중대한 사안에 아랑곳하지 않는 좌의정 때문에 속이 탄 이조판서가 목소리를 높였다.

"아니, 이판 대감. 생산량이 늘면 우리야 등 따시고 배부르니 좋은 일이 아닙니까?"

병조판서가 졸린 눈을 끔벅이며 묻자, 이판이 매몰차게 받아쳤다.

"병판 대감! 진정 그 이유를 모르시겠소? 상림원에서 개발하는 천방이 사대부들의 소유라면 우리에겐 더없이 좋은 일이나, 그 땅이 백성을 위한 농지로 개간된다면 결과는 불 보듯 뻔하지 않소? 분명 얼마 동안은 나라의 소유가 된다 해도, 주상전하시라면 그곳을 백성의 사유지로 탈바꿈시킬 수도 있을 거요. 전하께서 추진하시는 위민정책에는 우리 사대부가 빠져 있다는 말이외다."

"어디 그뿐입니까! 수확량이 늘면 그 모든 공이 상림원으로 돌아갈 테고, 그럼 이제 상림원은 집현전과 더불어 전하의 전폭적인 지지를 받는 기관이 될 것입니다. 이들 두 기관이 주상전하의 위민 정책에 큰 힘을 실어주게 될 것입니다."

형조판서가 심각한 어조로 말했다.

다들 겉으로는 사대부를 제외시킨 왕의 위민 정책을 비판하고, 상림원이 전폭적인 지지를 받는 중추 기관이 되는 것을 우려하고 있었지만, 사실 이들이 두려워하는 것은 따로 있었다.

조선이 개국된 이래, 관료들은 품계에 따라 최고 1과부터 최하 18과까지 토지를 지급받고 있었다. 다만 나라에서는 이들에게 토지의 소유권을 준 것이 아니라, 수조권을 지급하면서 수조권을 가진 양반을 전주(田主), 그 땅의 경작자를 전객(佃客)이라고 규정했다. 그리고 이러한 토지를 사전이라 칭했다. 즉 양반 관료들에게 지급된 사전의 실제 주인은 사대부가 아닌 바로 나라였던 것이다.

대신들은 바로 이점을 우려했다. 사대부가 제외된 상황에서 왕이 위민 정책을 과도하게 밀어붙일 경우, 자신들이 지급받고 있는 토지의 수조권에 큰 변동이 생길 수도 있었다. 몇 년 전 영동 지방의 극심한 기근에 왕실의 재산인 내탕금조차 쉬이 내놓고, 대군들의 토지 결수조차 과감하게 줄였던 왕이 아니던가. 까딱하다가는 당연스레 누려왔던 땅조차 눈앞에서 버젓이 빼앗기게 될 판이었다.

대신들의 마음이 조급해졌다. 그러나 이는 아랑곳하지 않은 채 좌의정이 느긋하기만 하니 이들은 더 속이 타들어갔다.

좌의정 김한기가 눈살을 찌푸리며 말했다.

"그만들 하시게. 그 정도로 일이 커지게 놔두지는 않을 터이니."

"역시 무슨 다른 계책이라도 있으십니까?"

"이판 대감, 조금만 기다려보시오. 뿌려진 씨앗을 곧 거둘 때가 올 것이오."

확신에 찬 좌의정의 대답에 그제야 대신들은 안도했다.

"대감께서 미리 조치를 취하신 게로군요. 역시 대감다우십니다."

좌의정의 주도면밀함이 때론 사람을 질리게도 했지만, 이런 시국에서 그는 대신들에게 상당한 믿음을 주는 존재였다.

두 해에 걸쳐 풍년이 지속되고 있었다. 백성들은 기근의 참혹함을 잊어가고 있는 반면, 왕은 요즘 조선의 '땅' 때문에 고민이 많았다.

상림원의 천방 개발을 지시한 이후, 왕은 위민 정책에 박차를 가하고 있었다. 조선 팔도에 천방이 개발되기까지 시일이 걸리기에 다른 방안도 세워야 했다. 그 첫째가 바로 전세(田稅) 개혁에 관한 사안이었다. 대신들이 그토록 두려움에 떨었던 '땅' 문제를 왕이 전격적으로 공론화시킨 것이다. 대신들은 닥쳐올 흉년에 철저히 대비하겠다는 왕의 확고한 의지를 꺾을 수 없었다.

지리한 정전 회의와 관료들과의 팽팽한 줄다리기, 설득과 호소, 찬반의 기나긴 논쟁을 거친 후 왕은 마침내 새로운 조세제도를 이끌어냈다. 바로 전분 6등법과 연분 9등법이었다.

즉 토지의 비옥도에 따라 조세를 차등 부과하고, 해마다 풍흉의 정도를 파악하여 토지에 대한 세금을 차등 적용하겠다는 파격적인 내용이었다.

"전하, 감축드리옵니다."

처소로 돌아온 왕을 향해 환하게 웃으며 박 내관이 말했다.

"그래, 또 한고비 넘겼구나."

처소에 들자마자 풀썩 누워버리며 왕이 대답했다.

"전하, 이제 전하께옵서도 혈기 왕성하시던 때가 지나셨사옵니다. 부디 제발 쉬엄쉬엄하옵소서."

지금껏 지치는 일이 없던 왕이 맥없이 누워버리자 박 내관이 간곡히 아뢰었다.

"알았느니……. 나도 너도 이렇게 늙는구나. 아이고, 삭신이 쑤시는구나. 다리 좀 주물러 주려무나. 아이고, 시원하다……."

스르르 잠이 들 무렵, 박 내관의 목소리가 들려왔다.

"전하, 영응대군 아기씨 드셨나이다."

"으응?"

"아바마마!"

문이 열리기가 무섭게 아이가 뛰어 들어오며 함박웃음을 지었다.

"우리 영응대군이 왔구나!"

이제 갓 세 살이 넘은 막내를 안고 왕은 얼굴을 부벼대며 아이를 꽉 끌어안았다.

왕은 어린 대군의 천진한 모습을 보며, 그가 살아갈 조선이 더 좋아질 거라는 생각이 들자 문득 힘이 솟았다. 아이를 하늘 높이 한껏 들어 올리며 붕붕 띄워주었다.

왕의 장난에 어린 왕자가 까르르 넘어갔다.

'전하, 늘 이렇게 편안하소서.'

박 내관은 두 부자의 장난을 흐뭇하게 바라보았다.

새벽 댓바람부터 대신들이 정전에 모여들어 읍소하고 있다는 소식에 왕은 심기가 불편했다.

'도대체 무슨 일이기에 저리도 벌 떼같이, 한마음으로 달려왔을까…….'

죽 수라를 대충 뜨고 난 후, 정전으로 향하는 왕의 머리에 불현듯 한마디가 떠올랐다.

호사다마(好事多魔).

대신들의 웅성거리는 소리가 정전을 가득 메우고 있었다. 왕의 등장에 예를 표하던 대신들이 하나둘 침통한 목소리로 아뢰기 시작했다.

"무엇이라? 지금 뭐라고 했느냐?"

"지난번 포쇄 작업을 마친 『태조대왕실록』이 습기와 병충해의 피해를 입었나이다. 실록의 일부에 좀이 슬었사옵니다."

포쇄 작업을 관장했던 사관이 아뢰었다.

"소신들을 죽여주시옵소서. 국가의 대사를 망친 죄를 죽음으로 갚겠나이다."

정전에 모여든 사관들이 줄줄이 나와 부복하며 죽음을 청하였다.

"이유는 밝혀냈느냐?"

서릿발 같은 목소리로 왕이 물었다.

"아뢰옵기 황공하오나, 상림원에서 채취한 천궁과 창포가루 때문인 것으로 밝혀졌나이다. 천궁과 창포가 아닌 다른 약재 가루가 실록 궤 안에 들어 있었사옵니다."

좌의정 김한기가 한 걸음 나와 고하였다.

"전하. 상림원 제조 허은수를 하옥하시고, 심문하시어 이 일의 자초지종을 명명백백하게 밝히셔야 하옵니다. 일국의 실록을 망친 대역죄인이옵니다."

형조판서가 쐐기를 박듯 외쳤다.

모두의 화살이 상림원으로 향해 있었다. 분노로 일그러진 왕의 얼굴이 하얗게 질렸다.

'함정이다. 이들이 기어이 상림원을 혁파하고, 내 천리마들을 죽이려 하는구나.'

입 밖에 낼 수 없는 말이었다.

허은수를 의금부로 압송하라는 대신들의 주청을 무시한 채, 왕은 정전을 나가버렸다.

동방예의지국 조선에서 이런 일은 처음이었다.

왕과 관료들이 서로 예를 갖춰 읍소하고, 정사를 논하던 회의 시간에 왕이 한마디 말도 없이 갑자기 나가버리다니…….

"대감, 이제 어찌하오리까?"

이조판서가 어리둥절한 채로 물었다.

"목소리를 낮추시오. 문제를 터뜨렸으니, 우리는 시간을 버텨내면 될 뿐이오."

좌의정은 모든 일이 계획대로 진행되자, 여유가 넘치는 어조로 말했다.

정전을 떠나는 대신들은 앓던 이가 쏙 빠진 듯했다. 실록이 훼손된 것을 진심으로 걱정하는 이는 하나도 없었다. 목숨처럼 아낀다는 책조차도 자신들의 권력을 지키기 위해서라면 단칼에 없앨 수 있는 사람들이었다.

고심도, 처벌도 왕의 몫이었다. 그토록 큰 죄이니, 그냥 넘어가지는 못할 거라는 확신이 똬리를 튼 뱀처럼 그들의 생각 속에 자리 잡았다.

청천벽력과도 같은 소식에 은수와 전 의관의 얼굴이 하얗게 질렸다.

"지난번 화재 사건의 진범을 끝까지 밝혀냈어야 했습니다."

탕, 전 의관이 부르르 떨며 탁상을 내리쳤다.

전 의관은 그 진범과 이 일이 연관되어 있다는 걸 직감으로 알 수 있었다.

"왜, 왜 매번 상림원을 못 잡아먹어 안달일까요? 우리가 뭘 그리 잘못했습니까, 대감! 대답해보세요. 뭐라고 말 좀 해보세요."

분통이 터진 전 의관이 온실을 서성이며 소리를 내지르고 있었다.

이제 곧 자신들을 포박하러 올 금군들이 두렵지는 않았다. 그깟 옥살이 몇 년 살면 그만이었고, 유배도 상관없었다. 은수와 전 의관은 이렇게 허무하게 상림원이 혁파될까 봐, 새로운 조선을 향한 이들의 꿈이 물거품이 되어버릴까 봐, 그게 견딜 수 없었다.

성질을 부리며 성난 맹수처럼 날뛰는 전 의관과 달리 은수는 의외로 담담한 모습이었다.

"전 의관, 고정하세요."

"고정하라고요, 대감? 어떻게 이런 순간에 고정할 수 있겠습니까? 정녕 아무렇지도 않으십니까?"

전 의관은 울부짖고 있었다. 그의 뺨 위로 눈물이 하염없이 흘러내리고 있었다.

"이번에도…… 주상전하께서 길을 열어주실 것입니다. 우리가 할 수 있는 건 그저 그분을 믿는 것이지요. 설령 유배령이 떨어진다 해도, 목숨을 잃는다 해도 상관없습니다. 그토록 멋진 분을 주군으로 모셨던 건 제가 누린 가장 큰 복이니까요."

모든 걸 내려놓은 은수는 오히려 편안한 심정이었다.

며칠 동안 왕은 모든 정무를 폐하고 강녕전에서 두문불출했다. 어느 누구도 들이지 않았고, 어떤 음식도 입에 대지 않았다. 박 내관의 속이 까맣게 타들어갈 즈음 안평대군이 도착했다.

"아바마마, 소자 들어가옵니다."

"……."

왕의 침묵이 이어졌다.

"아바마마, 허 제조와 전 의관의 소식을 전해드리러 왔나이다."

머리까지 뒤집어쓰고 있던 이불을 걷어 재끼고 왕이 튀어 오르듯 앉았다.

"그들을 만났느냐? 어찌하고 있더냐?"

"지난주 마지막으로 비해당을 방문하여 상림원의 짐들을 챙겨 갔사옵니다. 지금은 각자의 집에서 어명을 기다리고 있나이다."

"상한 곳은 없더냐?"

"예, 아주 멀쩡하옵니다. 그러니 아바마마께서도 그만 상심하시고, 이제 수라를 드시옵소서. 소자가 기미하겠나이다."

평소 자주 즐기던 고기조차 입에 대지 않은 왕의 얼굴은 핼쑥해져 있었다.

"그래, 그들이 무엇을 전하였느냐?"

"서찰로 남기는 것이 두려워, 그저 제게 구두로만 전하였사옵니다. 그저 이제는 천리마들을 놓아 길러주십사 청하였나이다."

"놓아 길러달라니?"

"아바마마, 원래 천리마들은 보통의 준마들과 어울릴 수 없는 종들이옵니다. 그러니 유배의 형태를 취하시되, 자신들이 조정 대신들의 눈에 띄지 않는 깊숙한 곳에서 계속 일할 수 있도록 해달라 간청했사옵니다."

안평은 그들이 비해당을 찾아와 토로한 심정을 담담히 전했다.

"조정이 아닌 다른 곳이라……. 유배이기는 하되, 유배가 아닌……."

그들의 요청을 곱씹어보던 왕은 마침내 그들을 살려낼 방안을 떠올렸다.

이불을 박차고, 수저를 든 왕은 그릇을 말끔히 비운 후 곤룡포를 갖춰 입었다.

'그래, 다시 시작이다!'

왕은 결연한 눈빛으로 옥대를 단단히 조였다.

그들이 간청한 것은 국가의 대사를 그르친 죄를 물어 그저 관직을 박탈하고 먼 시골구석에 처박아달라는 것이었다. 다만 시골 촌구석에서 조금만 움직일 수 있게만 해달라는 것이었다.

어차피 개발된 새로운 농법을 시험할 수 있는 곳은 애초부터 궐이 아닌 산기슭이었다. 그저 아침마다 궐로 입조(入朝)하는 대신, 유배지에서 각자의 일터로 가면 되는 일이었다. 조정에서 미움과 모함을 받는 것보다 더 안전한 일이기도 했다.

왕은 이렇게라도 자신의 천리마들을 살려내야 했다. 왕이 매몰차게 내치고 버려야 그들이 살 수 있었다.

'정말 이것밖에는 방법이 없는 걸까…….'

그들과 함께 머리를 맞대고 고민하며 기뻐하던 일들이 주마등처럼 스쳐갔다. 이제 그들을 먼 곳으로 떠나보내면 다시 이런 일상을 보낼 수 없음을 알기에 왕은 애간장이 끊어지는 듯했다.

불시에 어떤 하문을 하든 잔잔히 웃으며 답하던 은수의 모습이 눈에 아른거렸다. 의욕에 넘치던 자신을 보필하느라 더 굽어버린 듯한 그의 등이 애처로웠다.

시시때때로 불퉁거리는 심사가 튀어나오다가도, 금세 뻣뻣한 성질을 죽이고 자신의 편을 들어주던 전 의관도 떠올랐다. 천하기에 그 누구보다도 백성을 잘 헤아렸던 충직한 내 신하……. 그가 수염 가득 묻히고 맛깔나게 마셨던 탁주를 나 홀로 다시 마주할 수 있을까…….

왕의 회한이 깊어갔다.

집안 분위기가 이루 말할 수 없이 침통했다. 조부는 아예 몸져누웠고, 은수를 바라보는 아영의 눈에도 자주 눈물이 고였다.

찻잔을 마주한 채 은수가 먼저 입을 열었다.

"부인, 온전치 못한 내게 기쁜 마음으로 와주어 고마웠소. 혼례 날 부인이 해준 그 따듯한 말 덕분에 지금까지 내가 버텨낼 수 있었소. 그러니 어떤 처분이 내려지든 너무 속상해하지 마시오. 그리고…… 할아버님을 잘 부탁하오. 너무 상심하시지 않게……."

은수가 말을 잇지 못했다.

"목숨만…… 흐흐흑, 서방님께서 사실 수만 있다면 소첩 그것으로 족합니다."

그간 잘 참아오던 아영이 은수 앞에 무너져 내렸다.

규방에 갇힌 아녀자도 이 일이 얼마나 큰일인지 알 수 있었다. 조선의 근간을 기록한 실록이 훼손된 것은 돌이킬 수 없는 중죄임에 틀림이 없었다. 유배라면 평생이라도 기다릴 수 있었고, 다행히 옥살이라면 기꺼이 뒷바라지도 할 수 있었다. 하지만 은수가 형장의 이슬로 사라져버리면, 남은 생을 살아낼 자신이 없었다. 그럼에도 불구하고 아영은 실낱같은 희망을 버리지 않았다.

은수가 따듯한 손길로 아영을 안아주었다.

왕이 긴 침묵을 깨고 정전 회의를 소집했다.

대전에 모인 대신들은 오늘의 처결이 어떻게 날지 궁금한 기색을 감추지 못했다.

왕이 엄숙하게 명했다.

"조선의 근간이 되는 실록이 훼손된 것은 진실로 참담한 일이로다. 책무를 제대로 이행하지 못한 상림원 제조 허은수와 전의감 의관 전순의의 관직을 박탈하고, 온양 땅에 10년간 유배시키고자 한다."

"성은이 망극하옵니다!"

대신들이 머리를 조아리며 정전이 떠나갈 듯 대답했다.

너무도 기다리던 답이었다. 드디어 상림원이 집현전처럼 커지는 것을 막아냈고, 눈엣가시 같던 허은수를 탄핵시켰다. 그리고 10년 동안이나 그의 발을 묶어놓는 데 성공했다. 그런데 찜찜함이 남았다.

'그런데…… 대역죄인들의 유배지는 멀리 떨어진 남쪽 땅 강진, 고성이거나 외딴 섬 추자도, 거제도, 탐라가 아니었나?'

병조판서가 고개를 갸우뚱했다.

'지금까지 유배지는 근교인 경기도와 충청도를 제외한 지역이 아니었나? 왜 갑자기 온양 땅이지?'

이조판서의 머리가 그동안의 유배지를 훑느라 빠르게 돌아갔다.

'뭔가 석연치 않은데…… 왜 위리안치(圍籬安置, 죄인이 도망갈 수 없도록 집 둘레에 가시가 많은 나무를 심어 사람을 가두는 것)라는 말이 없지?'

좌의정이 왕의 처결을 되뇌며 생각에 잠겼다.

다들 비슷한 생각이 찜찜하게 남았다. 조정은 유배죄인의 활동을 엄격하게 통제하기 위해 반드시 위리안치를 명했는데, 오늘 왕의 명령 어디에도 그에 관한 언급은 없었던 것이다.

모두의 마음속에 풀리지 않는 의문이 맴돌았지만, 소기의 목적을 달성했기에 대신들은 더 이상 토를 달지 못했다.

왕의 잠행을 준비하던 박 내관의 마음은 무거웠다. 잠행 때마다 곰살맞은 표정으로 이 옷 저 옷 골라 입던 왕이 오늘 잠행을 나가는 이유는…… 바로 자신의 천리마들을 몰래 배웅하기 위해서였기 때문이다.

"전하, 갓과 도포를 준비하였나이다."

왕의 환복을 돕던 박 내관의 손길이 떨리고 있었다.

"가자."

마음을 굳게 다잡은 왕이 저자로 향했다.

저자엔 유배 행렬을 구경하는 인파로 북적였다. 그 사이를 파고든 왕은 곧 은수와 전 의관을 발견했다.

의금부 포졸들이 유배죄인들을 압송하여 유배지로 향하고 있었다. 소가 끄는 허름한 수레 안에서 등이 굽은 은수가 손이 결박된 채 기대어 있었다. 봉두난발을 한 전 의관은 눈을 질끈 감은 채 꼿꼿이 앉은 채였다.

애틋한 눈길로 왕이 두 사람을 하염없이 바라보았다. 마지막 길까지 그렇게 인파 속에 묻혀 왕이 그들을 따라가고 있을 때, 은수가 고개를 들었다. 그리고 애타게 자신을 바라보는 자신의 주군을 발견했다.

'전하, 부디 옥체 강녕하시옵소서.'

복받치는 마음을 추스르며 은수가 계속해서 머리를 깊숙이 조아렸다.

은수의 행동에 이상한 낌새를 눈치챈 전 의관이 슬쩍 주변을 살폈다. 그리고 그 역시 침통한 얼굴의 왕을 보았다.

‘전하, 너무 상심하지 마시옵소서. 꼭 다시 뵈올 것이옵니다.’

전 의관이 고개를 주억거리며 왕에게 마지막 인사를 고했다.

‘부디 항상 몸조심하거라. 너희들이 내 곁에 올 수 없다면, 내가 너희들에게 가면 될 것이다.’

떠나는 그들을 마음속으로 배웅하며 왕이 고개를 끄덕였다.

기대치 않았던 왕의 배웅에 은수와 전 의관은 마음이 한결 편안해졌다. 마지막에 뵙지도 못하고 떠나온 것이 못내 마음에 걸렸기 때문이다.

그렇게 왕의 천리마들은 홀가분하게 새로운 일터, 유배지로 향했다.

재회

숨 막히는 더위에 안평은 지쳐가고 있었다. 아니, 더 정확히는 외로움에 몸서리치고 있었다. 시시각각 덮쳐오는 무력감이 그를 짓누르고 있었다. 그리고 이른 아침, 박 내관이 왕의 서신을 들고 찾아왔다.

서신을 받아든 안평은 부리나케 옷을 갈아입고 날아갈 듯 입궁했다.

간만에 때깔 좋은 비단옷을 차려입은 안평은 채신머리없이 궐 안을 뛰어다니고 있었다.

"아바마마, 소자 도착하였나이다. 어마마마를 모시고 오겠나이다."

"대군마마, 부디 체통을……."

뒤따르는 청지기가 숨죽여 외치고 있었다.

무더위도 피할 겸, 왕이 고질적으로 앓고 있는 안질도 치료할 겸 왕은 온양 행차를 계획했다. 너무 많은 인력과 물자를 동원하는 것이 번거로워 행렬을 간소화하도록 명했다. 종친들 중에서 이번엔 왕비와 안평대군만을 거느리고 가기로 했다. 왕비와 단둘이 다녀올 생각이었지만, 온양 행차가 결정되고 매일같이 찾아와서 매달리는 안평을 뿌리칠 수 없었다. 다시금 벗들을 만나고 싶어 하는 그의 눈망울이 너무 애처로웠기 때문이다.

왕의 행렬 맨 앞에는 무장한 군사들이 도열하였고, 화려한 깃발과 의장용 창검을 든 군사들이 뒤따랐다. 그리고 수십 명이 맨 왕의 연(輦) 앞뒤로 악대들이 자리를 잡았다.

뒤쪽으로 종친과 문무백관이 왕을 수행하며 장엄한 행차가 시작되었다.

은수와 전 의관이 온양 땅 봉수산 자락이 있는 곳으로 유배를 떠난 후, 왕은 미안함과 그리움에 잠을 이루지 못했다. 그러나 온양 행차를 결정하고 난 후, 왕은 새로운 일터에서 이들이 어떤 일들을 펼쳐 냈을지 그 기적과도 같은 일을 목도할 생각에 자꾸 눈시울이 붉어졌다.

모두가 버렸다고, 내쳤다고 여긴 천리마들이 초라하지만 자유로운 곳에서 마음껏 달리고 있다고 생각하니 가슴이 벅차올랐다.

이들에게 주고 싶은 탁주와 육전도 준비시켰다. 우적우적 육전을 씹어대던 전 의관의 모습이 눈에 선했다. 말없이 탁주 잔을 싹 비워내던 등이 굽은 은수도 너무 그리웠다.

그리움에 목매던 왕은 급기야 눈을 감아버렸다.

'이제 곧 볼 수 있겠구나. 짐이 너희에게로 가고 있느니.'

안평도 예외는 아니었다. 그는 줄곧 외로웠다. 늘 찾아와 비해당을 가꿔주고, 허심탄회하게 마음을 나눴던 벗들을 너무 한꺼번에 뜻하지 않게 잃어서였다.

부왕의 천리마들이 온양 땅에서 어떤 신기한 일들을 벌이고 있을지 궁금한 안평은 가는 길 내내 미친년 널 뛰듯 뛰는 가슴을 진정시키느라 혼이 났다.

한편 왕비의 가마 뒤에는 작은 가마 하나가 뒤따랐다. 왕비의 배려로 아영의 동행이 허락되었다. 자신의 존재가 발각되어 모두를 난처하게 할 것을 염려한 아영은 왕비의 질녀로 위장한 채 가마에 올랐다. 기꺼이 왕비를 보필하고 말벗이나 삼으려고 데려간다는 질녀가 되었다. 그렇게라도 지아비를 만나고 싶었다. 굽은 등으로 산골 생활을 잘 견뎌내고 있는지 두 눈으로 확인하고 싶었다. 혼자 가꾸는 커다란 정원에서 이제는 너무 쓸쓸하다고 하소연하고 싶었다.

'서방님을 만나면 무슨 말부터 해야 할까.'

서로 다른 가마 속에서, 모두들 그리는 이들은 한마음으로 같았다.

두 사람에게로 향하는 왕의 행렬이 그 어떤 거리낌도 없이 나아갔다.

사람들은 알까?
그들이 손쉽게 베어가는 나무들이
실상은 주어진 생(生)을 살아내기 위해
격렬하게 몸부림치고 있다는 것을.
그들은 알까? 울창한 숲의 시작은
생을 포기하지 않는
작고 여린 씨앗이라는 것을.

작가의 말

먼저 이 소설에서 언급하는 조선 시대 송정(松政)과 문헌, 인물에 대해 몇 가지 밝혀두고자 한다.

『예기(禮記)』에 따르면, 소나무는 중국 고대로부터 천자(天子)의 나무로 알려져 있어 신성시되었을뿐만 아니라, 조선 시대 사대부들의 충절과 의리를 상징하는 정신적 표상이 되는 나무였다. 또한 소나무는 조선 시대에 궁궐과 병선(兵船), 조운선(漕運船) 축조에 사용되던 최상급 목재였기 때문에 조선 왕조는 이를 보호하기 위한 특별한 정책을 시행하였는데, 이를 송정이라 한다.

『조선왕조실록(朝鮮王朝實錄)』과 『경국대전(經國大典)』에 따르면, 조선의 소나무에 대한 관리와 보호는 체계적이고 엄격했다. 지방 수령들에게 소나무를 심을 것을 권장하고, 벌목을 하지 못하도록 감시를 철저하게 하였다. 또한 전국 곳곳에 봉산(封山) 또는 금산(禁山)을 정하여 나무를 베지 못하게 하였으며, 이를 어기는 자들에게 엄중한 처벌을 했다.

그런데 『세종실록』 18년의 기록을 보면, 영동현감 곽순이 올린 장계를 살핀 왕이 기근에 죽어가던 백성들이 소나무 껍질을 벗겨 먹었다는 사실을 확인하고도 처벌하지 않은 사건이 기록되어 있다. 이 소설의 시작은 여기서부터다. 천한 백성들이 감히 소나무 껍질을 벗겨 먹도록 묵인한 왕의 처사는 필시 그 당시 굉장한 파문을 일으켰을 것이다. 이 소설에서는 세종이 더 파격적인 송정을 추진한 것으로 허구화하였다. 즉 세종이 대신들의 거친 반발에도 불구하고 온실을 개발하여 뒤틀린 소나무의 재배 방법을 은밀히 연구하고, 이를 성공시킴으로써 기근 시 백성들을 먹일 수 있는 소나무를 길러냈다는 설정이다.

이 소설에 등장하는 세 주인공 가운데 전순의는 세종과 문종, 세조 세 임금의 어의를 지낸 실존 인물이며, 그의 저서 『산가요록(山家要錄)』도 실존하는 기록임을 밝혀두고자 한다.

『산가요록』은 1450년경 지어진 현존하는 가장 오래된 농서이자 요리책으로, 15세기 초 조선의 식생활을 알 수 있는 중요한 자료로 평가받고 있다. 특히 『산가요록』에 수록된 온실 설계법은 서양의 온실보다 대략 170년 정도 앞선 것으로 알려져 있다. 그러나 단 한 장의 낙장도 없이 무사히 보존된 조리서 부분과는 달리, 농서를 기록한 앞부분은 사라진 상태다. 이로 인해 저술 연대가 명확하지 않아, 그동안 학계에서도 대체로 중요도와 관심도가 저조했던 게 사실이다.

이 소설에서는 『산가요록』의 농서 부분 낙장 사실에 착안하여, 허구적 상상을 더하였다. 즉 망실된 『산가요록』의 부분에 소설의 주인공들이 길러낸 굽은 소나무와 그 생장 과정을 담은 그림이 있었다고 설정한 것이다.

학창 시절엔 지금처럼 많은 책을 읽지는 못했던 것 같다. 늘 입시에 쫓기던 시절이라 소설을 맘껏 읽는다는 건 내게 그야말로 방학이나 되어야 누릴 수 있는 특권 같은 거였다. 어느 여름방학 처음 만나게 된 멋진 책은 베르나르 베르베르의 『개미』였다. 사람이 주인공이었던 기존 소설에 익숙했던 내게 이 작품은 그야말로 파격이었다. 세밀한 작가의 관찰력도 놀라웠지만, 글을 읽는 내내 나를 사로잡은 것은 철저히 개미의 관점에서 서술한 방식이었다.

이와 비슷한 소설을 몇 년 전 만나게 되었다. 바로 호프 자런의 『랩 걸』(김희정 옮김, 알마, 2017)이다. 미국의 유명한 지질학자이자 지구 생물학자인 그녀가 쓴 책에는 나무의 이야기가 펼쳐지고 있었다. 보통의 식물학자들이 설명적 어조로 풀어쓴 책들과 달리, 이 책에는 사람보다 더 오래, 사람만큼 더 치열하게 생(生)을 이어가는 나무가 마치 사람처럼 묘사되어 있었다. 읽는 내내 '와! 대단하다, 나무가 세상에……'를 연발하며 열심히 읽었던 거 같다. 그런 내게 아이가 물었다.

"엄마, 무슨 책 읽어?"

"나무 책."

"재미있어?"

"응, 나무가 사람 같아서 너무 멋있어."

"뭐가 멋있는데?"

"나무는 나뭇잎들이 햇빛을 골고루 받을 수 있도록 아래쪽 나뭇잎은 크게, 위쪽 나뭇잎은 작게 만들어준대. 그리고 그늘에 가려져서 햇빛이 잘 닿지 않을까 봐 적당히 간격을 띄워서 나뭇잎을 배치하고, 그늘에 가려진 나뭇잎들에게는 옅은 햇빛을 흡수할 수 있도록 특별한 물질을 만들어서 넣어준대. 대단하지?"

"나무가 되게 똑똑하네."

쏟아지는 아이의 질문에 답하랴, 읽으랴 한창 바빴던 것 같다.

아이는 그 뒤로 숲을 거닐 때마다 허투루 지나는 법이 없다. 눈여겨 세심히 보고, 떨어진 벌레가 있으면 살포시 제자리를 잡아주고, 시간 가는 줄도 모르고 주저앉아 씨앗들을 들여다본다. 어느 날 제 주먹보다 큰 솔방울을 주워 들고 아이가 물었다.

"엄마, 이거 예쁘지? 가지고 놀고 싶은데 너무 끈적거려. 이게 뭐야?"

"그거…… 소나무 열매야. 이름은 솔방울이고."

외국에서 자라는 아이에게 한국을 대표하는 소나무와 솔방울, 송진을 설명하는 일은 쉽지 않았다. 사시사철 푸른 이곳에서 자라는 아이에게 한국의 매서운 추위 속에서도 독야청청 푸른 소나무를 어떻게 설명해야 하나…….

이 소설의 시작은 내 소소한 일상에서 비롯되었다. 예상치 못한 팬데믹에 꼼작없이 발이 묶여버린 상황에서 내가 할 수 있는 일은…… 좋아하는 책을 맘껏 읽고 이것저것 끄적여보는 거였다. 그리고 첫 소설이 기적처럼 대한민국 콘텐츠대상에서 최우수상을 수상하면서 내게 새로운 길이 열리게 되었다.

너무 희미하고 흐릿해져서 더 이상 잡히지 않을 것 같은 꿈과 희망을…… 소설 속 주인공들의 삶을 통해 잔잔히 표현해보고 싶었다.

아울러 이 글이 완성되기까지 힘써주셨던 고즈넉이엔티의 편집팀에게 깊은 감사의 마음을 전한다.

용어 해설

1. 작품 속에 언급된 역사적 사건

1) 조선 시대 장애인들의 등용

흔히들 조선 시대에는 장애를 가진 사람은 관직에 나아갈 수 없다고 생각한다. 그러나 『조선왕조실록』의 기록을 살펴보면, 장애를 가진 사람들이 관직에 나간 예가 종종 있다. 세종 때의 문신 허조(許稠, 1369-1439)는 조선 초기 국가의 기틀을 마련한 명재상이었는데, 척추 장애인이었다. 숙종 때의 문신 윤지완(尹趾完, 1635-1718)은 청백리로 이름이 높았는데, 풍증으로 한쪽 다리를 잃은 지체 장애인이었다. 영조 때의 문신 이덕수(李德洙, 1673-1744)는 청각 장애인이었다.

2) 경회루 옆에 지어진 초가집

왕이 경회루 동쪽에 버려둔 재목으로 별실 두 칸을 짓게 하였는데, 주춧돌도 쓰지 않고 억새풀로 덮게 하였으며, 친히 명하여 모든 장식을 검소하게 하였고, 이때부터 이곳에 기거하였다(『세종실록』 3년의 기록 참고).

3) 각종 궁중 악기의 음과 소리를 구분해낸 왕

임금이 근정전에 나아가서 회례연을 의식에 따라 베풀었는데 처음으로 아악(雅樂)을 사용하였다. 그런데 악기의 소리가 조금 높은 것을 지적하자, 박연이 즉시 살펴보니 과연 그러했다(『세종실록』 15년 기록 참고).

4) 표전문 사건

태조 재위 시 명나라와 조선은 외교적 마찰이 빈번하게 발생했는데, 그중 하나가 바로 표전문(表箋文) 사건이다. 이는 명나라가 조선에서 올린 표전문 안에 황제를 모독하는 글자가 있다고 꼬투리를 잡아서, 이를 작성했다고 여긴 정도전을 지목하여 그를 명나라로 보내라고 요구한 일이다.

5) 영동지방 기근

영동 백성들은 가뭄으로 인해 원전(元田) 2591결을 수확하던 예전에 비해, 겨우 91결을 거두었고, 굶주린 백성들이 깊은 산 속으로 들어가 풀뿌리나 상수리나무 열매를 캐어 먹으며 연명하고 있었다. 이뿐만 아니라 전단토(田丹土)나 백점토(白粘土)까지 물에 개어 죽처럼 먹고, 갑작스레 들이닥친 추위를 견디기 위해 죽은 시체의 옷을 벗겨 입는 실정이었다(『세종실록』 18년의 기록 참고).

6) 공자의 마구간 화재 사건

『논어』의 「향당편」에 실린 마구간 화재 사건은 공자가 '사람'의 존재에 대해 주목한 대표적인 사례로 꼽힌다. 당시 제후와 대부들의 지위와 명예를 상징하는 것들로 말과 수레, 의복 등을 꼽을 수 있다. 천자는 4만 마리의 말을 끌 수 있었고, 제후는 4천 마리의 말, 대부들은 4백 마리의 말을 소유할 수 있었다. 어느 날 조정에서 퇴청하고 돌아온 공자는 자기 집 마구간에 불이 난 사건을 전해 들었다. 그는 "사람이 다쳤느냐?"라고 묻기만 하고, 말에 대해서는 일절 묻지 않았다. 그 당시 말을 잘 관리하지 못한 모든 책임은 마부들에게 있었다. 이들은 말보다도 못한 신분에 갇혀 있었다. 그리하여 말이 다치거나 병들거나 아프면, 마구간지기를 벌하거나 죽이는 일이 흔했다.

7) 온실 축조 명령

온실의 크기는 임의대로 지을 것이며, 삼면은 토담으로 막고 온실 내의 벽은 한지를 발라 들기름을 먹인다. 남쪽 면은 살창을 달아 역시 종이를 발라 기름칠을 한다. 온실 바닥은 구들을 놓되 연기가 나지 않게 잘 처리하고, 그 구들 위에 한 자 반 높이의 상토를 쌓고 봄채소를 심어 가꿀 수 있게 한다. 저녁에는 바람이 들이치지 않게 하며, 날씨가 매우 추울 때는 반드시 거적을 창에 덮어준다. 온실 내에는 날마다 물을 뿌려주어 방 안에 항상 이슬이 맺혀 따듯한 기운이 감돌게 해야 흙이 마르지 않는다. 또한 굴뚝을 밖으로 내고, 솥을 외벽 안에 걸어서 건조한 저녁에는 불을 때 솥의 수증기가 온실 안을 통하게 해야 한다(『산가요록』 참고).

8) 탐라 백성들이 귤나무를 죽인 사건

귤은 조선 시대 종묘에 제사를 지내고 중국에서 온 사신들을 접대하는 데 쓰였던 귀한 과일이다. 그러나 그 쓰임이 귀한 데 비해 오직 탐라에서만 자랐기 때문에 조정은 귤나무 재배를 엄격하게 관리하였다. 또한 귤의 수요가 늘면서 관리들의 횡포가 심해졌다. 만일 공물로 바칠 귤의 수량을 채우지 못하면 관아에서는 백성들에게 배상의 책임을 물었다. 이에 백성들은 나무 심기를 즐겨 하지 않았고, 심지어 나무를 뽑아버리기까지 했다. 그뿐만 아니라 나무에 끓는 물을 부어 죽이는 사건도 발생하였다(『세종실록』, 『세조실록』, 『남사록』 참고).

9) 을해년 상사

을해년(태조 6년) 9월, 태조의 비 신덕왕후가 훙(薨)하자, 명나라에서 소식을 들은 조선 사신들은 신하로서의 예를 다하기 위해 상복으로 갈아입었다. 그러나 이 일이 황제의 심기를 건드렸다. 황제는 자신이 내려준 붉은 옷을 벗어버리고 흰 상복을 입고 왕비의 죽음을 애도했던 이들을 모두 처형시켰다.

10) 조선 최대 화재 사건과 금화도감의 설치

세종 8년 바람이 몹시 부는 날, 민가 아궁이의 불씨가 옮겨붙으면서 화재는 시작되었다. 이 화재로 경시서 및 북쪽의 행랑이 106간, 중부의 인가가 무려 1630호, 남부가 350호, 동부 190호의 가옥이 불에 탔고, 장정 9명과 부녀자 23명이 사망하였다.

이에 세종은 도성 내 화재 발생을 대비하고, 화재 때 이를 수습하기 위해 금화도감(禁火都監)을 설치하였다(『세종실록』 8년의 기록 참고).

11) 전세제도 개혁

조선 초에는 이전의 조세법에 따라 수확의 1/10을 전세로 거두었다. 그러나 관리들의 횡포가 심해지면서 백성들의 원성이 높아지자, 세종은 전분 6등법과 연분 9등법을 시행함으로써 국가의 재정을 안정시켰다.

전분 6등법은 토지를 6등급으로 나누고 토지의 비옥도에 따라 땅이 좋으면 세금을 더 많이 징수하고, 땅이 좋지 않으면 조금 징수하는 것이다. 연분 9등법은 해마다 흉년과 풍년의 정도를 판단하여 9등급으로 나눈 후, 1결당 토지에 대한 세금을 20두에서 4두까지 차등적으로 적용시키는 것이다.

2. 궁중 행사

1) 친잠례(親蠶禮)

국왕이 친경을 하듯이, 왕비는 궁궐 내에 잠실(蠶室)을 설치하여 친잠례를 행하였다. 세종 5년(1423년) 기록에 의하면 경복궁에 뽕나무가 1만 5090주, 창덕궁에 1000여 주가 있었다. 세종 때 소헌왕후와 대비인 원경왕후가 친잠하였다는 기록이 남아 있다. 친잠 후에는 내외명부의 의례를 받고, 수고를 치하하며 잔치를 열고, 음식이나 물품을 내렸다.

2) 춘등 강무

춘등 강무는 봄에 전국의 군사를 동원하여 야외에서 사냥을 통한 군사훈련을 실시하는 것이다. 강무는 경기도, 강원도, 황해도, 충청도, 전라도 등을 순행하며 이루어졌고, 짧게는 5일에서 길게는 13일 정도 시행되었다(『태조실록』 5년의 기록 참고).

조선은 강무를 통해 군권을 공고히 하고자 했다. 전국의 병력 동원부터 강무장까지의 행군, 금고기치(金鼓旗幟)에 의한 군령의 습득, 짐승몰이를 위한 다양한 진법 활용, 목표물을 잡기 위한 활쏘기 연마 등 강무는 군정을 한꺼번에 시험해 볼 수 있는 좋은 기회였다(『국조오례의』 참고).

3) 온행

온행(溫行)이란 왕이 병을 치료하기 위해 온천으로 가는 것을 말한다. 조선 시대에 온천은 여러 질병을 치료하는 장소로 널리 알려져 있었다. 태조와 태종은 황해도에 있는 평산 온천을 주로 찾았지만, 세종 이후부터는 이보다 가까운 온양으로 온행지를 바꾸었다. 특히 세종은 풍질과 풍증, 안질, 소갈증, 부종 등을 치료하기 위해 온행길에 올랐다(『세종실록』 24년의 기록 참고).

3. 사료

1) 『양아록(養兒錄)』

할아버지가 쓴 손자 양육일기다. 대표적인 양아록으로는 조선 시대 이문건(1494~1567)이 쓴 것이 있는데, 이는 사대부가 쓴 유일무이하고 현존하는 가장 오래된 육아일기이다.

2) 『산가요록(山家要錄)』

어의 전순의가 지은 요리책이자 농업책이다. 이 책은 15세기 조선의 식생활을 알 수 있는 중요한 자료로 평가될 뿐만 아니라, 수록된 온실 설계법은 서양의 온실보다 170년 정도 앞선 것으로 알려져 있다.

3) 「비해당사십팔영(匪懈堂四十八詠)」

비해당 48경의 감흥을 지은 시이다. 당대 최고의 문사들인 최항, 신숙주, 성삼문, 이개, 김수온, 이현로, 서거정, 이승윤, 임원준 등이 시를 지었으나 최항, 신숙주, 김수온, 서거정의 작품만 남아 있다.

4) 『양화소록(養花小錄)』

강희안이 저술한 책이다. 이 책에는 노송을 비롯하여 매화나무, 석류나무, 철쭉나무, 귤나무 등 분재를 가꾸는 기술이 자세히 수록되어 있다.

참고 문헌

옛 문헌

『논어(論語)』

『동의보감(東醫寶鑑)』

『맹자(孟子)』

『산가요록(山家要錄)』

『세종실록지리지(世宗實錄地理志)』

『양화소록(養花小錄)』

『예기(禮記)』

『조선왕조실록(朝鮮王朝實錄)』

논문·잡지 및 단행본

김경옥, 「濟州牧場의 設置와 運營: 耽羅誌를 중심으로」, 『지방사와지방문화』, 역사문화학회, 2001.

김일우, 「제주한의약, 그 역사속으로: '장수의 섬' 비결, '제주 약초'의 가치를 말하다」, 『뉴제주일보』, 2016년 9월 29일 자.

데이비드 몽고메리, 『흙— 문명이 앗아간 지구의 살갗』, 이수영 옮김, 삼천리, 2010.

안지영, 박병배, 성주한, 김원극, 「지렁이 분변토(vermicompost)를 이용한 토양 개량 효과 및 침엽수와 활엽수 묘목 생장 반응연구」, 산림과학 고동학술발표논문집, 한국산림과학회, 2012.

이종수, 「13세기 탐라와 원제국의 음식문화 변동 분석」,『아세아연구』, 고려대학교 아세아문제연구소, 2016.

조정육, 「기해년 아침, 뿌리 깊은 소나무의 가르침」, 『주간조선』 2539호, 2018년 12월 31일 자.

진성기, 『제주 민속의 아름다움— 그 오묘한 빛과 향기』, 제주민속연구소, 2003.

최영전, 『한국민속식물』, 아카데미서책, 1997.

호프 자런, 『랩걸』, 김희정 옮김, 알마, 2017.

기타 자료집

『우리문화 이야기』, 제주교육박물관, 1999.

『제주의 전통문화』, 제주도교육청, 1996.

『한국세시풍속사전』, 국립민속박물관, 2004.